산

자에게

산 자에게

마루야마 겐지

강소영 옮김

바다출판사

차
례

일러두기   이 책은 2001년 출간된 《산 자의 길》(현대문학북스)을 새로 번역하고 편집하여 펴낸 전면 개정판입니다.

'아나키즘은 사상이라기보다 오히려 철학이다'라고 이야기하는 많은 사람들의 견해에 이의를 제기할 생각은 털끝만큼도 없다. 허나 소설가 나부랭이인 나는 그 정당한 해석에 굳이 한마디 덧붙여보고 싶다.

'아나키즘은 사상이고 철학이기 이전에 예술가의 체질 바로 그 자체다.'

유전자처럼 바꾸기 힘든 타고난 그 체질이야말로 창조예술에 종사하는 자들이 가진 혼의 핵심을 이루는 전부이다. 그러니 그것은 그들 일생의 전부이기도 하다.

어떤 권위에도 굴하지 않고 어떤 집단에도 기대는 일 없이, 그렇다고 은둔자로 숨지도 않고 그것을 위해서 치러야 할 대가에는 아랑곳하지 않는, 어디까지나 개인의 자유라는 바꿀 수 없는 정신과 권리를 추구하지 않고는 견딜 수 없는 격렬한 기질의 소유자야말로 참된 창작자이며 참된 산 자라고 할 수 있다.

그 외에는 설령 상당한 감수성의 소유자로 표현력이 뛰어나다 해도 결국은 '준 창작자', 아니면 '창작자 비스무리'한 지위의 사람으로 일평생 만족해야 하는, 이를테면 호사가류의 존재밖에 되지 못할 것이다. 본래 그들은 학자나 공무원의 길을 가야 할 자질의 소유자일 테지만 만약 그들이 그 길을 걸었다 해도 큰 성공을 거두지는 못했을 것이다. 왜냐하면 그 세계에는 그들을 훨씬 뛰어넘는, 처세술에 능하고도 더욱 교활한 자들이 득실득실하기 때문이다.

그들이 미숙하고 어중간해도 크게 효과를 볼 수 있었던 까닭은 전적으로 예술세계가 그러한 요령과 술수에 닿지 않았기 때문이리라. 그러나 그들 같은 인간이 예술세계를 현저히 오염시키고 예술이 본래 나아가야 할 방향을 잃게 한 죄는 헤아릴 수 없다. 결국 그로 인해 예술을 죽음으로 내모는 지경까지 이르고 말았다.

그렇다고 그들 같은 가짜에게 말살될 정도로 예술은 허술하지 않다. 참된 예술은 섬세하긴 해도 나약하진 않다. 일시적으로는 죽은 듯 보여도 때가 되면 반드시 부활하고 재생하고야만다. 그야말로 예술이 가진 대단하고도 비밀스런 저력이다.

1
부

어느새 인생 후반에 접어들어 좋든 싫든 내 앞에

노화와 죽음의 그림자가 어른거리는 나이가 되었다.

그러자 나도 모르는 사이에 인생이 나아가는 방향을 주시하는 횟수가 줄고,

그만큼 현재를 응시하는 횟수가 늘어났다.

유년의 기억에
생긴 구멍

철이 들었을 때 이미 나는 한여름에도 눈 덮인 고봉을 우러러
볼 수 있는 깊은 산속에서 살았다. 혹독하지만 풍요로운 자연
환경이었다. 1943년생인 내가 당시에 항상 대치해야 했던 줄
지어선 산들은 일본 어느 시골에서나 흔히 보이는 정말로 온
화한 풍정의 야산은 아니었다. 사람 목숨 따위는 아랑곳 않는,
외경의 마음을 품기에 충분한 가치가 있는, 인간이라는 것은
도대체 어떤 존재인가 하는 무겁고 괴로운 자문을 쉴 새 없이
하게 만드는, 자연을 초월한, 부단하게 혼을 유인하는, 지극히
철학적인 자연이었다.

그리고 그로부터 벌써 반세기가 넘은 현재도 여전히 내 육체와 정신 앞에는 그 북알프스의 위용이 떡하니 버티고 있다. 창처럼 칼처럼 날카롭고 뾰족한 그 봉우리들도 의연하게 서 있는 채 인간이라는 불가해한 존재에 관하여 이자택일의 상황을 늘 요구한다.

과연 이 세상은 살 만한 가치가 있는가? 이 세상을 사는 의미는 무엇인가? 고생에 고생을 거듭하면서까지 이 세상을 사는 기쁨은 무엇인가? 왜 이 세상이어야 하는가? 윤회는 종교와는 아무 상관없는, 언젠가는 과학적으로 증명이 가능한 자연현상인가? 우리들은 이 세상에 나오기 전에 어떤 세상에 있었을까? 이 세상을 떠나면 어떤 세상으로 가는 것일까? 다른 세계는 있는 걸까? 있다면 얼마나 있는 걸까?

완전한 무는 있는 걸까? 완전한 존재는 있는 걸까? 시간이라는 것은 무엇인가? 과거란 무엇인가? 미래란 무엇인가? 우리들은 정말로 현실의 최첨단을 살고 있는 걸까? 영원을 가져오는 것은 불완전한 무와 불완전한 유에 의한 나선상의 반복이 아닐까? 우리에게는 왜 그런 생사를 초월한 쓸데없는 것을 생각하는 복잡한 머리가 주어진 걸까?

유치하기도 하고 아무리 생각해도 부질없다는 걸 너무나 잘 알면서도, 이토록 목숨이 주어진 이상 도저히 잘라버릴 수 없는 중대한 몇 가지의 테마가 있다. 그것은 범접하기 어려운 대자연, 마치 하늘과 땅, 형이상과 형이하를 잇는 계단 같은 3천 미터급 산맥을 보며 회색의 쓸쓸하고 나른한 나날을 주구장창 보내고 있는 나에게 거의 일상적 사고의 일부가 되어버렸다.

이 시골은 아즈미노(安曇野, 나가노현 중부에 위치) 북쪽 끝 초라한 한구석에 있는, 지성이나 정서만으로는 도무지 살아갈 수 없는, 삶의 모습에 생존과 직결된 본능이 가장 먼저 드러나기 쉬운 곳이다. 이 지방 경찰서로부터 인구대비 자살률이 대단히 높다는 무서운 이야기를 들었을 때 나는 입 밖으로 내뱉진 않았지만 '그럴 만도 하지'라고 생각했다.

초등학교에 들어가기 전 유년시절의 기억은 전혀 남아 있지 않다. 완전히 누락되었다. 아마도 머릿속에는 단단히 새겨져 있겠지만 웬일인지 지금까지 뭐 하나 생각해낼 수가 없었다. 때문에 오랜 기간 나는 누구나 그런가보다 하고 생각했었다. 그런데 훨씬 나중에 학교에 들어간 후 지인이나 친구 이야기를 듣고 꼭 그런 건 아니란 걸 깨달았다. 적어도 사소한 일 한두 가지 정도는 명확히 혹은 희미하게라도 기억하는 게 보통이라는 것을 알았다.

그렇지만 내 경우는 마치 기억상실 환자처럼 기억의 파일이 백지라기보다 오히려 암흑 상태에 가까웠다. 지금도 유년시절

만은 공백인 채로 완전히 누락되어 마치 번개에 비쳐 나타난 야경처럼 갑자기 과거의 조각이 되살아나는 일도 없이, 또한 그것을 일절 고민하지도 않은 채 어느덧 50여 년을 살았다.

그러나 어릴 적 기억이 없다는 사실을 초조해 하거나 이상하다고 생각한 적은 한 번도 없었다. 또한 당시의 내가 어땠는지를 부모님이나 형에게 물어보고 싶은 충동에 휩싸인 적도 없었다. 그것도 과거를 되돌아보고자 하지 않으며 늘 현재와 가까운 미래만을 응시하고 염두에 두는, 극단적으로 앞만 보며 서두른다고 종종 충고를 듣는 내 과격한 기질 탓임에 틀림없었다.

그런데 어느새 인생 후반에 접어들어 좋든 싫든 내 앞에 노화와 죽음의 그림자가 어른거리는 나이가 되었다. 그러자 나도 모르는 사이에 인생이 나아가는 방향을 주시하는 횟수가 줄고, 그만큼 현재를 응시하는 횟수가 늘어났다. 현재의 처지를 살피던 도중, 절대로 되돌아볼 가치조차 없다고 생각되었던 배후를 거의 무의식중에 되돌아보는 일도 많아졌다.

이런 일도 있었고 저런 일도 있었다고 하는, 타인은 물론 자신에게도 별 의미 없는 진부한 추억의 폭풍우에 휩싸여 그때마다 다양한 감정에 휘둘리는 동안 그 유년시절의 기억 공백이라는 벽에 부딪쳐 새삼 멍하니 꼼짝 못하게 되었다. 그것은 마치 태풍의 눈에 들어갔을 때처럼, 바닥을 알 수 없는 고요함과 불길함이 동거하는 공포의 공간이며 나아가 견디기 힘든 고독감으로 괴로운 칠흑 같은 어둠의 세계이기도 했다.

언젠가 나는 어떤 산악인이 내게 해준 충고를 응용해보고자 시험해보았다. 그는 험준하게 솟은 단애절벽 가장자리에 섰을 때 맛보는 공포감 앞에서 이를 불식시키는 비결은 오직 전신이 계속 떨려도 꾹 참고 십몇 분간 절벽 밑에 눈을 고정시키는 것이라 하였다. 유년기 어떤 기억의 편린도 남겨두지 않은, 바닥을 알 수 없는 어두운 구멍을 응시하며 얼마간 멍하니 있었다. 그러나 묵직한 아픔과 비슷한 공포감은 도무지 멎기는커녕 도리어 커져갈 뿐이었다.

혹시나 그 안에 내 성격을 만들어낸 심각한 트라우마가 숨어 있을지도 모른다는 의심이 들었다. 평균적인 인간과는 지나치게 다른 주된 원인이 기생충 비슷한 마물처럼 숨어 있는 것은 아닐까 하고 무심코 상상의 나래를 펴고 말았다. 생각해낼 수 없는 것이 아니라 생각해내고 싶지 않은 무언가가 있는 것은 아닐까.

그렇지만 아무리 열심히 기억의 타래를 더듬어 봐도 아무것도 나오지 않았다. 고작 근처 장난꾸러기 중 한 명한테 너무나 멀쩡한 얼굴로 "너네 부모님은 진짜 부모가 아냐"라는 말을 들은 정도였는데 이것도 유년시절이 다 지나갔을 때의 기억에 지나지 않았다. 그것도 아니라면 생년월일의 월과 일이 네 살 터울 형과 똑같았던, 부자연스럽다면 부자연스러운 우연에 다소 의심의 눈초리를 보낸 정도였다.

형이나 남동생과 비교해 성격이 극단적으로 다르고, 키 또한 유난히 나만 작은데다 코 모양까지 꽤 차이가 있는 것은 왜일까? 어릴 적 내 앞에서 어머니가 갑자기 도깨비 같은 얼굴로 엉겁결에 분명 "너만 없었다면"이라고 말했는데, 그 말을 듣고 장난감 권총을 던졌던 그 희미한 기억은 실제로 존재했던 진짜 기억일까? 그렇지 않으면 누구나 꾸는 단순한 악몽이 어느새 기억 사이를 비집고 들어왔던 것뿐일까?

오로지 앞만 보는 성격을 뒤집어 표현하면, 즉 뒤를 돌아보고 싶어 하지 않는 성격이 된다. 보고 싶지 않은, 생각하고 싶지 않은 과거가 잠재의식 밑에 눌러 붙어 있어서 그것이 내 엉덩이를 계속 걷어찼던 것일까? 나는 무언가를 쫓고 있던 것이 아니라 무언가에 쫓김을 당했었던 것일까? 탄생 단계에서 존재 그 자체를 단호히 부정당하는 잔혹한 과거로부터 도망가는 일생을 보내려 했던 것일까? 절대로 그럴 리는 없다고 생각하지만……

저항의
유전자

초등학교 입학기념으로 사진촬영을 했던 날은 어렴풋한 기억으로 남아 있다. 표고가 높은 탓에 입학식 날에는 아직 벚꽃이 피지 않을 때였다. 그렇게 되면 보기에 별로라 촬영일을 보통 5월경으로 늦추는 것이 그 학교의 관습이었다. 지금 와서 생각하면 우리들 머리 위에서 멋지게 활짝 핀 벚꽃의 흔한 기억이야말로 우리 인생의식이라는 여행의 시작이었을지도 모르겠다. 동시에 보육원이나 유치원을 다니지 않았던 나에게는 사회를 접한 첫 경험이었다.

초등학교 저학년 때 확실히 기억나는 것 하나가 있다. 넓은 강당에서 1학년 모두 합동으로 운동회 연습을 했을 때의 일이다. 다른 아이들은 아이답게 희희낙락하며 춤을 추고 있었는데 나는 조금도 즐겁지 않았다. 오히려 심한 굴욕감을 느껴 공연히 화가 나고 내 스스로 바보 같아 더 이상 못하겠다는 기분이 들었다. '아이들은 이 정도면 된다'는 어른들의 오만한 행동이 너무나 빤히 보였다. 나는 그토록 시시한 춤 속에서 빠져나와 많은 선생님과 급우들이 보는 가운데 그대로 후다닥 집으로 가버렸다.

모두에게 같은 것을 억지로 시키고, 전원이 하나의 목적을 향하도록 한다는 사실이 아이였음에도 참을 수 없었던 것이다. 지금도 매스게임이나 발맞추는 행진, 혹은 공원의 아침 방송체조를 볼 때마다 화가 치밀어온다. '아이라고 해서 얕보지 말란 말야'라는 흔히 하는 말은 안 했던 것 같지만 그렇게 뱉고 싶을 정도의 분노는 느꼈던 것 같다.

그렇다고 해서 눈에 띄게 사회성이 떨어지는 자폐증 기미가 있는 아이는 아니었다. 그 증거로 등교거부를 한 적도 없으며 그런 것을 생각한 적도 없었다. 공부는 싫어해도 학교는 아주 좋아해서 누구보다도 일찍 등교했다. 겨울에는 당번도 아닌데 수업이 시작되기 전에 우리 반 난로를 다른 어느 반보다 새빨갛게 데워놓았다. 친구를 만드는 것도 잘했지만, 친한 친구 외에는 안 사귀는 타입도 아니었다. 그 누구와도 거리감을 두거나 패를 나누지 않고 솔직하고 싹싹한 태도로 사귀었다.

다만 보통 아이와 크게 다른 점이 있다면, 급우 한 사람 한 사람을 마치 보호자인양 지켜보고 다루었다는 것이다. 재미있는 놀이를 솔선해서 진행하기는 하지만 자신이 좋아하는 놀이를 고집스레 밀어붙이지 않고 언제나 대부분의 사람이 하고 싶어 하는 놀이를 우선하도록 했다. 또한 매사에 소극적이라서 적극적으로 또래와 섞이지 못하는 아이에게는 말을 걸고,

기운이 없는 아이에게는 그 까닭을 물어 어떻게든 힘을 북돋아주고, 가진 물건은 전부 나누어주고, 싸움을 하고 있으면 중재에 들어갔다.

쉽게 믿지 않겠지만 나는 그런 아이였다. 주위사람에 대한 섬세한 배려는 아마 담임교사라도 못했을 것이다. 그러나 누구에게 배운 것도 아닌데 나는 그것을 무리 없이 지극히 자연스럽게 해낼 수 있었다. 가지고 태어난 능력이라고밖에 말할 수 없을지도 모른다.

친구를 괴롭히는 다른 반 아이에게는 설령 나이가 나보다 많은 아이라도 용서하지 않았다. 운동신경과 반사신경에는 다소 자신이 있었지만, 싸움 상대를 압도할 정도의 체격은 못 갖고 태어나 오히려 몸집이 작고 얼굴도 부드러운 부류에 속했다. 특히 싸우는 것을 좋아하는 성격도 아니어서 근거 없는 싸움을 한 기억은 한 번도 없었다.

그런데 불합리한 처사에 울며 잠든 적 또한 결코 없었다. 마음의 바닥 깊숙이 잠들어 있는 길들여지지 않은 짐승이 갑자기 눈을 떴나 하고 느꼈을 때, 이미 나는 맹렬하게 눈앞의 적을 향해 서 있었다. 나 스스로도 놀랄 정도의 무시무시한 기세 탓에 결코 지는 일은 없었다. 제어되지 않는 심한 분노가 스프링이 되어서 결과적으로 상대를 쓰러뜨리는, 언제나 그런 승리방식이었다.

그래도 지나쳤다는 것은 부정할 수 없는 사실이었다. 그런 학생은 교사들 눈에는 터무니없이 폭력적이고 공격적이고 야만스럽고 양면성 있는, 현저히 자제심이 결여된 문제아로 비쳤을 것이다.

문제아 딱지를 철썩 붙이게 된 사건이 연거푸 일어났다. 싸움이라면 또 모르되, 그 한 사건이 그 정도로 문제시될 만한 일인지 당시의 나에게는 이해되지 않았다. 나는 지극히 보통의, 마치 타인의 물건을 훔치면 안 된다는 것과 같은 정도의 상식적 도리 중 하나라고 믿었었다.

교사는 황실의 누군가가 죽었다는 말을 전하며 학생들을 향해 이렇게 명했다. 동경 쪽을 향하여 일제히 머리를 숙이고 묵념하라고…… 믿을 수 없게도 그 예속적인 국가체제에 의한 무모한 전쟁이 끝난 지 상당히 흘렀는데도 내가 살던 시골에는 아직 그런 쓸데없는 풍조가 남아 있었다. 그것이 문부성에서 각 학교로 전달된 것이었는지, 전쟁 전 사상교육에서 탈피할 수 없었던 학교장의 개인적 가치관에 의한 것이었는지, 아니면 담임교사 혼자만의 생각으로 정한 것인지는 지금도 알 수 없다. 그러나 빌려온 것이기는 해도 어쨌든 민주주의 교육이 이미 시작되었는데도 우리 학생들은 갑자기 그러한 시대착오적 행위를 강요받아야만 했다.

물론 초등학교 저학년이었던 나는 사상적인 가치관은 알지 못했다. 전쟁의 책임이 도대체 누구에게 있는가, 황실이란 무엇인가, 민주주의의 의미는 무엇인가 등의, 그러한 좀 어려운 문제를 자각하고 이해할 수 있는 연령이 아니었다. 게다가 집 안에 공공연히 권력을 거스르곤 했던 사람 또한 단 한 명도 없었으며, 반역사상을 불어넣어주는 어른이 내 주변에 사는 것도 아니었다. 사회의 모순을 질리도록 깨달을 수밖에 없는, 늘 빈곤의 비명을 질러야 할 정도로 비참한 가정환경에 있었던 것도 아니었다.

그래도 늘 나는 학교 측의 그러한 수법에 맹렬한 반발을 느끼고 있던 터라 그날도 우당탕 교실을 뛰쳐나갔다. 그것은 논리가 아니라 거의 본능에 가까운 반항이고 감정의 중심에서 출발한 저항이었다. 흡사 반역의 정신이 유전자에 끼워져 있는 듯했다. 그날의 일은 내 안에 있는 분노의 존재와, 그것이 무엇에 대해 민감하게 반응하는지 알아차린 첫 사건이었다. 만난 적도 들은 적도 없는 상대에게, 결국은 같은 인간인데, 더구나 산 너머 저 멀리 도시 정중앙에 누워 있는 죽은 자를 향해 이유도 없이 '조의를 표하라' 따위의 부조리한 명령에는 절대로 따르고 싶지 않았다.

젊고 착실한 담임이었던 그 여교사에게 마루야마 겐지라는 학생은 내가 지금 당시를 술회하는 이상으로 기이한 인상을 주었음에 틀림없다. 이 학생이 감당 안 되는 이유는 딱 하나, 그의 마음에 심각한 문제가 있기 때문이라고 단정해버릴 수밖에, 그 외의 다른 답은 없었을 것이다. 그랬으므로 초등학교 3학년이 되었을 때 돌연 특수학급으로 나를 내던져버리고 말았으니 학교 측으로서는 현명하고 무난한 대처를 한 셈이었으리라.

그 반에는 만성적인 영양부족으로 병약해진 아이나 확실히 지능발달에 문제가 있는 아이만을 모아놓고 있었다. 교실 옆에는 방이 또 하나 있는데 거기에는 짚이 들어간 침대가 쭈욱 늘어서 있어 점심 먹은 후에는 억지로 낮잠을 재웠다. 담임교사는 공부보다 건강을 우선시해야 한다는 것을 잘 알고 있었다. 삶의 숨은 이치를 알고 있던 나이가 좀 든 교사는 아마 모두를 살아서 졸업시키고 싶은 바람만을 가지고 있던 것은 아니었을까?

폐결핵의 기운이 있는 것도, 지능지수가 극단적으로 낮은 것도 아닌 내가 왜 특수학급에 편입되었는지를 집요하게 부모님에게 물어보았지만 결국 명쾌한 답은 얻을 수 없었다. 그렇게도 지는 거 싫어하고 불필요할 정도로 체면을 중시하는 어머니가 아니었던가. 그런데 어째서 차남에 대한 학교 측의 충격적인 취급을 불평 한 마디 하지 않고 선선히 감수했을까? 그토록 재빨리 가망이 없다고 단념해버려야만 했던 특별한 사정이 나에게 정말 있었던 것일까.

그 이유를 알고 싶기는 했지만 나 스스로는 그다지 큰 불만도 없었다. 다른 반 학생이 차별적인 시선으로 보는 일도 많았고, 때로는 노골적으로 놀리기도 했지만 나는 여전히 태연할 수 있었다. 내 입장과는 상관없이 학교 가는 일이 즐겁고 모르는 아이와의 만남이나 사귐이 하루하루를 충실하게 만들어 주었다.

나는 그 반을 좋아했다. 내 우월감을 자극해준다는 이유는 단연코 아니었다. 그 반에서 왠지 다른 반에 없는 자유를 느꼈기 때문이다. '무엇보다 소중한 것은 목숨이고, 어쨌든 살아남아야 하는 것이고, 나머지는 그 다음 일'이라는, 담임교사의 거의 반쯤은 방임주의적인 교육방침이 내 체질에 잘 맞았던 것 같다.

그 특이한 교실에는 내가 태어나면서 추구해마지 않는 자유의 한 조각이 분명히 존재했다. 나는 어떤 아이에게도 평등하게 대했으며, 기침이 멈추지 않는 비쩍 마른 아이나, 머리 회전이 엄청 느리고 콧물을 흘리는 아이나, 없는 게 나을 것 같은 무정한 부모를 가진 아이들에게 적극적으로 다가갔다. 그리곤 웃는 얼굴을 보여줄 때까지 우스꽝스런 광대 짓을 하거나 힘을 북돋아주거나 했다.

얼마 안 가 어느 아이나 깊은 슬픔을 짊어지고 있음을 알게 되었다. 도시락을 가지고 올 수 없는 아이에게 교사가 그늘에서 자신의 도시락을 살짝 나누어주고 있는 것을 여러 번 목격했다. 소풍 배낭을 살 수 없어 통학용 책가방을 메고 와 그것이 창피하다고 교정 구석에서 흐느껴 울고 있던, 무슨 병인가로 머리카락이 빨갛던 여자아이를 봤을 때 내 배낭을 빌려주고 싶은 충동에 휩싸였지만 왠지 쑥스러워 그것을 실행에 옮길 용기가 없었다. 그런 것은 불공평한 사회를 늘상 보는 최초의 경험으로 나의 뇌리에 새겨졌다.

그 정도의 경험이라면 누구나 갖는 것이겠다. 그런데 내 특징은 슬픔을 슬픔인 채로 끝내버리지 않는 점에 있었다. 내 슬픔은 대개의 경우 조금 지나면 분노로 변했다. 슬픔을 준 자가 도대체 누구인지까지 생각이 미쳐서, 끝내는 그 놈을 어떻게든 해야 한다고 심각하게 생각하곤 했다. 그것도 여느 때처럼 언제나 폭력적인 제재수단밖에 떠오르지 않는다는 단순한 점이 보통이 아니라면 보통이 아닐지도 몰랐다.

아무리 정의의 분노가 치밀어 올라와도 결국 아이의 몸으로는 어쩌할 수 없는 무력감이 종종 밀려왔다. 그때마다 나는 안절부절못했다. 결국 아무것도 못하는 아이의 입장이 답답해서 도무지 견딜 수 없었다. 하루빨리 성장해서 한 사람 몫의 어른이나 그 이상의 어른이 되기를 소원했다. 그리고 아이들에게 깊은 슬픔을 던져주고도 아무렇지도 않은 자들에게 괴멸적인 철퇴를 내리고 싶었다.

모험소설의
배신

언제쯤이었는지 기억은 희미한데 분명히 이런 일이 있었다. 느닷없이 무상감이 나를 기습했다. 딱히 이렇다 할 구체적인 이유는 없었는데도 철학적 동요라 할 수 있을 정도로 중후한 체험이었다. '허무의 개안'이라 부르면 될까.

참 맑고, 포근하게 따스한, 싸구려 염세관 따위 절대로 근접 못할 듯한, 멋진 날의 일이었다. 풀 위에 배를 깔고 누운 나는 푸른 도깨비부채꽃 너머로 근무지에서 빌린 좁은 밭을 부지런히 갈고 있는 아버지 모습을 멍하니 바라보고 있었다.

그저 그뿐이었는데 갑자기, 정말로 갑자기 마음에 뻥 하고 구멍이 뚫려버렸던 것이다. 구멍 뚫리는 소리가 들린다고 착각을 할 정도였다. 그리고 다음 순간, 그 구멍을 향해 한겨울에 아즈미노(安曇野)에서도 불지 않는 엄청나게 차가운 바람이 쏴악 불어 들어왔다. 몸을 움츠리고 마냥 참고 견뎌야만 했다. 소리를 칠 수조차 없는 상태에 빠졌다.

이것은 어쩌면 초등학생이 되기 전, 즉 유년기의 유일한 기억일지도 모른다. 영상으로 마음에 남아 있는 기억의 구석구석을 검증해보면 아무래도 학교 가기 전의 일이 아닐까 하는 답이 나오는데, 솔직히 단언은 못하겠다.

어찌됐든 그때의 나는, 이 세상은 살 가치가 없을지도 모른다는 확신에 가까운 예감으로 뇌 전체가 온통 휩싸여버렸다. 물론 그러한 생생한 언어로 떠올랐던 것은 아니다. 그것은 말을 초월한 무거운 실감으로 어린 내 마음속을 완전히 지배했던 것이다. 그리고 인생은 지루하며 슬픔으로 차고 넘치고 있음에 틀림없다고 예측할 정도였다. 국가권력이 밀어붙였던 잔혹하고도 큰 변화의 전쟁 시기를 용케 피해온 지 얼마 안 된 어른들에게는, 필시 그러한 아무 자극도 없는 안정이야말로 바꿀 수 없는 보물이었을 것이다.

공부는 싫어해도 학교는 좋아했던 내 성향은 아무래도 집을 역겹게, 혹은 불쾌하게 느끼고 있었기 때문이 아닐까. 재미

있지도 않은, 얌전하고 단조로운 집에서 조금이라도 벗어나고 싶어서 매일 같이 반에서 제일 빨리 등교했던 것은 아닐까. 적어도 학교에는 집에서 결코 얻을 수 없는 자극과 변화가 있었다. 그리고 바로 근처에는 더 큰 자극과 변화로 넘치는 산과 강이라는, 한 발자국이라도 잘못 디디면 목숨을 잃기 쉬운 현실의 모험세계가 펼쳐져 있었다.

수업이 끝나면 나는 곧장 아이들을 이끌고 산으로 직행했다. 집에 돌아가 봤자 그곳에 기다리고 있는 것은 별 볼일 없는 인생을 보내는 어른이 좌지우지하는 초라한 일상뿐이었다. 텔레비전이라도 있으면 얘기는 달라졌겠지만 그 무렵의 시골에는 잡음 많은 라디오 정도가 유일한 오락거리였다. 불난 이야기는 반년 정도 끌 수 있는 화제성이 있고, 살인사건이라도 되면 후세까지 쭉 이야기가 전해질 만큼 무게 있는 화제였으니, 이 동네는 그러한 지역이었다.

날이 완전히 저물 때까지 보내는 산이랑 숲이랑 강가 모래밭은 작위 없는 거대한 유원지이며, 다른 지역은 전혀 모르는 내 모험심을 무한 만족시켜주는, 잿빛 현실로부터 도피시켜주는, 결코 싫증나지 않는 광활한 무대였다. 집이 얼마나 시시한 곳이든 상관없이 거기에 있는 한 언제나 육체와 정신의 깊은 충족감을 얻을 수 있었다.

바다가 안 보여 오히려 섬나라의 일부임을 조금도 느끼게 하지 않는 대자연은, 한창 성장기인 내 팔다리를 단련시켜주었을 뿐 아니라 아울러 자주독립의 정신도 길러주었다. 나 자신 이외의 힘에 기대서는 안 된다. 인생은 어디까지나 내 힘으로 개척해 열어가는 것이다. 그저 그런 학교에서는 절대로 배울 수 없는 자기신뢰의 기반이 착착 쌓아올려져 동시에 저항과 반역의 피가 오체 구석구석까지 두루 미쳤다.

그 즈음의 나는 아마 어른이 되면 자연 속에서 얻은 감동을 그대로 발전시킬 수 있는 인생을 보내고 싶다고, 또한 보낼 수 있을 것으로 믿었던 것은 아닐까? 아버지가 《양초의 과학》이라는 책과 함께 사준 《로빈훗의 모험》을 읽고 난 뒤, 나는 언젠가 나도 이러한 모험의 세상 속으로 들어갈 수 있을 거라 기대했던 것만 보아도 역시 보통의 또래 아이였다.

다만 보통 아이들과 다소 다른 점이 있긴 했다. 눈이나 비 때문에 산에서 놀 수 없는 날이 되면 나는 외울 수 있을 정도로 《로빈훗의 모험》을 읽고 또 읽었다. 이 소설은 꽤 긴 장편소설이고 그 한 권으로 끝이 아니었다. 속편을 살 때마다 나는 그 아나키한 녀석들의 가슴 후련한 대활약에 몰두하게 되었다. 우리 동네 근처 숲은 금세 셔우드의 숲으로 변해버리곤 했다. 자연이라는 현실 속에 문학이라는 허구를 취해 넣게 되니 내 세계관은 순식간에 아름다운 광채를 발하였다. 오직 거기에 잠겨 있을 때만이 이 세상은 가치 있었다.

그런데 몇 권인가 읽고 결말에 다가가려는 동안에 로빈훗의 삶의 방식 그 자체에 위화감을 느끼게 되었다. 그것은 실망이라 해도 좋았다. 아니면 혹독한 배신을 당한 듯한 기분이라고 해야 할까. 그 정도로 아나키한 분투를 거듭한 내 히어로는, 세상에나, 왕의 신하가 되어버린 것이 아닌가. 로빈훗은 체제 속의 지위를 얻는 것으로 대만족을 느끼는 남자였던 것이다. 자신이 쏜 화살이 떨어진 장소에 묻어달라는 드라마틱한 라스트 신보다 한 걸음 빠르게, 나의 동경했던 영웅은 내 안에서 뒷맛도 씁쓸히 소멸해갔다.

그 후 내 앞에 등장한 《로빈슨 크루소》의 세계는 로빈훗에게 받은 상처를 보상해주고도 남음이 있었다. 로빈슨 크루소가 오로지 혼자서 무인도라는 한계 상황을 창의적인 궁리에 의해 차츰 극복해가는 과정은, 모험적이라는 점 이외에 내 어딘가를 격렬하게 자극하는 힘을 품었다. 그것은 혼자 힘으로 살아나가는 강한 생존본능에 공명하는 소설이었다.

그러나 그 감동도 길게는 이어지지 않았다. 잡아먹혀 살해당할 뻔한 상황에서 다시 살아나 프라이데이라고 이름붙인, 소사 같은 입장의 동거인이 등장할 때부터 내 기분은 깨지기 시작했다. 그리고 주인공이 다시 문명의 세계로 돌아가는 구절이 되자 완전히 흥이 깨져버렸다.

이후 나는 당분간 모험소설에서 떠나기로 했다. 원래 소설은 소설일 수밖에 없고 거기서 느껴지는 재미는 어차피 허황된 이야기일 수밖에 없다는, 아이답지 않은 단념을 빨리도 해버렸다. 이윽고 진짜 감동과 진짜 재미는 현실세계에서 획득해야 한다는 막연한 생각이 싹텄다. 나에게는 그것을 가능케 하는 재능과 감각이 충분히 갖춰져 있다는 자만심도 서서히 머리를 쳐들기 시작했다.

그렇지만 그 이상은 미치지 못했다. 구체적으로 무엇을 한다는 계획은 없었다. 분명한 목표를 세우고 꾸준히 노력을 쌓아올리는 데까지는 이르지 않았다. 그것도 착실히 엉덩이를 붙이고 한 가지 일에 전념하는 것을 잘 못했기 때문일 것이다. 또한 당시의 나는 장시간 사고를 집중시키는 것도 힘들었다.

소년시절의 나는 줄곧 몸을 움직이고 있고, 주위의 상황변화를 오감으로 파악하려고 늘 안테나를 세우고 있으며, 동물 같은 직감력에만 의지해 이 세상을 사는 것의 재미를 모색하곤 했다. 이것은 어쩌면 요즈음 종종 들리는 '다동증(多動症)'이라는 병일지도 몰랐다.

내가 움직이지 않을 때는 자고 있을 때였다. 정말로 잘 잤다.

어디든 바로 잘 수 있었다. 가끔은 숙제라도 해볼까 해서 교과서를 펴고 연필을 잡은 순간 수마에 습격당하는 일도 비일비재했다. 작문은 불과 몇 줄 쓰면 녹초가 되어버리고, 그 내용을 보면 언제나 밑도 끝도 없는 결론으로 초지일관하고 있었다. 일기를 쓰는 것도 고역이었다. 일기라는 것은 내가 싫어하는 과거의 상징밖에 되지 않았다.

덧붙여 말하자면, 마음에 드는 일만 하고 조금이라도 마음이 내키지 않는 일은 절대로 하지 않았다. 할 일이 없으면 시간대와 상관없이 자버리는 체질은 아직도 바뀌지 않았다. 하루에 12시간을 넘는 수면도 결코 드물지 않다.

부모님은 그런 차남을 이상한 녀석이라고 치부하고 낙오자라고 판단했을 것이며, 필시 가망 없다고 단념하고 있었을 것이다. 그렇다고 그들이 자녀교육에 대한 희망을 전부 잃어버리고 모든 장래를 포기한 것은 아니었다. 발군의 학교 성적을 자랑하는 장남만 있어주면 별 희망 없는 이상한 차남 따위 단념해도 된다고 생각했었던 것은 아닐까.

오직 아버지만의
세상

그렇다고는 하지만 학원도 뭣도 없었던, 입시공부라는 다급해
진 상황을 그다지 심각하게 받아들이는 학생이 적었던 시절이
었다. 고등학교 교사를 하는 아버지가 형에게 꼬박 붙어서 가
르치면 중학교 정도의 수업은 반에서 톱의 성적을 거두는 것
도 당연했다.

　교육과는 전혀 인연이 없는, 도저히 부유하다고는 할 수 없
는 농가의 다섯 자매 중 한 명이었던 어머니가 그 정도로 아들
의 학력에 신경 쓴 것은 필시 시골사람 콤플렉스에서 나온 것
이었으리라. 그리고 그것은 무학의 자신이, 농가가 아니라 교
원이라는, 그 즈음 시골에서는 조금 눈부신 존재였던 남자와
가정을 꾸릴 수 있었던 자랑 혹은 기쁨과 결코 무관하지 않았
을 것이다.

　아버지는 아버지대로 어중간한 교육을 받았기에 시골교사
이상의 무언가가 되어주었으면 하는 꿈을 장남에게 의탁했을
것이다. 바닷가에서 자란, 비교적 유복한 선주집안 오형제의
한 명으로 자란 아버지는 당시 수업료를 낼 수 있으면 누구나
들어갈 수 있었던 대학에 입학하여 일본문학을 배우고 수영과

테니스로 세월을 보냈다. 그 후 어떤 선택을 했는지 물어본 적도 없지만 신슈(信州)에서 고등학교 교사가 되어 국어를 가르치고, 나가노(長野)현 내의 학교를 전전한 듯하다. 내가 알고 있는 것은 이 아즈미노(安曇野)에 있는 여학교에서 교감이 되어 있는 아버지의 모습이었다.

아버지는 학교 교정에서 테니스를 즐기고, 차가운 얼음 녹인 물을 끌어들인 풀장에서 수영 실력을 보여주고, 빌린 밭을 경작하고, 처갓집에서 모내기랑 벼 베기를 돕고, 적은 월급을 잘 꾸려서 사 모은 문학서적에 둘러싸여, 단지 이젠 그뿐으로 행복해보였다. 많은 여학생 제자들에게 에워싸여 그녀들 사이에서 자신의 인기가 올라가는 것을 재확인하는 나날…… 아버지 같은 남자에게 그러한 생활은 거의 이상에 가까운 것이었을지도 몰랐다.

아마도 아버지 머릿속을 차지하고 있던 것은 전형적인 문학청년이 동경하는 인생이었으리라. 그러나 나와 같은 자가 보기에는 도저히 이해할 수 없는, 현저히 리듬이 결여된, 체념과 거의 같은 변변치 않은 인생일 뿐이었다.

아버지는 온화했다. 주사나 노름으로 가족을 괴롭히는 부모와는 비교가 안 될 정도로 나무랄 데 없는 남자였다. 그렇지만 나는 언제나 아버지에 대해서 어떤 좀 부족한 듯한 느낌을 갖고 있었다. 남자로서의 강함과 강인함, 격렬함 같은 조건이 깡그리 누락되어 있는 점이 아무래도 마음에 들지 않았다. 아버지의 어디를 봐도 결단력의 편린조차 엿볼 수 없었다.

어머니에게 듣자하니 아버지가 징병을 면한 것은 교사의 인원을 어느 정도는 확보해두어야 하는 정책 때문이었다. 형에게 들어보니 서류대장 틈 사이에 아버지 이름이 있었던 탓에 공무원이 미처 보지 못했다고 하는데, 한 다리 건너 들은 이야기라 진위의 정도는 지금도 알 수 없다.

아버지의 학생시절 군사교련 사진을 본 적이 있다. 그때 아버지는 급우와 함께 기관총 앞에 엎드려 누워 태평하고 환한 미소를 띠우고 있었다. 검도도 했었다는데 아무리 봐도 도저히 병사가 될 수 있을 것 같은, 백병전이 되었을 때에 주저하지 않고 총검을 적군의 심장에 찔러 벨 수 있을 듯한 얼굴이 아니었다. 만약 징병이 되었더라면 아마 전투지에 도착하기도 전에 목숨을 잃었을 것 같다.

그런 남자가 치쿠마 강(千曲川)의 철교에서 강물을 향해 근사한 다이빙을 즐겼었다는 이야기를 들었을 때는 너무나 의외라 얼마쯤 다시 보게 되었다.

머지않아 아버지는 전근을 가게 되었고, 우리 일가는 현 내에 있는 다른 마을로 이사를 가야만 했다. 형은 모처럼 합격한 유명 고교에서 다소 수준이 떨어지는 다른 유명 고교로 열차 통학하게 되고, 나와 남동생은 그 마을의 초등학교로 옮기게 되었다. 사는 데 편해진 아즈미노(安曇野)를 떠나고 광을 개조한 셋집을 떠날 때, 나는 비로소 부평초의 비애를 맛보았다. 몸 둘 곳이 아무 데도 없는 비참한 처지에 타격을 받았다. 집도 절도 없는 신세를 비로소 알게 되어 마음의 구멍이 뻥하니 넓어지는 것을 느꼈다.

아버지의 전근은 월급쟁이의 숙명으로 어쩔 수 없는 것임을 알면서도 그동안 살았던 익숙하고 편한 지역을 떠나는 것은 여간 괴로운 일이 아니었다. 자유분방한 반이었던 특수학급 친구와 헤어져야 하는 것도, 광대한 모험의 무대였던 산하에서 멀어지는 것도 견디기 어려워 아버지의 직업을 한껏 저주했다.

어머니도 그 이사를 환영하지 않았었다. 어머니의 쇼크는 무슨 일이 있으면 바로 찾아갈 수 있는 친정에서 멀리 떨어져 버리는 것뿐만이 아니었다. 실은 그것은 남편의 지위가 내려갔음을 보여주는 전근이기 때문이다. 아버지는 새로운 근무처인 여학교에서 교장으로 승격하기는커녕 교감의 신분조차 아니었다. 평교원과 마찬가지로 취급을 받았다.

어머니는 애당초 사람 좋은 남편이 속은 것이라며 화를 냈었다. 아무래도 이사를 막 끝낸 그때까지도 아버지가 교감인 것을 믿어 의심치 않았던 것 같다. 요컨대 아버지에게 본래 주어져야 할 지위를 다른 교활한 동료가 가로챘다고 해석하여 그 학교의 교감을 원망했다.

그런데 사실은 그렇지 않았다. 속은 것은 어머니 쪽이었다. 그리고 속인 것은 아버지였다. 그러한 부자연스런 형태의 전근은 실은 아버지가 바란 것이었다. 아버지는 자신의 부모가 사는 마을과 조금이라도 가까운 곳에 살고 싶어서, 단지 그 이유로 교감 지위를 버리면서까지 그 전근을 스스로 희망했다는 것을 훨씬 나중에서야 알았다.

당시 아버지의 부모는 이미 선주도 뭣도 아니고, 변호사를 하는 아버지의 남동생 가족과 함께 나가노(長野) 시에 살고 있었다. 아마 아버지는 '마더 콤플렉스'의 전형이지 않았을까. 아이 셋이 성장함에 따라 부모로서의 책임이 무거워진 것과, 자신이 젊음을 잃어감에 따라 높아지는 불안이 아버지를 자기 어머니 곁으로 불러들인 것이 아닐는지…… 옆에 모친이 있어주지 않으면 도저히 인생 후반을 보낼 자신이 없었던 것은 아닐까. 달걀을 선물로 들고 자기 아이를 동반해서 어머니 댁에 놀러갈 때의 아버지 얼굴은 정말로 기뻐보였다.

그것도 아니면, 농촌지역을 널리 뒤덮고 있는 지나치게 토속적, 세속적, 현실적인 반문학적 가치관에 질려버린 것일까. 퇴비냄새가 아닌 도회의 바람이 불어와줄 듯한 문화의 향기를 조금이라도 맡고 싶은 나머지 전근을 신청했던 것일까.

그것도 아니면, 그 불가해한 전근 속에는 아이 머리로는 상상도 못할 복잡한 사정이라도 있었던 것일까. 예를 들면 파탄난 남녀관계를 청산할 목적이라도 있었던 것일까. 자기가 은밀히 사귀고 있던 여자와 연을 끊기 위해? 아니면 처에게 친밀하게 접근한 남자를 멀리 쫓기 위해? 짚이는 맥락은 여러 개 있었지만 별로 확증을 잡고 싶다고는 생각하지 않았다. 왜냐하면 그때 이미 내 마음은 가정과 가족이라는 것에서 완전히 떠나 있었기 때문이다.

그 이사로 인해 자유를 추구하는 내 마음은 점점 강해졌다. 땅에도 집에도 친척에도 얽매이지 않는 입장을 반대로 생각하면, 보통의 인간은 가지고 얻을 수 없는, 현실 속에 있는 모험과 감동을 만날 수 있지 않을까 하고 생각하게 되었다. 그것은 어떤 갑작스러운 생각이기도 했지만, 지금에 와서 생각해보면 그러한 변화의 연속이야말로 내 정신을 단련하고 강하게 사는 방향으로 돌진하는 최대 요인이 된 것이리라.

아버지 또한 나와 같아서 가정에는 마음이 없었을지도 모른다. 그러나 추구하는 세계는 같지 않았다. 정반대였다. 아버지

의식의 태반은 자기 혼자만의 세계에 있고, 그것은 무슨 일이 있어도 밖으로 향하지 않고 어디까지나 안으로 안으로만 침잠해갈 뿐이었다. 아마도 조심스러운 나르시시즘이고 소극적인 도피였으리라.

실제로 아버지의 가족에 대한 관심도는 무책임할 정도로 희박했다. 언제나 마음은 여기 없다는 식이었다. 따라서 고함치거나 때리거나 하는 아버지 쪽이 사실은 아이에게 정말 잘해주는 것이었는지도 모른다. 많은 여학생을 앞에 두고 강의하는 아버지의 목소리는 좁은 교원주택까지 들려왔다. 그것은 믿을 수 없을 정도로 발랄하고, 절대로 집에서는 들을 수 없는 생기 가득한 말투였다.

일을 마치고 귀가한 아버지는, 혹은 휴일의 아버지는 가족 대신에 책을 상대했다. 직장에서 그토록 장시간 문학과 관련되어 살았음에도 불구하고 집에서도 또 문학의 세계에 흠뻑 잠기는 나날을 물리지도 않고 보내셨다. 게다가 아직 읽은 적 없는 소설을 잇달아 독파하는 것뿐 아니라 이미 몇십 번이나 읽은 명작에 끝도 없이 빠져 거기에서 한발자국도 나오려 하지 않았다.

나츠메 소세키(夏目漱石), 〈겐지모노가타리(源氏物語)〉, 〈츠레즈레쿠사(徒然草)〉, 아쿠타가와 류노스케(芥川竜之介), 〈오쿠노호

소미치(奧の細道)〉 등등 일본의 대표작가선과 명작이라면 대략 없는 게 없을 정도였다. 그런데도 아버지는 같은 책이 새로이 출판되면 곧바로 사들였다. 마치 수집가 같았다. 덕분에 좁은 집은 책투성이가 되었고 이삿짐을 쌀 때에는 돌덩이 같은 무게에 화가 치밀어, 입 밖에는 내지 않았지만 마음속에서는 '멍충이! 이런 것을 이렇게 많이 모아 들여놓다니' 하고 여러 번 욕을 퍼부었다.

상대의 굴복을
본다는 것

새로 이사한 그 마을은 전에 살던 마을과 비교하면 자연이 매우 빈약했다. 평범한 보통의 산과 더러운 강만 흐르고 있을 뿐 도저히 모험의 무대가 될 정도는 아니었다. 또한 이곳 학교에는 예전처럼 특수학급 같은 곳이 전혀 만들어져 있지 않았다. 오랜만에 일반 학급에 집어넣어진 나에게 그때까지 공부를 게을리하고 오로지 좋아하는 것만 해왔던 그간의 대가가 찾아왔다. 초등학교 6학년이나 되어도 만족스럽게 구구단을 외우지 못하고 로마자도 배우지 않았던 덕분에 호되게 창피를 당하는 처지가 되었다.

게다가 그 고장의 풍습과 기풍이 좋지 않은 탓인지 성장배경이나 환경이 남루하고 마음마저 삭막한 아이가 많았다. 그들은 전학생인 나를 주시하며 괴롭혔다. 마치 자신의 평소 울분을 해소하려고 다가오는 듯했다. 그렇지만 그들은 몰랐을 것이다. 겉으로 보아선 온후함 그 자체로 보이는 전학생의 또 다른 얼굴을.

그렇다고 해도 아버지는 왜 자기 아이에게 그런 위험한 물건을 사준 것일까. 연필을 깎기 위해서라면 문방구에서 팔고 있는 보통의 작은 칼로도 충분했는데, 직장에 드나드는 상인으로부터 다부진 잭나이프를 사들여 그것을 나에게 가지라고 준 것이다. 어쩌면 아버지는 내 성격에 대해서 전혀 파악을 못 했을지도 모른다. 무리도 아니었다. 원래 가족의 동향에는 지독히도 무관심한 아버지인데다가, 가정에서의 나 또한 놀라울 정도로 내숭을 떨고 있었기에 말이다.

전학 온 지 얼마 안 되는 초등학교 6학년인 나는, 길에서 나이 많은 그 지역 아이가 괴롭히려 할 때 여느 때와 마찬가지로 참고 넘어가지 않았다. 갑자기 반격으로 전환했다. 그 녀석의 팔을 비틀어 올려 쓰러뜨리고 옆구리를 몇 번인가 차올리고 나서 두 번 다시 손대지 않겠다고 약속을 받아놓았다. 그러나 예상대로 비굴한 그 녀석은 풀어주자마자 다시 달려들었다. 그래서 나는 주머니에 숨겨 가지고 있던 잭나이프의 칼날을 재빨리 펼쳤다.

물론 그런 물건을 진짜 사용할 생각은 없었다. 단지 위협이었다. 위협으로서는 효과만점이었다. 그 녀석은 이후 두 번 다시 손대지 않게 되었을 뿐 아니라 나이 어린 나에게 아첨까지 하는 것이었다.

기분 내키면 두목인 체하는 것도 가능해서 나는 원시적이고 유치한 지배욕을 만족시키는 입장에 설 수 있었을 것이다. 확실히 나는 그러한 재능도 때마침 가지고 있었다. 그렇지만 나는 '누구도 따르고 싶지 않다'는 생각만큼 강하게 '그 누구도 나를 따르게 하고 싶지 않았다'. 로빈훗을 끝까지 좋아할 수 없었던 것도 그가 많은 부하를 거느리고 결국에는 귀족의 그룹에 들어가버린 탓임에 틀림없었다. 또한 로빈슨 크루소에게서 멀어져간 것도 그가 소사처럼 원주민 젊은이를 거느렸던 점에 있으리라. 그러한 인생은 내가 무의식적으로 지향하는 입장과는 큰 간격이 있었다. 내가 추구해 마지않는 자유라는 것은 결코 그러한 것이 아니었다.

그런 일이 있고 나서 꽤 지난 어느 날이었다. 쉬는 시간에 교실 난로를 둘러싸고 친구들과 담소를 나누고 있을 때 문득 담임교사가 끼어들었다. 학생들을 상대로 이것저것 지껄이던 그는 모두의 분위기가 충분히 느긋해진 때를 적당히 보고 나더니 나에게만 들리는 작은 소리로 살며시 말했다.

"길거리 복판에서 나이프를 꺼내 싸움을 한 녀석이 있다는데 말이지."

세상 속 잡담 같은 말투로 그렇게 말했다. 그러나 그 이상은 말하지 않았다. 나를 추궁하려고도, 나이프를 맡겨놓으라고도, 다음에 또 그러면 부모에게 알린다고도 하지 않았다. 담임교사의 그러한 우회적인 충고가 나에게는 도리어 먹혔다. 적어도 초등학교를 졸업할 때까지는 나이프를 학교에 가지고 다니지 않았다.

그렇지만 그 고장의 중학교에 들어가자 그렇게만도 되지 않았다. 중학교에는 더욱 질이 나쁜 녀석들이 우글우글 존재하고 있어서 제멋대로인 내 존재를 이미 그들이 알고 있었기 때문이다. 나는 태연히 약자를 괴롭히는 그런 쓰레기들과 선을 긋고 있을 생각이었지만, 적은 나를 자신들과 같은 부류라고 머릿속에서 일방적으로 단정하며 대했다. 일찌감치 두들겨줘야 하는 '모난 돌'이라는 결론을 내놓고 있던 것이다.

나이프 외에 자전거 체인을 짧게 잘라 줄인 무기를 숨겨 가지고, 잇달아 달려드는 불똥을 부지런히 흔들어 떼어냈다. 그러나 여기에는 끝이 없었다. 나에게 당한 녀석은 보복으로 더 강한 녀석에게 응원을 부탁하고, 그 녀석은 또 다른 녀석에게 부탁하는 식이 되어, 결국에는 고등학생을 상대해야 하는 처지가 되었다. 게다가 도중에 그만둘 수는 없었다. 최후까지 싸우든지, 그들에게 굴복하든지 둘 중 하나의 길밖에 없었다.

자전거 체인은 저속하고 동물적인 상황 아래에서 지극히 유효한 무기였다. 나이프처럼 결정적이기는 하지만 비극적인 승리로 이끄는 일도 없이, 그것을 빙빙 흔들어 돌리는 것만으로도 꽤 많은 상대와의 분투가 가능했던 것이다. 또한 용기의 '용' 자도 없는 요즘 젊은이들의 싸움과 달리 당시엔 다행히도 '암묵의 룰' 같은 것이 있었다. 목숨을 빼앗거나 중상을 입히거나 하는 데까지는 절대로 가지 않았고, '일대일 맨손으로' 하자고 하면 받아들이는 것이 보통이었다. 그렇지 않은 경우도 종종 있었지만 기껏 코피나 푸른 멍 정도로 끝나는 것이 보통이었다.

경험을 쌓을수록 싸움에 익숙해진 나는 조금씩 변해갔다. 집을 한 발자국 나선 순간부터 맛보는 폭력적인 긴장감과, 줄곧 주위를 빈틈없이 살피는 것을 좋아하는 치밀함에 인이 박혔다. 결국에는 거의 그것만을 위해서 등교하게 되었다 해도 과언이 아니었다. 살아있는 것이 재미있고 내가 추구했던 것이 이것일지도 모른다고 생각하는 순간도 여러 번 있었다. 상대가 무릎을 꿇고 패배를 인정하거나, 나를 한수 위로 인정하는 입장이 한층 명확해지거나 할 때 정말로 원시적인 희열이 전신을 뚫고 지나갔다.

그렇지만 길게는 가지 못했다. 이윽고 나는 상대하는 녀석들의 수준이 너무나 낮아 나날이 싫증나기 시작했다. 이런 녀석들과 평생 얽힐 수는 없다는 생각이 차츰 강해져갔다. 그들이 걷는 나락의 길을 답습하고 싶지 않았다. 그들이 동경의 시선으로 우러러보는 어른이란, 어두운 사회 이면의 수많은 규칙에 묶여 꼼짝 못하고, 유치장에서 보내는 세월 쪽이 훨씬 길 것 같은, 조악한 범죄조직의 조무래기밖에 없었다.

그렇다고 해서 아버지와 어머니가 형에게 기대하는 학력에 편중된 세태에 조준을 딱 맞춘 길로 나아갈 마음도 없었다. 그때 이미 나는 일류 대학을 나왔다는 단지 그 이유만으로 모든 것이 정해질 만큼 인생이 단순하지 않다는 것을 알아차렸다. 설사 일반 세상에 그러한 길이 결정되어 실재했었다고 해도 그런 시시한 길을 통과하고 싶지는 않았다. 내가 손에 넣고 싶은 이 세상에서의 감동이 그저 불한당들의 길이나 점수 따는 기계가 있는 길 앞에 놓여 있을 거라고는 도저히 생각되지 않았다.

반면교사로서의
부모

많은 사람들과 마찬가지로, 지극히 좁은 가치관밖에 못 가진 부모님에 의해서 상당히 무거운 짐을 짊어지게 된 형은 매우 괴로워하며 살았다. 괴로워도 스스로 다른 길을 찾으려고 하지는 않았다. 일류 고등학교에서 일류 대학으로 진학하는 것 외의 길은 없다고, 어린 시절부터 주입된 부모의 주술로부터 이미 벗어날 수 없게 되어버렸다. 중학교 성적이 톱클래스라도, 그런 학생만 모이는 고등학교에서 같은 성적을 유지할 수 있는 것은 더욱 더 우수한 몇 명일 뿐이었다. 그런 자명한 이치가 형에게는 좀처럼 납득이 안 되는 모양이었다. 안타까운 고뇌는 그런 이유에서였다.

고교 교사인 아버지는 정말이지 그 저변의 사정을 보다 일찍 이해한 것 같아서 머지않아 장남에게 건 꿈을 포기했던 것 같다. 자신도 이룰 수 없었던 성공을 내 아이가 성취해줄 리 없다고 깨달은 것이 아닐까. 아마 그 반동이었을 것이다. 아버지는 점점 축축하고 머뭇머뭇거리는 문학의 세계로 도피하였다. 그저 이웃마을에 사는 자신의 어머니 앞에서만 평상시 보여주지 않는 편안한 표정을 되찾곤 했다.

그러나 세상물정 어둡고 오기가 있는 어머니는 포기하지 않았다. 출세를 수포로 돌리면서까지 자기 모친 가까이에 살고 싶어 하는 남편에게 정나미가 떨어져서, 그 다음으로는 흔히 여자에게 있는 제멋대로이며 타율적인 꿈을 장남에게 의탁하려고 한 것이리라. 무슨 짓을 해서라도 장남이 돌파구를 열어주길 바랐던 데에는 평교사의 아내인 채 인생이 끝나버릴 거라는 불안감이 작용했을 터이다. 시대가 바뀐 후에 이러한 부모님이 원인이 되어 붕괴되는 가정이 급증해갔다.

내가 볼 때는 상당히 우수한 성적을 거두었음에도, 어머니는 형을 향해 무슨 일이 있을 때마다 도발적이고 무신경한 말을 쏟아냈다. 자신은 아무 노력도 하지 않고 남편이나 아들을 부추겨 그 성공에 편승하려고 하는 여자의 본능을 노골적으로 드러내면서 계속 형을 막다른 경지까지 몰아넣었다. 아버지가 그때 제대로 정신을 차려서 그런 어머니를 엄하게 꾸짖거나, 그래도 귀를 기울이지 않을 경우 단호히 내쫓았으면 금세 해결되었을 것이다. 그렇게 하면 형은 그 정도까지 괴로워하지 않아도 되었고, 실력에 맞는 무리 없는 길을 유유히 걸을 수 있었을 터였다. 어차피 그 정도의 문제일 뿐이었다.

학교공부 따위에 전혀 흥미가 없는 나는 가방도 교과서도 없이 매일 도시락 하나를 보자기에 싸서 등교했다. 그러나 언제까지나 그렇게 맘 편하게 있을 수 없었다. 장차 어떤 길을 선택해야 하느냐 하는 현실적인 문제가 시시각각 닥쳐오고 있었다. 진학이냐 취직이냐…… 피해갈 수 없는 중대사였다.

학교 도서관에서 강제로 독서를 시키는 시간이 있는데, 그때 내가 고른 것은 될 수 있는 한 글자 수가 적은 책이기 마련이었다. 주로 사진을 많이 사용하는 실용서 종류였다. 글자만 있는 문예서 따위는 거들떠도 보지 않았다. 그러한 책이 진열되어 있는 선반에 다가가는 것만으로도 혐오감을 느낄 지경이었다. 필시 내 자유를 압박하는 듯한 아버지의 장서들이 떠올랐기 때문일 것이다.

그 무렵이 되자 내 정신은 문학을 노골적으로 경멸할 수 있을 정도까지 성장해가고 있었다. 그것은 그러한 물건에 열중하는 인간의 본질을 꿰뚫을 수 있는 좋은 재료가 내 가까이에 존재했기 때문이다. 아버지가 사는 법을 그냥 보는 것만으로 좋든 싫든 알게 되는 것이었다.

이렇게 많은 책을 읽어도 이 정도의 남자밖에 못 되는 것인가? 자기 분수도 모르고 언제까지나 꿈만 좇고 있으면 종국에는 어떻게 되는지, 그런 간단한 것조차도 자기 아내에게 이해시킬 수 없는 것인가? 내 아이의 방황과 괴로움을 알면서도 '인생에서 가장 소중한 것은 이쪽에 있다'고 가리켜 보여주는 것도 못한단 말인가? 그런 남자가 지금까지 몇십 년이나 학교에서 학생들에게 무엇을 가르쳐왔단 말인가?

언젠가 나를 인터뷰하러 온 문학통인 한 남자에게 내 아버지 이야기를 하니, 그는 자못 기쁜 듯한, 그러면서도 뭔가 안심한 듯한 얼굴로 이렇게 말했다. "좋네요. 그런 사람 너무 좋아하는데……"라고. 퍽 자연스런 말투로 판단하건대 아무래도 본심에서 나온 말인 듯했다.

그렇지만 그 한 마디를 듣고 나는 단박에 기분이 잡쳐지고 인터뷰에 제대로 대답할 의욕이 한순간에 사라졌다. 결국 인터뷰는 진행되지 않고 흐지부지 끝나고 말았다. 아버지와 같은 종류의 남자가, 즉 문학 주위를 위성처럼 빙글빙글 돌면서 현실의 중력을 어떻게든 피하려 하는 기분 나쁜 인종이 틀림없이 실재하고 있었던 것이다.

그러나 지금에 와서는 거의 반면교사로서의 가치밖에 없었던 부모님에게 얼마간 감사해도 좋다고까지 생각하고 있다. 전혀 의지가 안 되는데다가 현명하다고는 도저히 말하기 어려운 부모를 가졌기 때문에, 나는 헤매는 일 없이 지금껏 확실하게 자립과 독립의 길로 나아갔던 것이다. 벌벌, 흠칫흠칫 떨기만 할 뿐, 내 능력의 십 분의 일도 발휘하지 않는, 타율적이고 사대주의에 침범당한 그런 비참한 인생만은 걷고 싶지 않다는 의식이 일찍부터 싹텄으니, 이는 오로지 그런 부모 덕분이었을 것이다.

그렇지만 그것은 세상에 곧잘 보이는 극히 평범한 인생이고, 그 길을 거부하면 남은 길은 정말 조금밖에 없으며, 그곳을 걷기 위해서는 그에 상응하는 재능이 필요하다는 것을 안 것은 훨씬 나중의 일이었다.

문학의 첫인상, 병적(病的)

중학교 독서시간에 우연히 손에 집은 것은 다름 아닌 브라질 이주에 관한 책이었다. 사진이 빽빽이 들어 있던 그 책에는 이민선의 모습이며, 같은 지구의 전경이라고는 도저히 생각할 수 없는 열대우림에 지평선까지 빈틈없이 뒤덮인 대륙의 풍경, 좁은 일본에서 이주해 대농장을 경영하게 된 성공자의 사진 등이 게재되어 있었다. 그 책을 한눈에 보자마자 나는 바로 이거라고 생각했다. 이것이야말로 내가 나아갈 세계이고, 죽을 만치 지루하고 답답한 인생의 탈출구에 다름 아니라고 결정해버렸다.

그 무렵은 아직 남미 이주를 희망하는 일본인이 아주 많아서 '이민선'이라는 말에는 로망의 울림이 가득 들어 있던 시절이었다. 그 꿈은 끝없이 부풀 가능성을 숨기고 있었다. 무일푼으로도 강건한 육체를 가지고 단 한 번뿐인 인생을 마음껏 살아보고 싶은 자들에게 브라질은 그야말로 딱 이상향이었다. 혹은 다양한 사정에 의해 배수의 진을 치고 큰 도박을 걸어야 했던 자들의 마지막 보루이기도 했다.

책 한 권으로 완전히 기분이 좋아진 나는 친구 앞에서, 그리고 부모 형제 앞에서 그 꿈을 마구 떠들어댔다. 뜯어말리는 자는 한 명도 없었다. 본심이 아니라고 생각했는지 혹은 성가신 존재를 떨궈낼 수 있다고 생각했는지 그 언저리는 분명하지 않다. 어느 쪽이든, 설령 관두는 편이 좋다는 말을 들어도 고분고분 들을 내가 아니었다.

당시 내 피는 엄청 끓어올랐다. 온갖 목숨은 밖을 향해 돌진하기 위해서만 존재하며, 그렇게 해서 잃어버리는 목숨이야말로 성실한 목숨이고 참으로 가치 있는 인생에 다름 아니었다. 그런 꽤 위험한 '완전연소형 삶의 방식'의 기초가 다져지고 있었던 것이다.

내 미래가 돌연 빛나기 시작했다. 오랜 기간 기다리고 바랐던 것은 이거라고 생각했다. 이 세상에 태어난 것은 이 때문이라는 확신을 품기에 이르렀다. 인생이 갑자기 재미있어졌다. 광대한 정글을 개척해서 거기에 자신만의 왕국을 구축하는 것…… 이 얼마나 멋진 삶의 방식인가. 시골교사 아버지의 재미없고 아무것도 아닌 운명에 끌려 다니면서 셋집을 전전하는 부평초 생활과는 이것으로 단호히 연을 끊을 수 있었다. 브라질 이주에는 로빈슨 크루소의 세계와 공통된 조건이 전부 갖추어져 있는 것이 아닌가. 나는 그렇게 생각했다.

만일 농업의 실태와 실정을 전혀 모르는 환경에서 자랐었다면 필시 나는 그대로 옆도 돌아보지 않고 곧장 대책 없이 파란만장한 길을 걸었겠지. 하지만 기대가 부풀어 올랐을 즈음 퍼뜩 깨달았다. 외갓집에서 농사일을 거들었을 때의 일이 생생히 떠올랐다. 아침부터 밤까지 여러 날 사과 소독을 위해 수동식 펌프 누르는 일을 해야 했던 체험이 되살아났다.

그것은 실로 가혹한 노동체험이었다. 가령 내가 어른과 비슷한 체력을 가지고 있었더라도 견딜 수 있을 것 같지 않았다. 육체적으로도 그렇지만, 우선은 정신적으로 타격을 입을 것임에 틀림없었다. 곤충처럼 사고를 정지한 상태에서 단조로운 작업을 끝없이 계속하는 것은 나에게는 지옥과 같았다.

동시에, 농촌 사람들의 밭과 선조의 묘에 속박당하는 생활이 얼마나 자유에 반하는 것이고, 한정된 인원수의 지역사회

인간관계가 얼마나 거추장스럽고 어두운 것인가 하는 것을 생각해냈다. 말이나 소처럼, 혹은 그 이상으로 일하는 것이 아직 기계가 보급되지 않았던 당시의 농업 실태였다. 또한 농촌 사람들의 성격을 보면 하나 같이 나의 어머니와 닮아 있었다. 즉 그러한 환경에서 자라면 누구라도 그리 되어버린다는 것을 나는 어렴풋이 깨닫고 있었다.

나는 월급쟁이도 농부도 되고 싶지 않았다. 어쩌면 내 몸에 흐르고 있는 것은 농경민족이 아니라 기마민족의 피가 아닐까. 그런 기분이 들어 견딜 수 없었다. 한때는 그토록 크게 부풀었던 남미 이주의 꿈도 순식간에 사그라져 갔다. 내가 추구해 마지않는 것은 내 자신의 구속조차도 받지 않는 구름 한 점 없는 자유였다. 그런 자유가 이 세상 어딘가에 분명히 존재한다고 믿어 의심치 않는 내 눈은 아마 어느 중학생보다도 반짝 반짝 빛나고 있었을 것이다.

그렇지만 단 하나의 구체적인 꿈을 잃어버린 나는, 다시 옴짝달싹 못 하는, 가정과 학교의 지도하에 있는 반자유의 일상으로 질질 끌려 돌아왔다. 도무지 안정이 안 되는 끓는 피를 주체하기 힘들어 매일 괴로워하며 보냈다. 그것을 인정하든 안 하든 눈에 보이는 범위의 세상은 모두 잿빛 일색으로 칠해져 갔다. 주위 어른들 얼굴이 모두 죽음을 선고 받은 병자처럼 보여 견딜 수 없었다.

어릴 적에 뻥하고 뚫려버린 마음의 구멍에는, 여전히 정기적으로 페시미즘의 한풍이 불어 들어왔다. 한 번 더 그 바람을 맞으면 끓는 피도 얼마 버티지 못하고 얼어붙을 것이다. 어쩌면 이 세상은 살 가치가 없을지도 모른다는 그 엄연한 답이 똬리를 틀고 들어앉아, 미래에 대해서는 적대적 침묵으로 임하게 되고, 정신은 단숨에 삭막해지고, 그 대신 공격적인 내 모습이 나올 것이었다.

그러나 싸움의 횟수 자체는 차츰 줄어갔다. 그것은 좁은 마을의 몇 안 되는 악동들 사이에서 내 평가가 정해졌기 때문이었다. 틀림없이 눈에 거슬리는 존재이긴 해도 그 녀석은 우리들의 지위를 위협하거나 영역을 침범하거나 하는 녀석이 아니다, 요컨대 저 녀석은 무엇을 생각하는지 알 수 없는 그냥 이상한 녀석이니, 한수 위로 인정하고 그냥 가만 두면 된다······ 필시 녀석들은 그런 답을 냈을 것이다.

부자인 어느 학생네 집에 하숙하면서 지냈던 낯 두꺼운 단세포 체육교사가 어느 날 갑자기 내 멱살을 잡았다. 그리고는 초조한 듯한 말투로 이런 이자택일을 내게 강요했다. "삐뚤어질 건지, 공부할 건지 확실히 해라" 하며 으름장을 놓았다. 전형적인 체육 계통의 남자 입장에서 보자면 내가 선후배의 상하관계 사회를 무시하는 것과, 그럼에도 학교성적이 다소 좋았던 점 등이 아주 마음에 안 들었던 것이다.

공부를 싫어하기는 해도 어느 정도 성적을 유지할 수 있었던 것은 중학교 수업 내용이 고작 그 정도였기 때문이리라. 더욱 질 높은 수업이었으면 도저히 따라갈 수 없었을 것이다. 학급 담임은 아니었지만 어느 성실한 교사 한 분이 나에게 진심으로 공부할 것을 열심히 권해주었다. "니가 마음만 잡으면 상당한 경지까지 이를 것이다."

그럼에도 불구하고 나는 따르지 않았다. 직감을 최우선으로 하고, 정신보다도 육체를 우선시하여 감동적인 인생을 거머쥐고 싶은 나에게는, 흥미도 없는 지식을 무의미하게 머리에 쑤셔 넣을 뿐인 학습이라는 행위는 너무나도 어거지이고 최악이었다. 형과 같은 꼴은 당하고 싶지 않았다.

그러나 시간이 경과할수록 나는 생기를 빼앗는 현실에 야금야금 억압당하기 시작했다. 어디를 어떻게 둘러보아도 내가 좋아하는 자극과 변화는 없고 그 불씨가 될 듯한 것조차 없었다. 어른이 될 때까지 도저히 참을 수 없는 단조롭고 수수하고 굴욕적인 나날에 포위되어, 매일 사소한 기쁨을 찾아내어 속일 수밖에 없는 그러한 생활은 어쩐지 미래 저 멀리까지 끝없이 펼쳐져 있을 것 같았다.

나는 마츠리(종교의식에서 점차 변형된 일본 전통축제-편집자 주)
종류를 싫어했다. 그 정도의 변화와 자극에 취해서 흥분하고,
인생을 구가할 수 있는 어른을 볼 때마다 실망감이 깊어져 갔
다. 지금처럼 텔레비전이 보급되어 있었다면 그 나름대로 속
일 수 있었을 것이다. 그렇지만 당시는 라디오 전성시대로, 그
것도 시골이었기에 들을 수 있는 주파수는 한정되어 있었다.
가끔 흘러나오는 엘비스 프레슬리의 신곡이랑 그때 황금기를
맞이했던 재즈에 혼의 일부를 마비시키는 정도밖에 없었다.
영화도 인기 있었지만 전후 혼란에서 회복되고 있던 그 즈음
의 일반가정 수입으로는 1년에 몇 번 정도밖에 볼 기회가 주어
지지 않았다.

엄청나게 한가한 시간을 주체하지 못했을 때면, 예를 들면
여름방학의 비 오는 오후 등, 어차피 취향이 아닌데도 옆에 산
더미처럼 쌓인 아버지 장서에 그만 무심코 손을 대고 마는 것
이었다. 아버지가 그 정도로 빠져드는 데에는 어쩌면 까닭이
있을지도 모른다는 엷은 기대에 촉발되어 서가 이쪽저쪽을 휘
젓고 다녀보았다. 혹시 아이의 이해력으로는 도저히 맛볼 수
없는 매력이 숨어 있을지도 모른다고 생각해, 만일 그러한 것
이라면 도전해봐도 좋을 것 같았다. 그렇게 어딘가의 누군가
가 명작 딱지를 붙인 오래된 문학을 손에 들어보게 되었다.

그런데 유감스럽게도 어떤 소설을 읽어도 딱히 감흥이 오는 것이 없었다. 하지만 그 거부반응의 이유는 어른과 아이의 이해력 차이라는 단순한 것이 아니었다. 정신의 미발달이나 인생경험의 부족도 결코 아니었다. 그 증거로 그로부터 몇십 년을 살아왔음에도 아직 그때 얻은 문학에 대한 인상에 그다지 정정은 없다.

아버지와 같은 남자가 사랑해 마지않는 문학에 대한 뭐라 말할 수 없는 시시한 인상을 한마디로 표현하는 것은 너무 어렵다. '도련님' 태생의, 마더 콤플렉스의, 나르시시스트의, 어리석고 바닥 모를 고뇌가 지루하게 쓰여 있을 뿐이 아닌가 하는 느낌이었다. 그 외에도 그들 정신의 바닥에 가로 놓여 있는, 주위 사람의 애정을 늘 확인하고 싶어 하는 듯한, 결코 주는 상냥함이 아닌 받을 수 있는 상냥함에만 계속 연연하는, 끈적거리는, 어쩐지 좀 기분 나쁜 느낌을 갖지 않을 수가 없었다. 이런 것에 열중하는 인종이 세상에 그렇게도 많이 있는 줄 몰랐다. 이런 것을 즐겨 쓰는 녀석도 녀석이거니와, 즐거이 탐독하는 녀석도 똑같지 않은가 하고 벌컥 화가 치밀었다.

이후 내 눈에는 문학세계가 병적인 것으로 비쳐졌다. 병적이기는 해도 결코 이해할 수 없는 세계는 아니었다. 오히려 문학에 늘 붙어 다니며 떨어지지 않는 유치함이 투명하게 비칠 정도로 잘 이해되었다. 알아버렸기 때문에, 결단코 그 세계에 발을 디디거나 하지 않을 것이라는 답을 그 자리에서 낼 수 있었던 것이다. 즉 내가 추구하는 대극(對極)의 세계, 그것이 문학이라고 해석했다. 나와는 정반대의 인종, 그것이 소설가임에 틀림없다고 일방적으로 단정했다.

그런 내가 엉뚱한 계기로 문학세계에 머리를 들이민 지 얼마 안 되어 어느 편집자에게 이런 지적을 받았다. 여기는 당신과 같은 야만인이 들어오는 세계가 아니다, 여기는 명주바늘을 닮은 지극히 섬세한 신경의 소유자여야 들어올 수 있는, 사랑과 부드러움만으로 성립하는 세계…… 그는 술에 취한 기운으로 그렇게 말을 무심코 뱉은 것이 아니라 맨 정신으로 내 눈을 똑바로 응시하며 태연히 말했었다.

그런데 내 쪽은 그 평가를 오히려 찬사로 받아들였다. 솔직히 작품이 칭찬받았을 때보다 몇 배나 더 기뻤다. 왜냐하면 나에 대한 그의 결정적인 비난 덕분에 내가 그들의 동료가 아닌 것이 분명히 증명되었기 때문에.

그런가 하면 다른 편집자로부터도 비슷한 비난이 쏟아져 들어왔다. 그 편집자는 자신과 동거했던 여자가 도망갔을 때 차분하고 절실한 말투로 이렇게 말했다. 그녀가 언제든 돌아올 수 있도록 아파트의 방 걸쇠를 잠그지 않고 있다고. 그것을 들은 나는 그 즉시 충고했다. 빈집털이에게 털릴 수 있으니 그러지 않는 게 좋겠다고…… 놀리는 말이 아니라 마음 깊은 곳에서 나온 말이라고 이해한 상대는 내 얼굴을 찬찬히 들여다보고 노골적으로 경멸의 표정을 띠웠다. 그러면서 "당신은 그런데도 정말로 소설가입니까?"라고 내뱉듯이 말했다. 이때도 나는 몹시 기뻐했다.

소설 《백경》이
현실이 되려면

일본문학에 경도되어 침잠해 있는 아버지이기는 했지만 웬일인지 아버지에게도 딱 한 권의 외국소설이 있었다. 허먼 멜빌의 《백경》이 그것이었다. 스토리와 그다지 관계없는 부분을 대폭 생략한 일반용 《백경》이 아니라 원작대로 충실하게 재현된 이른바 노컷판 《백경》이었다.

《백경》은 책꽂이 가장 안쪽에 보관되어 먼지를 뒤집어쓰고 있던 탓에 그때까지 내 눈에 띄지 않았을 것이다. 손에 들고 펴 봐도 그 책만은 거의 손때가 묻어 있지 않았다. 아마 아버지는 변덕스런 마음에 책을 입수했을 뿐 읽지 않았던 것이 아닐까. 설령 읽었다고 해도 자신의 기질과 맞지 않는 문학이라서 바로 치워버렸을지도 모른다.

아버지 취향이 어쨌든 간에 나는 첫줄부터 《백경》의 포로가 되어버렸다. 번역조라는 이유 때문이 절대 아니고, 우선 맨 처음 등장하는 문장이 굉장하다고 생각했다. 그러한 문장이 존재하는 것 자체가 경이로웠다. 웅장하고 장중한 격조가 견딜 수 없이 좋았다. 작가의 광적일 정도로 격렬한 정열이 전편에 걸쳐 두루 미쳐 있어서, 그 모든 것이 내 혼과 공명하고 그때까지 내 속에서 잠자고 있던 무엇인가를 단박에 두들겨 깨웠다.

나는 탐욕스럽게 《백경》을 읽었다. 반복하고 반복해서 읽었다. 읽을 때마다 새로운 발견과 감동이 있었다. 게다가 그것은 끝이 없었다. 거기에는 나를 만족시켜 주는 모든 것과, 지향해야 할 모든 것과, 그리고 그 이상의 무언가가 그려져 있었다. 일본문학에서는 바랄 수도 없는 광대한 스케일과 높은 수준, 터무니없이 리얼한 대모험 이야기, 철학적이고 박물관적이면서도 일직선으로 혼까지 달하는 깊은 감동, '파워, 볼륨, 기품'의 삼박자가 갖춰진 대걸작!

덧붙이자면, 아버지가 대단히 좋아했던 〈오쿠노 호소미치(奥の細道)〉가 땅 끝으로 나가는 비장한 각오를 필요로 하는 여행으로 그려졌던 같은 시대에, 기독교 선교사들은 범선을 타고

일곱 개의 바다를 건너고 있었던 것이다.

　그때를 경계로 해서 І 나에게는 《백경》이야말로 읽을 가치가 있는 참된 문학이 되었고, 그 외에는 아무것도 필요 없는 예술 작품으로 위치 매김이 되어버렸다. 나는 그때 처음으로 문학의 위력을 알았던 것이다. 스스로 말하기엔 좀 뭣하지만, 당시의 나는 아직 중학생이어도 정신의 어떤 일부분만은 어른을 훨씬 뛰어넘고 있었던 것이 아닐까? 사물의 본질에 다가가 핵심을 꿰뚫는 통찰력이 이상하게 뛰어났었던 것은 부정할 수 없다. 그리고 오로지 그것이 주위 인간과 마찰을 일으키는 주 원인이었고 문제아인 소치이기도 했으리라.

　그러나 조숙한 통찰력은 육체와 마음의 성장과 일치하지 않은 탓에 수많은 비뚤어짐이 되어 분출하고야 말았다. 충돌의 원인이 되기도 했고 결과적으로는 심리의 굴절을 초래하는 것으로도 이어졌다. 한편으로는 자신도 감당 안 되는 광기의 옷을 입은 내가 있고, 다른 한편으로는 어른도 무색할 만큼 억제력을 갖춘 또 한 명의 내가 있었다. 그 두 가지의 동거와 그들 사이에 격렬하게 튀는 불꽃…… 그것이야말로 내가 평범하지 않은, 무언가 엉뚱한 것에 휘몰리는 원동력에 다름 아니었다.

　농후한 페시미즘으로 채색되면서도, 그것을 훨씬 웃도는 인간의 강렬한 생명력을 전편에 흩뿌리는 우주적 환시에 의한 장대한 시적 이야기! 그런 말로는 도저히 다 표현할 수 없을 정도의 매력을 숨긴《백경》은, 나에게 '문학이란 무엇인가'라는 물음에 대한 명쾌한 답이었다. 문학의 힘, 예술의 힘이라는 것을 선명하게 보게 된 나는 내 정신의 폭이 눈에 띄게 확대되어 가는 것을 똑똑히 자각할 수 있었다.

그 후 더욱 반복하여 읽어가는 동안에 내가 도대체《백경》의 어떤 점에 끌려 영혼이 공명하고 있는지 어렴풋이 알게 되었다. 파멸적이고 폭력적인 광기에 휩싸인 에이허브 선장, 그것은 나였다. 이성과 상식에 의해 위험한 본능을 빈틈없이 제어할 수 있는 일등항해사, 그것도 나였다. 그리고 작자인 허먼 멜빌이 갖춘 '공격적이고 파괴적인 염세관'도 또한 정말 기분 좋게 내 마음의 구멍을 통과하고 있었다.

《백경》과의 만남으로 문학에 눈떴다고 하는 말은 정확하지 않을 것이다. 오히려《백경》한 권에 의해서 문학을 분명한 형태로 멀리 할 수 있었다고, 그렇게 말하는 편이 적절하지 않을까. 문학의 세계에는《백경》이라는 굉장한 장편소설이 있었던 것이다. 그 한 가지만으로 나는 만족해서 그 외에《백경》에 필적하는, 혹은《백경》을 뛰어넘는 작품은 없는지 찾아보는 어리석은 짓은 하지 않았다. 왜냐하면《백경》을 능가하는 문학은 절대로 존재하지 않을 거라고, 찾아보지 않고도 직감에 의해 알고 있었기 때문이다. 그 직감은 옳았으며, 이후 내가 소설가가 되고 나서도 《백경》의 압도적인 지위는 의연히 조금도 흔들리지 않았다.

중학교를 졸업해야 하는 시기가 닥쳐왔다. 그리고 내가 선택한 것은 무섭도록 평범한 진학의 길일 수밖에 없었다. 장차 어떤 직업에 종사하고 싶은지 구체적인 목표가 정해지지 않은 채 형이 졸업한 고등학교에 시험을 쳤다. 공부를 싫어하는 중학생이기는 했지만 잘 되면 그 고등학교에 들어갈 수 있을지도 모를 정도의 성적이기는 했다. 그렇지만 그 정도로 만만하지는 않았다. 합격점에 달하지 않았는지, 혹은 내신 성적이 형편없어서 문제가 되었는지, 혹은 양쪽 모두의 탓인지 나는 불합격 통지를 받아드는 처지가 되었다.

당연하다면 당연한 결과였다. 담임교사는 나 때문에 한밤중에 가위에 눌려 벌떡 일어나게 되었다고 한다. 그리곤 학부형회 때마다 어머니를 붙잡고 원망하는 말을 늘어놓았다. 기독교 신자인 그는 분명히 나를 악마의 아이로 생각하여 내신 성적에도 비슷한 말을 적었음에 틀림없었다. 어쨌든 학교교육의 규격에서 크게 벗어난 이유를 알 수 없는 학생을 기꺼이 입학시키고 싶어 하는 미친 학교는 있을 리가 없다. 결국 고등학교 진학을 위해 재수를 할 수밖에 없었다.

취직 생각이 언뜻 머리에 떠올랐지만, 다른 당치않은 번뜩임이 그것을 밀어내버렸다. 별안간 《백경》의 세계가 내 안에만 존재하는 현실세계로 다가왔나 하는 생각이 들자, 한순간에 배를 타는 사람이 되겠다는 목표가 정해져버렸다. 언제나 그런 식이었다. 궁지에 몰릴 때마다 터무니없는 선택을 하고 마는 것이 나였다.

그리고 성격이 급한 나는 가능한 한 단기간에 배 타는 꿈을 실현하고 싶었다. 해양대학 따위를 목표로 하면 이번에야말로 엉덩이를 붙이고 입시공부를 위해 힘써야 했다. 그렇다고 해서 자존심에 상처 입는 보통의 갑판원은 도저히 못 견딜 것이라고 생각했다.

그런 중에 진학에 각별히 열심이어서 여기저기 진학할 학교를 알아봤던 한 친구가 나에게 이런 충고를 해주었다.

그렇다면 무선통신사가 좋겠지, 무선통신사는 국가시험에만 합격하면 고등학생 정도의 나이라도 한 사람의 선원으로 고용해줄 것이다, 그러나 그 시험은 매우 어렵다, 일급 무선통신사는 대학생이라도 쉽게 합격 못한다, 다행스럽게도 무선통신사를 양성하는 국립 고등학교가 전국에 세 곳이 있다, 그 학교에는 학생 기숙사가 완비되어 있으며 기숙사비와 수업료도 놀라울 만큼 싸서, 어쩌면 보통 공립 고등학교를 집에서 다니는 것보다도 경제적 부담이 들지 않을지도 모른다. 시코쿠(四國)와 규슈(九州)에 하나씩 있고, 혼슈(本州)에는 센다이(仙台) 학교 한 곳뿐이니까 그곳에서 시험 치는 것이 좋을 것이다…….

친구의 조언은 좋은 말 일색이었다. 문제가 하나 있다면 그 고등학교의 인기가 매우 높아 불과 80명 모집에 성적이 우수한 학생이 전국에서 많이 모여든다는 것이다. 대학에 진학할 정도로 가정이 유복하지 않아도 우수하다는 학생이 주시하는 학교라던가, 혹은 입시 실력을 시험하기에는 안성맞춤인 학교라던가…… 친구는 게다가 이렇게 덧붙였다.

"니가 떨어진 고등학교에 합격할 수 있을 정도의 성적으로는 좀 무리일지도 몰라."

그렇지만 알아버린 이상 겁먹을 수는 없었다. 어떻게든 그 고등학교에 입학해《백경》의 화자인 청년 이슈마엘처럼 의기양양하게 배를 타고 대해로 나가야 했다. 그것이야말로 내 길이라 확신하였다.

중학교 재수생만을 모은 학원에서 입시공부에 정진하기 위해 이웃마을까지 열차통학을 하게 되었다. 생각대로 되지 않는 인생을 즐겨버리는 나의 사고는 항상 낙관적이었다. 크게 노력한 결과로 그러한 답이 나왔다면 좌절을 겪었겠지만, 있는 대로 게으름을 피우는 나에게는 그만큼 여유가 있었다.

싸움은 극력 피했다. 그 1년 사이에 화려한 싸움을 한 적은 불과 두세 번 정도였다. 동료들 눈으로 보면 거의 게으름뱅이에 가까웠지만 나로서는 일생 한 번의 진지한 공부였다. 지식을 오로지 머리에 집어넣기만 하는 공부는 간단하다면 간단한, 그러나 그다지 오래는 지속할 수 없는 어리석은 종류의 짓에 지나지 않았다.

소문대로 어려운 학교라 하길래 위험방지용으로 전년에 떨어진 보통학교에도 동시에 응시하였다. 결과는 양쪽 다 합격이었다. 그렇지만 망설일 필요는 없었다. 내가 가고 싶은 곳은 도회지의 혼잡이 아니라 우주와 직결된 광대한 바다였다. 내가 되고 싶은 것은 육상에서 일하는 보통 월급쟁이가 아니라 급료를 받으면서 이 섬나라를 뛰쳐나갈 수 있는 뱃사람이었다.

사실을 말하자면 그 독특한 학교를 지향한 그 밖에 다른 이유가 더 있었다. 더 이상은 집에 있고 싶지 않았던 것이다. 가족이라는 관계가 더없이 슬펐다. 살림냄새 나는 일상에 너무나도 푹 잠겨서, 너무나도 옹졸한 가치관에 휘둘리는 부모의 모습을 가까이에서 보고 싶지 않았다. 하루라도 빨리 내가 추구하는 세계로 기운차게 떠나가기 위해서는 어쨌든 집을 떠나야 한다고 생각했다.

《백경》의 바다는
없었다

그러나 센다이 시에 있는 그 고등학교에 입학한 지 얼마 안 되어, 그러니까 채 한 달도 되지 않았을 때 나는 큰 오산임을 알았다. 일본어와 영어 문장처럼 모스부호를 암기하여 그 송수신에 숙달하는 과목은 수월하게 익힐 수 있었지만, 전자공학 관련 과목은 직감에만 의지하는 내 성질에 전혀 맞지 않는 공부였다. 어디까지나 비인간적인, 어디까지나 재미를 느낄 수 없는 무기질적인 수업일 뿐이었다.

내가 흥미를 품는 것은 인간 그 자체이지, 인간이 만든 눈에 보이지 않는 전자파 따위가 아니었다. 도저히 체질에 맞지 않는 분야임을 알자 나는 깨끗이 단념하고 내팽개쳤다. 좋아하는 것이라면 어디까지든 열중하는 성격이지만 이를 뒤집어 보면 싫어하는 것은 절대로 하지 않는 성격이기도 했다. 장래의 꿈과 연결되는 고생인 것은 충분히 이해하고 있었지만 그래도 나는 갑자기 외면해버리고 말았다.

문과계통 공부라면 반년쯤 멀어져도 바로 복귀할 수 있는데, 전자공학이라는 것은 단 일주일만 게으름을 피워도 뒤처짐을 만회하는 데에 큰 노력을 필요로 하는 학문이었다. 하물며 쫓아갈 마음조차 없던 나는 한 달이 지나자 수업 내용조차 파악을 못해 마치 우주인의 말을 듣고 있는 듯한 착각에 사로잡혔다. 끝에 가서 결국엔 시험 날 답안용지를 나누어주어도 질문의 의미조차 이해할 수 없는 모양새가 되었다. 설령 교과서를 보면서 문제를 풀어도 되는 조건이었더라도 나 같은 구제불능 학생에게는 아무 도움도 되지 않았을 것이다.

그래도 퇴학을 전혀 생각하지 않은 것은 여느 때와 마찬가지로 학교를 놀이터로 생각하는 발상으로 재빨리 전환해버렸기 때문이다. 그토록 싫어하는 입시공부까지 해서 모처럼 입학한 학교를 스스로 나가는 것이 아깝기도 했다. 그리고 어른 취급을 받기까지는 아직 조금 시간이 있기 때문에 더 얼마간 빈둥빈둥하며 대기하고 있자는 교활한 계획도 있었다. 혹은 그 사이에 저력을 발휘해서 맹공부를 하게 될지도 모른다는, 절대로 있을 수 없는 기적을 기대했었는지도 모른다.

어느 쪽이든 나에게 그 학교는 그다지 불편한 장소는 아니었다. 부모님의 우울한 얼굴을 보지 않아도 되는 곳인 만큼 멀리 떨어져 있을 수 있는 것만으로도 더할 나위 없이 기쁜 조건이었다. 가정과 학교 둘 다 신경 쓸 입장에 있었으면 벌써 뛰쳐나갔을 것이다.

하지만 더 이상 어중간한 자유를 즐기고 있을 때가 아니었다. 새로운 오산이 추격해왔다. 그 충격적인 사실은 나를 완전히 때려눕히고 현실의 엄중함이라는 것을 재인식시켰다. 입학했을 때에는 이미 선박업계에 불황의 그림자가 소리 없이 다가와 있어서 베테랑 선원들이 잇달아 육상근무로 배치 전환되는 사태에 달해 있었다.

해군국 일본이라고 자만하고 상당히 기세가 좋았던, 그때보다 조금 전의 시절이었다면 이급 무선통신사 자격이라도 취득하면 채용해주는 선박회사가 얼마든지 있었다. 그러나 세계적으로 불어 닥친 물가상승의 경기 속에서 어떻게 된 일인지 해운업계만은 역행하고 있었다. 일급 자격증을 갖고 있다 하더라도 채용이 불분명할 만큼 위태로운 방향으로 급속하게 기울어져만 갔다.

학교 측은 이렇게 말하며 학생을 격려했다. 이 침체는 일시적인 것일 테니까 머지않아 꼭 경기는 회복될 것이다, 만일 바라는 선박회사에 취직을 못해도 무선통신사 면허라는 것은 일본 국내만으로 통용되는 것이 아니고 국제면허이므로 외국선적의 배를 타는 것도 가능하다, 일곱 개의 바다가 너희들을 기다리고 있다, 설령 배를 못 타도 전파를 사용하는 업무에서 통신사는 빠뜨릴 수 없는 존재이다, 법률로 그렇게 정해져 있다, 따라서 굶을 걱정은 절대로 있을 수 없으니 희망을 잃지 말고

면학에 힘쓰도록…….

내가 추구해마지 않는 것은 생계 걱정이 없는 안정된 인생이 아니었다. 자극과 변화에 넘친, 아슬아슬 두근두근의 연속인, 모험적인 운명의 전개를 기다리고 있었다. 그러나 아무리 기다려도, 아무리 눈을 똥그랗게 떠도 세상의 움직임은 여유 없이 굳어지는 방향으로 돌진하고 있었다. 학력이 말해주는 사회로 향하고 있던 것이다.

급우 한 사람은 통신사를 재빨리 그만두고 의사가 될 수 있는 보통의 대학입시 공부로 바꿔, 수업 중에 전자공학 이외의 참고서를 보고 있었다. 훨씬 나중에 들은 이야기에 의하면 그는 멋지게 의대에 합격하여 결국 의사가 되었다고 한다.

더욱이 나쁜 정보가 날아들었다. 바다는 이미 《백경》에 등장하는 19세기적 모험의 무대가 아니라는, 보통 학생에게는 정보로서의 가치가 너무나도 적은 정보였다. 그런 상식조차 모르고 선원이 되고 싶어 했던 나는 역시 경망스럽고 세상물정 모르는 촌놈 애송이일 뿐이었다.

졸업하고 멋지게 선원이 된 선배들이 모교를 방문해 후배에게 여러 조언을 들려주던 일이 몇 번인가 있었다. 그런데 그때 그들이 이구동성으로 강조하는 것은, 바다가 안전한 직장이라는 것과 설비 개선으로 육상과 다르지 않은 쾌적한 생활을 할 수 있다는 두 가지 점이었다. 요컨대 그러니까 안심하고 선원이 되라고 말하고 싶었던 것이다.

안전하고 쾌적한 항해 이야기를 들을 때마다 나는 매우 실망했다. 게다가 선원이 되는 데 성공한 선배들의 얼굴은 아무리 봐도 육상의 평균적인 월급쟁이 그것이었다. 지극히 일상적인, 반모험적인, 날카로운 얼굴 생김과는 도무지 무관한, 별로 이렇다 할 것 없는 남자들뿐이었다.

나는 내 무지와 어수룩함을 몹시 비웃었다. 웃어넘길 수 없었으며, 시대를 잘못 타고난 것이 아닐까 하고 하늘을 원망해보기도 했다. 시대착오적인 유형의 인간으로 태어났다고 크게 후회해보기도 했다.

얼마 지나서 정신을 차린 나는 그럼 앞으로 어떻게 해야 할지를 고민할 수밖에 없었다. 내 인생을 온갖 종류의 색으로 물들이지 않는 방법에 대해서 이것저것 궁리했다. 그런데 아무리 생각해봐도 아무리 직감을 작동시켜본들 흥분되거나 껑충 뛸 정도의 답은 나오지 않았다. 태어날 때부터 경솔한 내 자신을 재인식하게 될 뿐이었다.

그 동안에도 '겉치레 평화'를 손에 넣은 이 사회는 무엇보다도 경제적 번영을 최우선으로 했다. 자본주의를 저변에서 지탱하기 위해 로봇 같은 노동자를 대량생산하는 시스템을 완성하고 있었다. 그러한 강한 흐름을 거스르던 유형은 일부 좌익계 학생, 혹은 어디까지가 본심인지 모르는 노동조합과 시민권을 얻은 지 오래된 좌익정당 정도였지만 나는 그런 그들까지 의심의 눈으로 보고 있었다. 아무리 봐도 그들에게 마지막 끝까지 해낼 수 있는 힘이 있다고는 도저히 생각되지 않았다.

인텔리 취향의 젠체하는 태도, 생각을 드러내려는 시시한 연극, 큰 주류의 길을 걷지 못하고 실패한 원한에서 생긴 반동, 패전 이후 미국에서 무리하게 밀어붙인, 거의 교과서 안에서만 통용될 듯한 자유…… 그러한 위태로운 이상에 휩싸인 자본주의가 자못 일본적인 해석과 일본적인 활용에 의해 사회와 개인의 자유를 억압하고 있었다. 아무리 엄격한 공산주의국가라도 개미나 벌의 사회와 흡사한 그렇게 철저한 국민통제는 불가능하지 않을까?

어떠한 정권이더라도 금세 과잉에 적응하여 훌륭히 보조를 맞추는 일본인들 또한 많다. 아무리 발버둥쳐 본들 결국 진정한 자유 따위 추구하지 않는 국민의 말단 일원이 되는 것밖에 살 길이 없다는 얘기 아닌가? 정직하고 성실한 것이 장점인 노동자 조직에 좋든 싫든 엮여 들어가는 것이 아닌가? 선택의 여지는 정말로 있는 것인가? 그런 부정적인 예감과 무겁고 괴로운 불안이 내 앞길에 놓인 희망의 빛을 모조리 빼앗아갔다.

독서와 영화에의
탐닉

이후로 매일매일의 나에게 주어진 건 속임수밖에 없었다. 물론 상대방을 때리는 것과 같이 야만스런 충실감으로 도망친 것은 아니었다. 책과 영화라는, 도망칠 만한 다른 길을 발견했기 때문이다.

그렇다고는 해도 수업 중의 시간 때우기용으로 도서실에서 가져와 읽은 책은 문학 종류가 아니었다. 그렇게 숙독한 《백경》을 다시 한 번 되풀이하여 읽는 것은 너무나 어리석은 짓이었다. 내가 책에 손을 뻗치는 이유는 자신이 직면한 현실을 빛나게 해줄 힌트를 얻기 위해서일 뿐이었다. 현실에서 아무 도움도 주지 않는 그저 허구의 세계에 언제까지나 잠겨 있고 싶지 않았다. 또 그만한 일로 정말로 현실에서 도망칠 수 있을 거라고도 생각하지 않았다.

《백경》은 그저 피 끓는 혼을 격렬하게 뒤흔드는 위대한 문학작품인 것으로도 충분했다. 게다가 국제여론이 포경의 시대에 종말을 고하는 방향으로 포위망을 좁혀가던 참이었다. 화약을 작렬시켜서 날려버린 작살로 쉽게 고래를 쏘아 죽이는 일은 설령 그것이 명인의 재주였다고 해도 결국 약자를 괴롭히는 행위일 뿐이었다. 목숨을 건 용감한 행위와는 멀리 동떨어진 일이다.

나는 보다 자극적인 현실과 접촉할 수 있는 책만 골라서 읽었다. 그렇게 하는 것으로 현재 자신을 둘러싼 현실과는 전혀 다른 세상을 찾으려고 한 것이다. 인상에 남아 있는 것은《바이마르공화국의 붕괴》와《환관》, 그밖에 우주론 저자의 여러 가지 책들, 유명한 범죄자의 전기, 전쟁 용사의 실상을 기록한 책 등이었다.

특히 이오지마(硫黄島)에서 미군을 상대로 분전한 구리바야시 다다미치(栗林忠道) 중장의 인품은 강하게 심금을 울렸다. 이러한 인물이야말로 일본을 대표하는 위인이고 세계에 통용되는 위인 중의 위인이라고 느꼈다. 처와 부하에 대한 깊은 애정, 전통적인 만세 돌격 같은 어리석고 열등한 전법을 선택하지 않는 합리성, 당시의 일본인으로서는 예외적인 넓은 시야, 군인으로서 있는 힘을 다해 보여준 '황국'에의 회의와 저항…… 나에게 그는 야마모토 이소로쿠(山本五十六)보다도 한수 위의 품격을 가진 인간이었다.

재미있는 것은 이와 동시에, 미국의 그 유명한 갱인 존 딜린저(John Dillinger)에게도 큰 매력을 느꼈다는 점이었다. 알 카포네도, 럭키 루치아노도, 보니 앤 클라이드도, 매싱건 케리도 아닌, 어디까지나 존 딜린저에게 끌린 것이다. 비범한 배짱과 비참하기 이를 데 없는 성장과정, 은행을 습격해 돈을 빼앗는다는 단순명쾌한 범죄와 극적이고 기적적인 탈출과 도주, 영화관 앞에서 일제사격을 받아 쓰러지는 눈부신 최후, 그러한 짧고도 장렬한 인생이 나를 한없이 매료시킨 것이다.

그래도 책은 어디까지나 난해한 전문용어가 날아다니는 수업 중의 시간 때우기용 소도구였다. 무엇보다 그 즈음 마음깊이 몰두한 것은 책이 아니라 영화였다. 활자의 몇 배, 수십 배나 되는 임팩트 강한 영상은 질 낮은 내용조차도 거의 문제 삼지 않도록 만들었다.

당시 전파를 날리는 실험이 있어 산 중턱에 있는 학교를 살짝 빠져나와 센다이 시내에 있는 영화관에 줄창 드나들 수 있었다. 영화 볼 요금을 벌기 위해 빠칭코 점에 들락거리거나 다양한 아르바이트를 해야 했다. 그렇다고는 하지만 실은 돈을 내고 보기보다 담당직원의 틈을 봐서 몰래 들어간 횟수가 훨씬 많았다. 다행히 들킨 적은 한 번도 없었다.

처음 얼마간은 영화라면 뭐든지 봤다. 라디오시절에 태어나 자란 자에게 영화는 확실히 꿈의 세계였다. 그러나 눈이 높아지자 곧바로 내가 싫어하는 영화의 종류를 알게 되었다. 연애물, 뮤지컬, 디즈니 만화, 공포물, 공연히 눈물샘을 자극하는 감동의 인생드라마…… 그러한 종류의 영화는 설령 공짜표를 얻었다 하더라도 보고 싶은 마음이 들지 않았다.

그러한 취향은 아직까지도 변함이 없다. 좋아하는 것은 전쟁 영화이고, 갱 영화이고, 서부극이고, 스파이물이고, 타잔이 나오는 영화이고, 스펙터클한 배경의 역사물 혹은 우주물이고, 마지막으로 범죄물이었다. 검극 영화는 너무나 형식적이기 때문에 좋아하지 않았지만, 리얼한 난투장면과 정확한 시대고증, 그리고 완성도 또한 높은 스토리의 작품이라면 망설이지 않고 보았다.

두 편, 세 편 동시 상영하는 영화관이 보통이었던 그때 가장 화가 난 것은, 보고 싶은 작품과 보고 싶지 않은 작품이 같이 끼어 있는 것이었다. 그렇지만 결국은 그런 영화관이라도 일단 들어간 뒤 보고 싶은 영화만 보고 잽싸게 빠져나왔다.

어느 날 한 영화 간판이 눈에 들어왔다. 각자 특기를 가진 몇 명의 남자가 삼엄한 경계망을 뚫고 금고를 부순다는 스토리라 쓰여 있었다. 물론 보고 싶은 영화였다. 그런데 함께 상영하는 다른 한 편이 아무래도 마음에 들지 않았다. 그 작품에는 〈피와 장미(원제는 Et mourir de plaisir)〉라는 타이틀이 붙어 있고, 괴기물인지 중세유럽의 연애물인지 알 수 없는 스틸사진이 붙어 있었다. 늘 그랬던 것처럼 재미없으면 안 보면 된다고 생각하며 입장하였다. 운 나쁘게도 먼저 상영을 시작한 것은 〈피와 장미〉였다.

영화관 측도 왠지 그 영화를 유력한 작품으로 밀고 있는 것 같았다. 영화가 시작됨과 동시에 나는 순식간에 빨려 들어갔다. 귀에 익지 않은 이름의 로제 바댕(Roger Vadim) 감독이 만든 영화 〈피와 장미〉에게서 받은 충격은 당시 내게 말로 표현할 수 없는 감동을 주었다. 아니, 감동이라기보다는 무언가 복잡한 기분이 들었다고나 할까. 아무튼 그런 기분은 태어나서 처음이었다.

〈피와 장미〉는 괴기물도 연애물도 아니고, 더더구나 내 취미의 범주에는 들어 있지 않던 작품이었음에도 불구하고, 명확히 내 안 어딘가에 잠자던 무언가를 격렬하게 자극했다. 그 증거로 영화관을 나와서도, 또 며칠 지나고도 머리가 어질어질해서 마음을 추스를 수 없는 상태가 이어졌다.

그것이야말로 예술의 힘이 틀림없다고 이해하기까지 그리 오래 걸리지 않았다. 개안했다고 해도 좋을 것이다. 이후 〈여승 요안나〉〈처녀의 샘〉〈제7의 봉인〉〈소매치기〉〈구멍〉〈섬처녀〉 등등 일본 영화계로서는 제작 불가능한 고도의 예술작품에 잇달아 경도되어 갔다. 바야흐로 때는 몇 번째인가 영화의 황금기를 맞고 있었다. 시시한 오락작품 수가 압도적으로 많다고는 하지만 훌륭한 작품이 끊기는 일은 결코 없었다. 그런 의미로 봤을 때 내 청춘은 행복했을지도 모른다.

내 주위에도 영화 팬이 많이 있어서 당연히 그들과 분위기가 무르익어 영화 이야기로 꽃을 피우거나 하는 기회가 많았다. 그들과 이야기하고 있는 동안에 나는 내 자신과 그들 간의 결정적인 차이를 알게 되었다. 그들은 감독이나 배우, 카메라나 음악을 담당한 자를 알고 싶어 하고 상세한 점까지 암기하면서 무엇보다도 정서를 전면에 내세운 평론을 즐겼다. 그리고 그 단계에서 만족하고 있었다. 그렇지만 내 관심은 그런 것보다도 그 영화가 어떻게 만들어졌는가 하는 수법적인 부분에 주의가 쏠렸다.

카메라워크, 조명, 커트 방식, 세트 제작, 의상, 음향효과, 음악 같은 제작의 이면을, 이 영화는 어떻게 만들어졌는가 하는 상세한 기술적 측면을, 오히려 감독과 배우의 경력보다도 더 궁금해 하였다. 이를 알기 위해 이거다 싶은 작품의 경우 대여섯 번이나 반복해 보는 일도 드물지 않았다. 물론 그 영화의 핵을 이루는 각본 조립에 대해서도 지대한 관심을 기울이고, 당연히 편집의 좋고 나쁨에도 주의를 기울였다.

일본영화와 외국영화의 차이로 가장 눈에 띈 것은 자금과 시간의 투입 방식은 물론이거니와 주로 대사 방식의 차이였다. 안이한 대사로 전부를 설명해버리려고 하는 뻔뻔스러운 제작 방식이야말로 일본영화를 언제까지나 이류에 머물게 하고 있는 최대 원인이 아닌가 하는 결론에 달했다. 마치 아이를 달래는 듯한 바보같이 정중한 대사가 길게 이어지고, 그 사이 영화만의 시각적 움직임이 말살되어 오히려 아주 서툰 소설에 가까운 것이 되어버리곤 한다.

그것은 소설세계에서도 마찬가지였다. 일본문학이 언제까지나 세계에 통용되지 않는 데에는 다양한 이유가 있다. 우선 수법적인 면을 지적하자면 오로지 회화에 너무 의존하고 있는 점이 아닐까. 심리묘사에서 스토리 전개에 이르기까지 모두 가벼운 회화로 정리하려고 한다. 따라서 지문도 소홀해진다. 그런 작법은 이를테면 머리를 쓰지 않아도 되고, 양산하기에 편리하고, 상상력이 빈약한 유치한 허구세계에만 발을 담그는 독자에게는 인기가 있다. 그렇지만 문학의 예술성이라는 높이의 관점에서 보면 도무지 말이 안 된다.

영화 보는 눈이 상당히 배양되었다고 다소 자부하게 되었을 무렵, 어느덧 나는 장차 영화의 세계에서 활약해보고 싶어졌다. 만드는 쪽이 되고 싶다고 생각한 것이다. 그러나 영화 평론가가 되려고 생각한 적은 한 번도 없었다. 타인의 작품에 대해 이렇다 저렇다 설명만 할 뿐인 일보다도 제작하는 쪽이 되고 싶었다.

　나는 평론가 타입이 아니라 명확히 창작가 타입의 전형이었다. 가능하면 각본, 음악, 카메라부터 감독까지 제작 전체를 총괄하는 입장에 서보고 싶었다. 그것은 어쩔 수 없다 해도 영화가 분업의 방식으로 성립하는 장르이므로 이 점이 도저히 참을 수 없었기 때문이다. 적어도 내가 쓴 시나리오를 감독할 정도가 아니면 공사현장의 감독과 별반 다르지 않을 것이다.

　그렇다고는 하지만 영화계의 미래가 이상하게 휘황찬란해 보이고 영화야말로 문학의 다음 시대를 짊어질 예술이라고 믿고 있던 젊은이들 대부분은 대체로 나와 비슷한 꿈을 품고 있었을 터였다. 그 무렵에는 구로사와 아키라(黒沢明) 감독에게도 아직 포기할 수 없는 기대감이 남아 있었고, 일본 영화계에 활기를 불어넣을 감독도 몇 명쯤 있었다. 또한 누벨바그라 불린 영화의 새로운 표현방법도 생겨났다.

　그러나 나는 영화의 길에 진심으로 나서려 하지는 않았다. 그 이유는 영화가 타협의 예술이고 최종적으로는 팀워크라는 집단작업의 축적이란 것을 알게 되었기 때문이다. 집단과 타협은 내가 가장 기피하고 싫어하는 조건이고, 그것은 또 혼이 격렬하게 추구해마지 않는 진정한 자유가 완전히 말살되는 길이기도 했다.

먹고 살기 위해 선택해야 했던 세계라면 또 모르되, 내가 갖고 있는 힘 전부를 마음껏 쏟아보려는 이상적인 일에 타협과 집단이라는 조건은 절대로 들어갈 여지가 없을 터였다. 또 일본 영화계의 구석구석까지 지배하고 있는 도제적 악취도 싫었다. 세상이 영화를 환영한다고 해서 양반다리를 하고 날림으로 일을 반복하면서 자기들 세상의 봄을 만끽하고 있는 물렁한 자세도 역시나 좋아할 수 없었다. 그러한 자세가 좋은 작품으로 연결될 리는 만무하기 때문이다.

2
부

오히려 따르는 삶의 방식 쪽이 편하다고 생각하는

그런 패가 많다는 것을 알고나 있는가.

독재자가 그들을 만든 것이 아니라

그들의 본능에 기댄 타율적인 삶의 방식이야말로

부지런히 독재자를 계속 만들어온 것이 아닌가.

차라리
자본가의 노예가 되겠다

집단과 타협을 싫어하는 성격이라고는 해도 인간을 싫어하지는 않았다. 오히려 나만큼 인간을 좋아하는 사람도 그리 흔치 않을 것이다. 옛날부터 나에게는 누구와도 편한 마음으로 사귈 수 있는 특기가 있었다. 자폐증 기미를 보이는 아이, 품행이 방정하다고는 도저히 할 수 없는 무리부터, 학교가 시작된 이래 처음 나왔다는 월등한 수재에 이르기까지 모두 대등하게 사귈 수 있었다. 때로는 그들을 압도하는 화제를 제공하고 그들 의식의 바닥에 조용히 걸쳐 있는 무의식의 바람들에까지 단숨에 빛을 대주는 재주를 보이기도 했다. 이것도 또한 갖고 태어난 재능에 다름 아니고 자칫하면 범죄에 악용하고 싶어지는 유혹에 휘둘리는 지극히 위험한 능력이기도 했으리라.

나는 나를 포함하여 실로 기묘하고도 기괴한 생물인 인간이 좋았다. 특히 다양한 성장과정과 환경 속에서 자란 자들과 마음에서 나오는 대화를 나누기를 좋아했다. 즉 타인과 비교해서 나라는 인간은 어디가 어떻게 다른지 파악하는 것과 그 반대 부분에 지대한 관심을 기울여 살고 있었다. 이 세상에 인간보다 재미있는 것은 없었다.

때문에 세상 돌아가는 표면적인 이야기가 아니라 갑자기 본이야기에 들어가 정통으로 핵심을 찌르는 대화를 좋아했다. 빙빙 돌리는 말투나 마음속을 살피는 듯한 음험한 말의 주고받기는 제대로 된 사람이 하는 게 아니라고, 그로부터 수십 년이 지난 지금도 그렇게 생각하고 있을 정도다.

자리가 가깝기도 했던 터라 수업 중에 자주 떠들었던 상대가 있었다. 공산당의 하부조직에 속해 있었던 동급생이었다. 그것은 대화라기보다 토론에 가까웠다. 많은 지식인과 마찬가지로 그도 또한 '일본 공산혁명의 성공'이라는 꿈을 진심으로 받아들이고 있었다. 그 즈음은 아직 공산주의국가의 실태나 실정이 그다지 분명하게 나타나지 않았다. 그러기는커녕 어쩌면 세계의 흐름에는 공산국가의 수가 두 배 세 배 늘어갈 것 같은 기세조차 느껴졌다. 비장의 수단인 자유가 바짝 오그라들고 있던 자본주의국가는 쩔쩔매는 형국이었으니 말이다. 그렇게 냉전이 확대되는 시대였던 것이다.

사회적인 모순에 유독 민감했던 당시는 젊은이들의 이상이 일제히 평등주의로 기울었다고 해도 어쩔 수 없는 일이었다. 패전 후의 혼란이 가라앉고 있는 상황은 비뚤어진 번영을 두드러지게 하는 상황이기도 했다. 전 국민이 옥처럼 아름답게 부서져 목숨을 바치는 것도 불사했던 그 전쟁을 간신히 살아남은 어른들. 그들의 마음은 그들이 느끼는 것 이상으로 상당히 깊은 데까지 상처 입었고, 거기에 온갖 가치관의 역전이라는 추격으로 정신은 더욱 피폐해져 갔다.

그렇지만 이윽고 그들 대부분은, 무슨 짓을 해서든 살려는 결의를 굳히고, 혹은 될 대로 되라는 식으로 갑자기 태도를 바꾸고, 단숨에 올라갈 기회를 호시탐탐 노리거나, 자포자기의 길을 쉬지 않고 달리게 되었다. 미국이 DDT와 함께 밀어붙인 자유의 독성도 잘 모른 채 그 자유를 이상의 약이라고 믿었다. 그러나 전쟁 전에 심어진 황국사상의 새까만 그림자를 여전히 질질 끌면서 어쨌든 번뜩번뜩하는 빛을 지향하며 저돌적으로 무턱대고 살고 있었다.

그리고 혼란과 굴욕 속에 자라난 젊은이들을 보자면, 어른들의 유연하다면 유연한, 심하다면 심한 표변한 태도를 보면서 모두 그 나름의 분노와 정의를 가슴에 품었다. 그리고 천황과 군대를 향한 길을, 저지할 수 없는 자신들의 미래를 단단히 똑똑히 확인하려 하였다. 유치한 발상이면서도, 어떻게도 할 수 없는 조바심과 불안의 틈바구니에 끼여 꼼짝 못하면서도, 과감하게 전력투구할 목표를 꽤 진지하게 모색하고 있었다.

어떤 의미에서는 번영과 안정과 포식에 의해 완전히 얼빠진 사람이 되어버린 채 싸우지 않는 작금의 청춘보다도 훨씬 제대로 된 청춘이었다고 할 수 있을지도 모른다. 체 게바라나 모택동이나 레닌이나 마르크스 같은 인물들의 비현실적인 허상이, 누구에게도 착취당하지 않는 이상국가 건설이라는 커다란 환영과 함께 젊은이들의 순진무구한 마음에 새겨지는 것도 극히 자연스런 과정이고 결코 이해할 수 없는 것은 아니었다.

그러나 나는 공산혁명의 드높은 이념에 진심으로 불타고 있는 급우에게 이렇게 말해주었다.

결국은 인간이 하는 일이다. 물론 이상은 인생에서 필수불가결한 바지만 이상만을 언제까지나 목표로 하고 사는 것은 무리이다. 사는 동안 언젠가 꼭 본성이 전면에 드러나고 타락의 비탈길을 굴러가는 것이 인간이라는 것이다. 조건만 갖춰지면 혁명도 꿈에서만 이루어지는 일은 결코 아니다. 하지만 정작 문제는 혁명을 성공시키고 난 후의 일이다.

　어떤 색의 의상을 걸쳤든지 간에 권력자는 권력자다. 하는 짓에 큰 차이는 없다. 혁명이라는 것은 언제나 계급투쟁이라는 형태를 정비해서 보기 좋게 임하는 권력투쟁인 것이다. 일단 권력의 자리에 앉은 자는 바로 그 순간에 그 지위를 필사적으로 지키는 것만 생각한다. 처음 얼마간은 좋은 지도자라도 마침내는 독재자라는 거대한 괴물이 되어 국민을 탄압하고 계속 억압할 것이다. 민중을 진심으로 생각하는 권력자는 지금까지도 거의 없었고 지금도 없고 앞으로도 나타나지 않을 것이다. 그렇게 보이는 자가 있었다고 해도 그것은 따르는 것밖에 모르는, 서민이 바라는 산물인 착각에 지나지 않는다. 그들 혁명의 영웅들이 마각을 드러내는 것은 시간문제이며 그것이 인간의 본성이 아닌가.

　나는 계속해서 기세 좋게 떠들어댔다.

　자본가의 노예가 되든지, 국가의 노예가 되든지 이자택일을 요구받은 경우 나는 망설임 없이 전자를 택할 것이다. 왜냐하면 국가는 선택할 수 없고 국가의 휘하에서 벗어나는 것은 힘들지만 전자라면 그것이 비교적 용이하기 때문이다. 모두 같은 옷을 입어야 하는 곤충적인 나쁜 평등주의는 단호히 거부하고 싶다.

"요컨대 나는 어디까지나 내 멋대로 살고 싶은 거야"라고
나는 말했다.

"인민을 위해서라든가 정의를 위해서라든가 하는 것은 어
차피 속임수이기 마련이다. 네가 속한 조직 상층부의 무리에
서 그런 말을 정말로 믿고 있는 자가 과연 몇 명이나 있을까.
그 무리의 본심은 자신들의 목줄을 죄고 있는 녀석들을 배제
하고, 앞으로는 조이는 입장에 서고 싶다는 것뿐이야. 요컨대
너희들 젊은이들은 이용당하고 있는 거야. 눈깔사탕과 비슷한
이상을 빨며 기뻐하는 천진한 애송이란 말이야. 그 의미에서
공산주의자가 배제하고 싶어 하는 종교와 알맹이는 완전히 같
잖아. 어떤 정치집단도 컬트교단(당시 이런 말투는 하지 않았다)의
냄새가 나는 법이야."

나는 열나게 지껄여댔다.

혁명, 혁명이라고 간단히 말하지만 도대체 어떻게 일으킬
작정인가. 노래와 춤이라는 학예회 같은 활동 따위로 세상을
뒤집을 수 있다고 진정 생각하는가. 고작 그 정도의 마츠리 따
위의 어필로 주정뱅이처럼 들뜨기 시작하는 민중의 마음을 휘
어잡을 수 있다고 생각하는 건가. 혁명은 폭력혁명 이외에 있
을 수 없다. 무혈혁명 따위 환영에 지나지 않는다. 이 세상을
지배하는 것은 말이 아니라 폭력이다.

아무리 약한 국가라도 맨손으로 일어나 맞설 수 있는 상대가 아니다. 무기 조달은 어떻게 할 것인가. 권총 정도밖에 무기가 없는 경찰이라면 우열의 차이 없이 서로 맞짱 뜰 수 있을 때까지 갈지도 모르지만, 군대 그 자체인 자위대는 어떻게 할 것인가. 자위대의 배후에 있는 미국군에게 어떻게 대처할 것인가. 동지 몇 명을 자위대에 잠입시켜 간부까지 올라가 쿠데타 형태로 국가를 전복시키려 하는, 조금은 성공 가능성이 있는 계획이라도 세워 착착 실행에 옮기고 있다는 말인가.

빈부차가 아무리 벌어져도 그럭저럭 밥이라도 먹을 수 있는 동안은 누구도 진심으로 몸 바쳐 싸우지 않을 것이다. 아무리 과격한 노동조합이라도 무장봉기가 되면 즉시 어정쩡한 태도가 될 것이다. 아무리 과격한 사상가라도 무력 없는 혁명 따위 절대로 있을 수 없다는 사실 앞에서는 슬쩍 시선을 돌릴 것이다. 말로 하는 이념선전을 견실하고도 한결같이 지속해 보아도, 혹은 인쇄물을 아무리 흩뿌려 보아도 얻을 수 있는 것은 고작 비판표 정도의 효과밖에 안 될 것이다. 그렇지 않으면 혁신정당으로서의 지위에 안주하여 언제까지나 만족할 생각인가. 원래 그 정도의 각오였나.

민중, 민중 하며 가치 없이 떠들어대지만, 서민이라는 인종이 어떤 패들인지 정말로 이해는 하고 있는 걸까. 그들이 언제나 탄압받고 학대당할 뿐인 선량한 약자라고 지나치게 단정하고 있지는 않은가. 눈앞의 욕심 때문에 이 편 저 편 모두 편승하는, 어떤 노예적 굴종도 감수하는, 오히려 따르는 삶의 방식쪽이 편하다고 생각하는 그런 패가 많다는 것을 알고나 있는가. 독재자가 그들을 만든 것이 아니라 그들의 본능에 기댄 타율적인 삶의 방식이야말로 부지런히 독재자를 계속 만들어온 것이 아닌가.

　민중이 항상 바라는 것은 지배해주는 강한 인물의 등장이다. 그리고 그를 따르는 것이다. 온갖 전쟁의 근본원인은 언제나 거기에 있다. 매우 유감스런 일이지만 그것이 현실이다.

꼴등과
무기정학의 나날

그 친구가 어느 날 나를 자신의 하숙집으로 안내했다. 기숙사도 있고, 딱히 규칙위반으로 퇴사를 당한 것도 아닌데 그가 일부러 하숙생활을 원한 것은 그 나름의 이유가 있었기 때문이다. 사생활을 소중히 하고 싶어서도, 얼마간 맛있는 식사를 하고 싶어서도, 국립학교에서 공부하는 것을 다소 창피해해서,

자본주의국가로부터의 원조를 조금이라도 거부하고 싶어서도
아니었다.

성실하고 정직한 그는, 그들이 말하는 하층계급 사람들의
생활을 몸소 경험하기 위해 나가야(長屋, 칸을 막아 여러 가구가 살
수 있게 지은 집)에 이주한 것이다. 나가야라 하면 다소 듣기엔
괜찮지만 실제로는 바라크(틈새에 맞춰 급조한 아주 작은 집)와 같
았다. 극단적으로 비좁은 그곳에는 몇몇의 비참한 가족이 어
깨를 맞대고 하루하루를 살고 있었다. 부엌이 없어 복도에서
취사를 하였다. 소나 돼지의 내장 냄새, 싸구려 술 혹은 변소
냄새와 함께 절망이 충만해 있었다. 여기저기에서 의미가 불
명한 고주망태의 고함소리가 들렸고, 이 세상에 태어난 것을
원망하는 듯한 아기의 울음소리가 날아다녔다.

급우는 내 얼굴을 잠자코 들여다보며 "어때? 이것이 인간다
운 생활이라고 생각하는가? 이런 생활을 봐도 아무것도 느끼
지 않는가?"라고 연거푸 질문했다. 그러나 나는 특별히 놀라지
않았다. 시골에서 자란 나는 이곳과 비슷비슷한 생활을 볼 기
회가 빈번하게 있었기 때문이다. 예를 들면 근처에 폐가와 다
름없는 제사공장 건물이 있었는데 거기에 사는 형제와 친구
사이였기 때문에 종종 들리게 되었고 이미 그곳에서 비참한
생활을 보아왔다.

또한 내 외가가 있는 시골마을도 아직 수도가 없어서 강물을 사용하는 것에서 짐작되는 실로 원시적인 생활을 하고 있었다. 딸 일곱 명을 모두 게이샤로 팔아버린 노부부가 우리 집 근처에서 꽤나 밝게 살고 있기도 했다.

국민 모두가 인간답게 살 수 있는 이상국가를 지향하는 젊은 햇병아리 혁명가는 그날 나에게 질문했다.

"네가 여기 주민이었다면 어떻게 생각하겠어?"

즉시 나는 그저 부러울 따름이라고 대답했다. 그것은 빈정도, 그 어떤 것도 아닌 정직한 감상이었다. 즉 이 정도로 궁지에 몰린 환경에서 자란다면 조금도 망설이지 않고 존 딜린저와 같은 길로 돌진할 수 있다고 생각했기 때문이다.

"나에게 부족한 것이 있다면 철저히 나빴던 성장과정이다."

그러자 그 급우는 질린 얼굴로 나에 대해 이렇게 평했다.

"아나키스트에 가까운가 싶었는데 세상을 버린 니힐리스틱한 사람이었나? 아니면 모험주의자의 전형이었나?"

그로서는 그때 최종적인 답을 냈는지도 모른다. 그렇지 않으면 결별의 말을 내뱉었을지도 모른다.

그 후 우리 사이에 무거운 토론이 교환되는 일은 없었다. 아마 그는 나를 진심으로 상대할 녀석이 아니라는 결론을 냈을 것이리라. 지금 와서 생각하면 처음에 그는 나를 동료로 끌어들일 목적이 있었던 것 같다.

소련의 붕괴와 동서독일의 통합. 그런 일은 절대로 있을 수 없다고 당시 지식인은 모두 단언했었고 나도 그렇게 생각하고 있었다. 그러기는커녕 냉전이 갈 데까지 가버려 마침내 모조리 핵무기를 사용하는 최종전쟁에 돌입할 가능성이 높아짐도 인정해야만 했다.

어리석음 때문에 여기까지 파괴의 문명을 쌓아온 인간에게는 전쟁의 비극을 멈출 능력 따위 절대로 갖춰져 있지 않을 것이라고 생각했었다. 왜냐하면 역사가 그것을 증명하고 있기 때문이다. 최악의 길이건 무엇이건 갈 데까지 가버린다. 그것이 인간이라는 생물이었다. 얼마 전까지는 200만 종, 최근에는 천만 종, 학자에 따라서는 1억 종이나 되는 종이 존재한다는 우리 지구의 다종다양한 생물 속에서 단연 '괴물'로 불리기에 어울리는 것은 인간뿐이었다.

때때로 허무와 염세의 바람에 휩싸이는 나이기는 해도, 그렇지만 인간과 인생에 철저히 실망하지는 않았다. 어리석고 슬프고 희귀하고 모순에 넘치는 생물인 인간과, 그러한 인간이 연기하는 온갖 여러 희비극을, 자신도 그 동료라는 사실을 무시한 채 방관하면서 조용히 보는 것을 좋아했다.

과연 이 세상이 살 가치가 있는지 하는 자문에 대한 자답은 늘 회의적이었음에도 불구하고, 무언가를 향해서 휘몰아치는 나의 정열의 불꽃은 점점 기세를 더해 훨훨 불타올랐다. 그러나 명확한 목표는 여전히 정해지지 않았다. 남아도는 정열을 도대체 어디에 부딪치면 좋을지 짐작도 되지 않았다.

아무리 출구를 찾아도 발견되지 않을 때는 운을 하늘에 맡길 수밖에 없었다. 시간의 흐름에 몸을 맡기고 있는 동안에 분명 무언가 걸릴 것임에 틀림없다는 나태한 선택을 하는 나도 정말 대단하지 않은가. 그런 생활을 하고 있으니 학교성적은 당연히 최악으로, 1학년 학생 80명 중에서 80등이라는 불명예스런 지위를 지켰다. 그것도 흔해빠진 꼴찌가 아니었다.

언젠가 79등 급우가 나에게 불만을 토로해왔다. 확실히 숫자상으로는 한 등수밖에 차이가 안 나지만 실질적으로 둘의 성적 차이는 100등 이상이라는 것을 알아주었으면 한다고 했다. 그대로였다. 아니 실제로는 더 큰 차가 났을지도 모른다.

어떻게든 겨우 진급은 할 수 있었지만 그것은 실력으로 한 게 아니었다. 문제를 읽어도 질문의 의미조차 이해할 수 없는 상태에까지 떨어진 학생이 급제 점수를 받게 될 리가 없었다. 가까스로 50점에 달한 내 답은 사실 전부 급우가 시험날에 슬쩍 자신의 답안지를 보여줘 쓴 것이었다. 50점에 해당하는 해답을 쓰고 나서 교사의 눈을 피해 내 답안용지와 바꿔치기 해주는 녀석도 있었다. 바꿔치기한 답안지에 내 이름을 쓰고 내 글씨로 답을 고쳐 써서 제출하는 속임수로 간신히 진급했지만 그런 것이 오래 이어질 리 없었다. 마침내 들켜버리고 말았다. 그러던 참에 고등학생에게 있을 수 없는 여러 가지 교칙위반이 들통나 무기정학 처분을 받고야 말았다.

그때 어째서 퇴학을 생각하지 않았는지 지금도 모르겠다. 확실한 건 사회에 나가기 전에 고등학교 정도는 끝내두자는 생각이 작용했기 때문은 아니었다. 세상에 나갈 배짱이 부족한 것도 아니었다. 아마도 내가 무엇을 하고 싶은지 전혀 알 길이 없었다는 점이 학교에 그냥 머무르도록 한 것이었을 터이다. 시간을 벌기 위한 의미가 아니었을까 싶다. 또한 변변치 못한 학생을 쫓아내려는 학교 측의 의도에 호락호락 걸려들고 싶지 않은 의지도 있었던 것 같다.

반년 이상의 정학은 당연히 낙제로 이어져 한 학년 아래 녀석들과 다시 1년을 다녀야 하는 처지가 되었다. 그래도 초등학교 때에 특수학급에 넣어졌을 때처럼 아무렇지도 않았다. 초조함도 없었다. 그리고 학교 측이 크게 기대한 반성도 일축해 버렸다. 수법이 교묘해졌을 뿐, 하는 짓은 평소와 다름없었다. 학교 입장에서 보자면 나라는 학생은 여전히 하루빨리 쫓아내고 싶은 골칫거리였다.

취업이라는
타락의 길로

이러저러하고 있는 동안에 취직의 계절이 다가왔다. 구인안내 서류가 직원실 앞 게시판 가득 붙으면 그 순간 내 안의 에이허브 선장은 어느새 쑥 들어가 버린다. 대신에 피쿼드 호의 일등 항해사가 되곤 했다. 현실을 직시할 수 있는 이성을 되찾고 있는 것이다.

　나는 오랜 기간 혐오해온 '안정된 길'이라는 방향을 향해서 마지못해 걷기 시작했다. 우선은 스스로 일해서 먹고사는 것부터 시작해야 한다는 생각부터 굳혔다. 타락이라는 놈이 얼굴을 슬쩍 내비치기 시작한 것이다.

　원하는 직장을 고르지만 않으면 성적이 바닥이더라도 어떻게든 취직할 수 있다는 것은 알고 있었다. 학교가 기업에 제출하는 서류에는 학생의 정확한 성적을 기입하지 않는다는 사실을 알고 있었기 때문이다. 꼴찌 학생이라도 중간 정도의 성적을 매겨줄 터였다. 그것은 결코 학생의 장래를 신경 쓴 온정적인 배려가 아니라 결국은 학교 측의 허영이라는 것도 역시나 알고 있었다.

　그렇지만 기업 측에서 정말로 나 같은 자를 채용할 것인지에 대해서는 일말의 불안이 있었다. 불안은커녕 절망적인 기분이었다. 어느 회사나 필기시험이라는 난관이 있었기 때문이다. 그 즈음 학교에서는 성적이 나쁜 학생의 경우 상사의 텔렉스 오퍼레이터가 되는 것이 보통이었다.

내가 처음에 고른 것은 M사였다. 일류기업이었음에도 불구하고 나는 그 가치를 전혀 몰랐다. 기묘한 회사이름 때문에 화장품을 판매하는 회사가 아닐까 생각했다. 그래도 뽑아주면 어디든 상관없다고 생각해 그 회사의 입사시험을 치르기로 결정했다.

그런데 급우 한 명이 나한테 다가와 M사를 양보해주지 않겠냐고 부탁해왔다. 그의 진지한 얼굴을 지금도 기억한다. 나는 말했다. 대신 다른 회사를 찾아오면 그것과 교환해 주겠다고. 그 녀석은 기뻐하며 역시 상사인 G사의 팸플릿을 가지고 왔다. 지금 생각해보면 그는 이미 잘 알고 있었던 것이다. M사가 일류이고 G사가 이류라는 것을 말이다.

그렇지만 얄궂게도 그 거래는 내 쪽에 좋은 결과를 가져왔다. 나보다 훨씬 성적이 좋았던 그 녀석은 M사 시험에서 떨어졌다. 내가 시험을 쳐도 당연히 같은 결과였으리라. 그리고 G사는 웬일인지 간단하게 나를 채용했다. 필기시험을 친 그날 나만 특별히 불러 먼 곳에서 왔다는 이유만으로 면접시험을 보겠다고 하는 것이었다. 아직 시험 결과도 나오기 전이었건만……. 하지만 그것만이라면 별로 놀라지 않았을 것이다. 간단한 면접이 끝나자 남자 세 명이 칸막이 안쪽에서 소곤소곤 이야기를 시작하더니, 다시 내 앞에 나타나자마자 채용이 되었음을 전했다.

나도 놀랐지만 교사와 급우와 부모는 더 놀란 것 같았다. 그들은 입 밖에 내지는 않았지만 내심으로는 나 같은 인간을 채용하는 직장 따위 절대로 없을 것이라 생각하고 있었음에 틀림없다. 그리고 앞으로도 분명 변변치 못한 녀석이 될 것으로 확신했을 것이다. 다만 아직 나는 소설가가 변변치 못한 직업이 아니라고, 단호히 딱 잘라 말하지 못하고 있긴 하다.

채용 및 불채용을 고지하는 전보가 우리 집으로 날아왔다. 때마침 나는 여름방학을 맞아 올라와 있었다. 그러나 그 전보에는 유감스럽게도 불채용이라는 문자가 나열되어 있었다. 이건 아닌데 생각했더니, 며칠 후 이번에는 정정과 사과의 전보가 도착했다. 아마 처음 도착한 전보는 내 필기시험 점수를 본 인사과 말단사원이 보냈을 것으로 추측된다. 그리고 나중의 전보는 이미 나를 채용한다고 말했던 중역이 부하에게 명해서 정정한 것임에 틀림없다.

기쁘지 않았다면 거짓말이다. 하여간 태어나서 처음으로 자활의 수단을 확보하는 것이 가능했기 때문에. 그렇지만 결코 그 의미를 상회하는 기쁨은 아니었다. 직종 그 자체로만 봤을 때 처음부터 아무런 기대도 하지 않았다. 너무나도 소박한 일이었다. 텔렉스의 수발신이라는 업무에는 실패만 있고 성공은 없었다. 정확하게 잘 처리하는 것이 당연한, 그렇지만 보람 없는 일이었다.

물론 정년퇴직까지 그런 생활을 계속할 생각은 없었다. 또한 자연이라는 현실의 대원칙을 무시한 공간인 도회의 안락한 생활을 동경하지도 않았다. 그래도 세상의 실정을 꼼꼼히 잘 관찰하기 위해서는 그럭저럭 괜찮은 위치를 손에 넣었다고 생각했다.

입사식은 본사가 있는 오사카에서 진행되기에 동경지사에서 채용된 남자 신입사원 전원이 출석해야 했다. 경영자 측 인간이 교대로 단상에 서서 진부한 축사와 격려의 말을 한 후 중역 한 명이 당치도 않은 내용으로 인사말을 전했다. 예전에는 신입사원의 부모도 함께 출석하는 일이 많았는데 아쉽게도 요즈음에는 드문 일이 되었다며 한탄하는 등 공공연히 화를 드러냈다.

나에게는 도저히 믿을 수 없는 말이었다. 그 반대라면 이해할 수 있지만, 설마 그런 푸념 같지도 않은 푸념이 상층부 고

령자의 입에서 튀어나오리라고는 생각하지 않았다. 요컨대 그가 말하고 싶었던 것은, 옛날에는 회사에 대한 충성심이 가족 단위로 발휘되었다는 것이었으리라. 나는 어이없는 시대착오를 눈앞에서 보며 어이없어 할 뿐이었다. 사원을 사환처럼밖에 받아들이지 않는 경영감각에 아연실색할 뿐이었다. 그리고 사람에게 고용된다는 것은 과연 이런 것이구나 하고 깨닫게 되었다. 그들의 얼굴에는 '너희들의 인생을 통째로 송두리째 사주었으니 몸이 가루가 되도록 일하고 회사에 충성하라'고 분명히 쓰여 있었다.

아주 조금 마음에 들었던 점도 있었다. 그 회사에 설치된 독신자 기숙사 때문이다. 아직 새 건물이고 스팀난방과 침대와 양복장이 있었다. 욕실도 훌륭했다. 지금에서야 일반적이지만 당시로서는 상당히 근대적인 설비를 갖춘 독신자 기숙사였다.

특히 기뻤던 것은 독실로 되어 있다는 사실이다. 그때까지 나는 셋집이나 학교 기숙사, 아니면 하숙을 전전하며 살아왔다. 모두 비좁은데다 독방이 주어진 적은 한 번도 없었다. 집에서는 형제와 같은 방, 기숙사나 하숙에서는 급우와 같은 방, 하지만 드디어 나 혼자만의 공간을 얻을 수 있었던 것은 굴욕적인 입장을 상충하고도 남을 행운이었다.

혼자만의 방이 있으면 뭔가 꾸준히 시작할 수 있지 않을까 하는 기분도 들었다. 여기를 이용하여 장래의 도약을 위한 무언가를 습득할 수 있을지도 모른다는 막연한 의욕이 고개를 들었다. 착실한 노력을 싫어해왔던 나로서는 드문 심경이 된 것이다.

그렇지만 기업이라는 곳은 그리 만만하지 않았다. 8시간 근무 이후 남은 시간은 전부 내 것이라고 생각했다면 이는 큰 오산이었다. 나처럼 성적이 좋지 않은 자를 왜 적극적으로 채용했는지 그 이유는 바로 알 수 있었다. 배속된 전신과의 업무는 상상했던 것보다도 힘들었다. 일본 상거래의 습관으로서 해외의 시간에 맞춰 움직이기 위해 일찍 출근하고 잔업 또한 연일 이어졌다.

매일 피곤해서 기진맥진하니 쓸데없는 것을 생각할 여유도 없었다. 귀가하는 소부센(総武線) 전철 안에서 종종 잠들어버리곤 했는데, 츠다누마(津田沼) 역을 지나쳐 치바(千葉) 역에서 눈을 뜨는 일이 가끔씩 있었다. 휴일에는 기숙사에서 잠자는 일이 거의였고 영화를 볼 기력도 없었다. 단지 살아만 있는 허무한 나날이 재빨리 지나가고, 그런 생활에 저항할 체력이 점점 소모되어 갔다.

첫 보너스를 받았을 때 보잘것없는 액수이긴 했지만 어째서 많은 선배들이 양처럼 순하게 그런 생활을 견디고 있는지 알았다. 혹은 안 것 같은 기분이 들었다. 일 년에 두 번 이것을 받을 수 있기 때문에 어떻게든 참을 수 있었음에 틀림없다. 회사 일이 못 견디게 싫어졌을 무렵에 나오는 보너스라는 '소생 조치 주사'는 대단한 것이었다. 근로자들을 살리지도 죽이지도 않는 미묘한 상태로 유지하게 만드는 보너스에 낚여서 회사에 질질 눌러앉아버릴 위험성을 절절히 느꼈다. 그것은 내가 그리는 진정한 산 자의 길에 현저히 반하는 길이었다.

　가장 참을 수 없었던 것은 직장 내 인간관계였다. 사람을 좋아해야 한다는 의무감에 견딜 수 없었다. 가정적이라고 하면 가정적이고 일본적이라고 하면 일본적이지만, 공사구별이 없는, 겉으로만 그러면서도 묘하게 끈적끈적한 사귐에는 진절머리가 났다. 과장이 처음에 해준 조언은 이랬다.

　"회사라는 곳은 일보다도 인간관계 쪽이 몇 배나 중요하니까 말야."

　이 말을 집요하게 반복해 들어야 했다. 그러나 나처럼 태어나면서부터 집단에 속하는 것을 싫어하는 인간에게는 유감스러운 충고였다. 내가 샐러리맨을 하고 있는 것은 오로지 무일푼 신세이기 때문이고, 어디까지나 생계를 위한 수단에 지나지 않았다. 충성을 맹세하면서까지 자본가에게 헌신해야 한다는 의리 따위 하나도 없었다. 하물며 내가 선택한 것도 아닌

직장의 인간과 온천여행까지 함께 해야 한다니 말도 안 되는 일이었다.

그렇지만 그런 생각을 가진 자는 아무래도 나 혼자인 것 같았다. 주변에는 샐러리맨이 되기 위해 이 세상에 태어난 듯한 인간이 우글거렸다. 적응력이 풍부하다고나 할까, 순종적인 기질이라 할까, 전형적인 현실파라고 할까. 만세돌격을 명 받으면 즉시 실행에 옮길 것 같은, "자네 잘 부탁해"란 말을 듣고 누가 어깨를 탁탁 두들기면 빌딩 옥상에서 몸이라도 던질 듯한 그런 타입의 사람들이 너무나 많았던 것이다.

어쩐지 심히 으스스했다. 정말로 나와 같은 인간인 걸까 의심하지 않고는 견딜 수 없었다. 그들과 함께 만원전철에 넣어질 때면 유태인 격리 거주지구인 게토로 보내지는 사람들의 기분을 상상하지 않고는 못 배길 것 같았다.

학생운동의 분노는
진짜였을까?

더불어 더욱 참을 수 없었던 것은 동경의 여름이었다. 높은 기온 그 자체는 대단치 않아도, 정글 못지않은 다습함이 내륙성 기후에서 자란 나에게는 도저히 견디지 못할 정도로 힘들었다. 이런 지옥의 가마솥 같은 공간에서 잘도 사는구나 하고 스스로 기가 막혔다. 그것은 육체뿐만 아니라 정신까지도 갉아먹는 악마의 계절이었다.

데뷔 당시 나는 일본작가 치고 건조한 문체라고 평가받은 적이 있었다. 그것은 아마 내 체질에서 나온 문장이기 때문일 것이다. 축축함, 끈적끈적한 세계가 일본문학의 구석구석까지 뒤덮고 있을 때였다. 그 축축함과 끈적끈적함이야말로 예술혼의 핵이라고 단정하는 방식은 외국에서도 많이 보이는 평가지만, 그러나 내 체질은 그 표준적인 척도를 어릴 때부터 엄하게 제거한 몸이었다.

현재 소부센(総武線) 전철은 어디든 냉방이 완비되어 있다고 들었다. 그런데 당시에는 일시적 위안 정도인 선풍기밖에 붙어 있지 않았다. 달리는 동안은 창에서 바람이 불어 들어오니까 그런대로 괜찮지만 정차하면 그런 선풍기 한두 개로는 아무 도움도 되지 않았다. 게다가 그 무렵은 임시정차가 빈번했다. 송전선 고장이나 투신자살, 철도운행표 혼란 등이 원인이었는데, 그토록 염천하에 오랜 시간 철로 된 상자에 갇혀 있는 일은 여간 괴로운 일이 아니었다. 아니, 괴롭다기보다 격렬한 분노에 휩싸였다.

99퍼센트의 사람들이 꾹 참고 있었다 해도 나만은 그런 현실을 순순히 인정할 수 없었다. 설령 갑자기 성공가도가 열려 더 이상 찜통 같은 만원전철을 꾸역꾸역 타지 않아도 되고, 냉방이 잘 되는 고급승용차로 모셔주는 신분이 되었다고 해도 절대로 이런 곳에선 살지 않겠다고 생각했다.

그런데 주위 사람들은 짜증을 내면서도 화가 나 미칠 정도는 아닌 모양이었다. 그들은 자신의 앞날에 어떤 인생이 기다리고 있는지 충분히 알고 있으면서 사소한 변화에, 가령 프로야구 시합의 결과나 경마 예상이나 내기마작의 승패나 주식상장 같은 것에서 즐거움을 찾고, 일희일비하면서 반쯤 체념한 나날을 따박따박 보내고 있었다.

그런가 하면 대학생들은 나와는 다른 의미 다른 차원에서 분노하고 있었다. 학생운동은 시들해지기는커녕 점점 기세를 올려, 도시 중심부에서는 쉴 새 없이 기동대를 향해 돌을 던지는 소동이 발생했다. 번화가에서는 화염병이 날아다니고 최루가스가 떠다녔다. 그 표정에서 비장한 각오가 읽히기도 했다.

그러나 과연 학생들의 분노는 진짜였을까? 그들이 적으로 간주하는 무리의 목숨을 빼앗을 정도로 각오를 다진 후에 행동했을까? 그들이 아무리 난폭하게 행동해도 그 움직임에는 한계가 있으므로 결코 시가전의 양상을 띨 상황까지는 나아가지 않았다. 요컨대 전술보다 정서가 앞서고 있다고 판단될 따름이었다.

이류 상사의 한 텔렉스 오퍼레이터 눈에 비친 학생들의 반권력적 행동은 필경 아이들 소꿉장난일 수밖에 없었다. 정치적 슬로건을 내건 폭주족이었다. 기동대를 상대로 한 조금 자극적인 숨바꼭질을 즐기고 있는 것으로밖에 보이지 않았다. 일정 연령에 달하면 폭주족을 졸업하고 평범한 사회인으로 돌아가듯이 그들도 또한 같은 경로를 더듬을 것임이 명백하다. 딱 그만큼의 불만이고, 정의감이고, 그 정도의 반항이라고 생각했다.

무엇보다도 그 정도 저항으로 한 국가가 전복되어 버린다고는 도저히 생각되지 않았다. 아마 그들 자신도 자신들의 승리를 마음 깊이 믿고 있지는 않았을 것이다. 좋든 나쁘든 앞으로 일본을 바꿔가는 것은 무명의, 조직에서 낙오되는 것을 무엇보다 두려워하는 기업전사들일 것이라고 그때 이미 나는 확신하였다.

개성이 배제의 대상이 되는 것을 본능적으로 알아차리고, 위로부터의 명령에 과잉 적응하는 국민성…… 그것이 어느 방향을 향해 돌진하는지는 입사 1년째가 되어서야 짐작이 갔다. 다음 해에는 도대체 어떤 계급의 어떤 인종이 이 나라를 지배

할 것인지도 알게 되었다. 정치가나 공무원 등은 꼭두각시인 형에 지나지 않았다. 이 나라의 소유자는 국민이 아니었다. 한 사람의 독립된 존재를 지향하는 것을 싫어하고, 그러기는커녕 늘 집단에 매몰되는 것을 즐기는 일반사람들이, 폭력에 의해 국가체제를 뒤집으려는 목숨을 건 비정한 혁명에 참가한다고 는 도저히 생각할 수 없었다.

게다가 경제적 번영에만 목표를 두고 그 외는 국익에 반한 다는 사회는, 풍요로운 외관과 바꾼, 정의와 권리에 반하는 커 다란 모순을 많이 떠안게 되었다. 환경오염을 경고하는 제언 의 대부분은 묵살되었다. 원자력발전소 진출을 거부한 마을과 도시는 하나도 없었다. 건강보다도, 목숨보다도 돈이었다.

나라 전체가 순식간에 배금주의와 포식의 시대라는 몹시 자 극적인 색으로 물들어갔다. 봄눈처럼 꺼질 듯 남아 있던 드높 은 이상도 마침내는 보이지 않게 되고, 일부 학생들이 주문처 럼 제창하는 혁명의 가능성은 나날이 시들어갔다.

양식파인 척하는 것이 고작인 메이저신문도, 지식인이라는 사회적 입장을 어떻게든 유지하고 싶어 하는 무리도 신변안전 을 확보하기에 충분한 거리를 두었다. 그러면서 다양한 형태 로 학생운동을 지지하는 척하지만, 결국은 자신들의 사업번창 과 결부되어 있었다. 그렇게 하는 것이 인텔리로서 빼놓을 수 없는 장식이고 훈장이었다.

　그들이 결연한 각오를 한 채 말하거나 쓴다고는 도저히 생각되지 않았다. 나는 그들의 언동을 보며 어디까지나 말의 기교로서의 반권력 투쟁이지 않나 하고 의심의 눈으로 보았다. 그렇지 않으면 서민들의 쌓여가는 울분을 풀어줄 가스배출구 역할로서 권력 측에 이용당하고 있는 것은 아닐까 하는 의심도 들었다.

　그들이 표방하는 정치사상 이전에, 그들이 선택한 저항의 수단이 너무나도 유치해서 반발심을 품지 않을 수 없었다. 왜 그들은 돌과 화염병과 쇠파이프밖에 손에 들려고 하지 않는 건지 수상하기만 했다. 그런 어린애 같은, 거의 무기 축에도 못 드는 소도구를 휘둘러서 그게 어디가 과격파란 말인지 의심스러웠다. 유럽의 반체제 과격파와 비교해보아도 그저 어른과 아이의 차이 정도로밖에 느껴지지 않았다.

　아마 과격파라고 칭하는 학생 자신에게 그러한 자각은 없었겠지만, 그들의 행위를 객관적으로 바라보면 청춘놀이의 연장선이거나 동양인 취향의 역한 감동극의 연기일 뿐이었다. 그리고 어른으로 가는 입구를 바로 앞에 두고 떼를 쓰는, 그런 젊은이들의 모습을 감격에 겨운 눈으로 바라보면서 무책임한 성원을 보내는 지식인들은, 그 자세가 자존심을 자극해줄 뿐만 아니라 괜찮은 장사가 된다는 것을 알았다. 그들은 자기 스스로는 짱돌 한 개 화염병 하나 던지려 하지 않고, 일반대중에게 인기 있는 과격한 말만 던지는 교활한 입장에 완전히 만족하였다. 그렇게 이론적 무장에만 힘쓰면서 언제까지나 그 달콤한 지위에 눌어붙어 있으려 했다.

그것은 체제 측에 딱 붙어서 권력의 제등행렬을 연기하는 파렴치한 어용평론가나, 재주나 작품으로는 승부할 수 없어 비열하고도 익숙한 솜씨를 써서 국가보증을 받고 싶어 하는 각 방면에 걸친 예술가들의 모습과 마찬가지로 추악했다.

혁명을 지향하는 자들이 기를 쓰고 자기편으로 만들려는 일반대중, 그 일반대중이 추구해마지 않는 것은 모든 국민에게 평등한 사상도 아니고, 사랑이 넘치는 사회주의도 아니었다. 다분히 자립이 뒤처진 민중의 머리를 가득 차지하고 있는 것은, 조금의 참을성과 조금의 노력에 의해 손에 들어올지도 모르는 '지금까지보다는 조금 나은 생활'이었다. 그 이외에 아무것도 없다. 원래 그들은 그 정도의 생존경쟁에 그 정도의 정열을 쏟을 에너지밖에 가지고 있지 않았다.

같은 의미에서 학생운동도 또한 순식간에 붕괴될 것이라는 것이 뻔히 보였다. 그리고 그 징후는 벌써 여기저기에서 나타나기 시작했다. 예를 들면 내부 게바르트(학생운동의 여러 파벌 간의 내분에서 생기는 폭력싸움)에서만 발휘되는 유치함과 그로 연유하는 잔학성이야말로 그것을 단적으로 나타내고 있었다. 그들 안에는 에이허브 선장만큼 위대한 광기의 소유자도 없었으며, 또한 피쿼드 호의 일등항해사만큼 높은 이성을 갖춘 자도 없었다. 그들 사이에서 거품처럼 생겨나는 영웅의 껍데기를 뒤집어 쓴 비열한 허풍쟁이 싸움꾼들이 있었지만 그 중 영웅 비스무리한 자조차 전혀 없었다. 무리하게 재주를 팔기 시작한 특기 없는 연예인처럼 결국은 얄팍한 허상일 뿐이었다.

맥락 없이 들이닥친
소설가의 삶

당시 나는 천하와 국가를 논할 만큼 한가하지 못했다. 또한 자유와는 정반대에 위치하는 샐러리맨의 입장에 대해서 푸념을 하고 있을 여유도 없었다. 근무하는 회사 경영이 좋지 않아 이대로 가면 도산할지 모른다는, 오래전부터 사내에 퍼져 있던 소문이 드디어 신빙성 높은 정보로 굳어갔기 때문이다.

조합과 회사 측의 아슬아슬한 교섭이 연일 되풀이되었다. 어떤 회사가 신사옥을 짓게 되면 위험해진다는 풍문 역시 옳았다는 것이 증명되었다. 상사 어딘가에 흡수되어 어떻게든 살아남으려는 비상수단을 생각한 것은 상층부 무리가 아니라 지원은행이었다. 그리고 그 중개역할을 하려는 사람은 뒤에서 무슨 짓을 하는지 알 수 없는, 폭력단과도 친밀하다는 거물 정치가였다.

그러나 극단적으로 약체화된 이 회사를 흡수해줄 상사는 좀처럼 나타나지 않았다. 통합을 위해 두 회사가 내부 자료를 대조해보니, 빚 액수가 같은 것이 판명되어 합병 이야기가 대번에 무산된 적도 있었다.

이윽고 정치가나 은행의 압력에 굴해서 마지못해 이 회사를 흡수해줄 상사가 나타났다. 그 회사가 제시한 조건은 꽤 엄격한 것이었다. 물렁하게 하면 같이 쓰러지게 될 우려가 있었기 때문일 것이다. 그들은 수백 명의 목을 자르고 와야 비로소 합병에 응하겠다는 요구를 들이댔다. 그에 대해서 조합은 상당한 저항을 해보았지만 최종적으로는 현실적인 투쟁을 고를 수밖에 없었다. 즉 전직하는 사람에 대한 퇴직금을 늘려주는 방법이었다. 이젠 그것밖에 없었다.

지금과 달라서 당시 경기가 나쁜 곳은 이 회사 정도이고, 다른 기업은 모두 고도성장의 물결을 교묘하게 타고 있었다. 게다가 수출을 순조롭게 신장시켜온 대기업 등에서는 무역부문을 독자적으로 설치하려는 움직임도 있어서, 즉시 전투력으로 이어지는 베테랑인 상사의 생계가 막히는 일은 없었다. 정년이 가까운 자라면 어떨지 모르지만 30세 전후 혹은 40세 전후의 한창 일할 현역 상사맨은 이곳저곳에서 데려가기도 했다. 실제로 준비금까지 마련해서 근무시간에 당당히 빼내가려 오는 기업도 여러 개 있었다.

젊은 수완가들이 잇달아 주위에서 사라져갔다. 나와 동기로 입사한, 빈말로라도 '당당히 한 사람분의 역할을 한다'고 추켜세워줄 수 없는 아직 신출내기 사원까지, 그렇게 많은 이들이 새로운 희망에 불타면서 발전성 있는 다른 직장으로 옮겨갔다. 이 때 절실히 느낀 것이 있다. 인물 평가라는 것이 정말로 믿어서는 안 될 사항이라는 점이다. "죽으면 장사 지내줄 테니까 걱정 마라"와 같은 여러 살인 문구로 부하의 두터운 신뢰를 얻어온 상사일수록 실제로는 의지하기 힘들다. 부하의 재취업을 도울 생각은 전혀 하지 않고 자기만 재빨리 관련기업으로 옮겨버린 상사가 여러 명 존재했다.

그런가 하면 반대로 아름답고도 슬픈 사례도 있었다. 평소 의지가 다소 부족해 평판이 나빴던 상사가 부하를 위해서 분주히 뛰어다녔는데 그 탓에 그만 자신의 근무처를 찾을 기회를 놓쳐버렸다는 이야기다. 북새통에 헷갈려 회사 돈을 가지고 도망갔다든가, 혹은 수입한 제품을 창고째 부정 유출했다든가 하는 상당히 신빙성 높고도 다양한 어두운 소문도 떠다녔다.

영업맨과 경리들에게는 타사로부터 입사를 권유하는 목소리가 얼마든지 있었지만, 텔렉스의 오퍼레이터를 구하는 회사는 한 곳도 없었다. 그렇다고는 하지만 나는 더 이상 같은 일로 밥을 벌어먹을 생각은 없었다. 오히려 이번 일을 기회로 뭔가 과감히 다른 길을 찾을 생각이었다. "샐러리맨 따위 한 번했으면 충분하다"가 당시 내 말버릇이었다.

그렇게 호언장담하는 애송이가 어지간히 비위에 거슬렸을, 태연히 배신행위를 하는 한 선배가 갑자기 이렇게 말하며 나를 물고 늘어졌다.

"그럼 묻겠는데 말이야. 니가 뭘 할 수 있다는 거냐? 이 일 외에 도대체 뭘 할 수 있다는 거냐고? 있다면 말해보라니까!"

끽소리도 못했다. 월급쟁이보다도 나은 일, 그 누구에게라도 엉덩이를 차이지 않는 일에 종사할 능력을 갖고 있을지도 모른다는 뜬구름 잡는 자신감 따위…… 결국은 일종의 자만심에 지나지 않았다. 나는 초조했다. 슬슬 구체적으로 움직여야 하는 심각한 상황에 내몰렸다. 그러나 그럼에도 불구하고 내 꿈은 여전히 어느 방향으로도 향하지 않았다.

이러저러 시간만 보내고 있던 차에 드디어 회사에서 내쫓기는 날이 다가왔다. 누군가에게 고용당할지, 홈리스가 될지, 그렇지 않으면 범죄자가 될 수밖에 없는 삶만이 남아 있을 것 같은 현실이 차츰 나를 옥죄어갔다. 내몰리는 것에 의해서, 그때까지 내 안에 잠자고 있던 저력이 단숨에 이끌려나오려 했다.

그렇게 괴로운 나머지 생각난 것이, 세상에나, 소설가였던 것이다. 소설가가 될 거란 이야기는 당시만 해도 고등학교 친구와 만났을 때에 하는, 단지 허풍에 지나지 않았다. 친구들이 피력하는 장래의 꿈에 대항하기 위해 순식간에 떠오른, 입에서 나오는 대로, 꿈을 위한 꿈일 뿐이었다.

그렇다고 해도 어째서 소설가여야 했던가. 영화감독도, 폭력단의 우두머리도, 카바레 경영자도, 대도도 상관없었는데 왜 소설가여야 했을까? 그다지도 문학을 싫어하고 경멸까지 했었는데 문득 떠오른 생각이 (허풍이라고는 해도) 왜 하필이면 소설가가 된다고 입을 놀려버린 것일까. 그 언저리의 선택배경이나 스스로도 도저히 이해가 안 되었다.

아무리 내몰렸다고 해도 어느새 소설가가 되기 위해서 구체적으로 움직이기 시작하는 내 자신을 발견했다. 문예지를 읽은 적도 없고, 쓴 소설을 어디에 있는 누구에게 보이면 되는지도 알아보지 않았다. 그 무엇보다 과연 나에게 소설을 쓸 수 있는 재능이 있는지도 자문해보지 않았다. 그저 크게 빗나가는 일이 많은 나의 직감 따위에 의지해 갑자기 시작되고야 말았다.

고명한 작가의 제자가 되려는 발상은 전혀 없었다. 우선 누가 고명한지조차 몰랐고 그런 것에 일절 관심이 없었다. 또한 동인지 회원이 되어 문학수업을 하려는 마음도 없었다. 동인지의 존재조차 몰랐다.

훨씬 나중에 생각해낸 것은 센다이 시에 살았을 때의 일이었다. 친구 하숙에 놀러갔을 때 옆방에 세든 대학생 집에 남녀 몇 명이 우르르 들어왔다. 그 방과의 구분은 장지문 한 장이었기 때문에 이야기 소리가 고스란히 들려왔다. 처음에는 무슨 이야기를 하고 있는지 도무지 이해할 수 없었지만 얼마간 귀 기울여 듣자니 문학과 관련된 토론이라는 것을 알았다. 머지 않아 그들의 어조는 격렬해지고 격앙된 남자와 여자가 큰소리로 비난하거나 울며 소리치기도 했다.

그것이야말로 소설가가 되고 난 후 편집자가 가르쳐줘서 알게 된 그 합평회라고 칭하는 모임이었다. 그들은 주로 사랑의 존재방식에 대해서 자신의 견해를 서로 내세우는 듯했는데, 마치 연기 연습같이 주고받는 붕 뜬 대사에는 그만 쓴웃음밖에 안 나왔다. 그런데 쓴웃음 다음에 찾아온 것은 뭐라 할 수 없는 으스스함이었다. 그런 비위에 거슬리는 말을 부끄러움도 없이 내뱉을 수 있는 무리를 매료시키는 문학이라는 것은 《백경》과는 딴판인 세계였지만, 아버지가 빠져 들어갔던 세계와는 틀림없이 공통된 것이었으리라.

월급쟁이 입장에서 소설가를 지향한 계기에 대해 사람들이 물을 때, 지금까지의 나는 언제나 이런 설명을 하고 나 자신도 그렇게 납득했었다. 근무하는 회사의 경영상태가 불안해져 목이 잘릴 것 같아서…… 자금 없이 시작할 수 있는 장사이기 때문에 실패해도 아무렇지 않으니까…… 모든 책임을 나 스스로 질 수 있는 일을 하고 싶었기 때문에…… 진지하게 살 가치가 있는 시절이 아니라면 반은 농으로 이 세상을 그저 지나가게 내버려두고 싶었기 때문에…….

물론 어떤 설명도 완전히 엉터리는 아니었다. 따라서 이 세계에 들어가려고 한 동기는 꽤 불순했다는 결론도 수정을 가할 생각은 결코 없다. 그러나 그로부터 삼십 몇 년이 지난 지금, 아무래도 그 이유뿐만은 아니고 그것만으로는 설명이 되지 않는다는 것을 뒤늦게나마 알아차렸다.

내가 싫어했던 것은 내 아버지, 그리고 친구 하숙에서 알게 된 동인지 대학생들로 대표되는 일반적인 독자에게 지지받은 문학이었다. 사후 몇 년이 지나서야 겨우 정당한 평가를 받을 수 있었던 바흐나 고흐, 허먼 멜빌을 떠올려보자. 예술의 높은 봉우리에 찬연하게 빛나는 〈마태수난곡〉이나 〈별이 빛나는 밤〉,《백경》등의 작품에는 어딘가에서 느껴지는 혼의 격렬한 공명이 숨겨져 있다. 그 공명이 나에게도 있었기에 어릴 적부터 행동적이고 공부를 매우 싫어했던 나였음에도 일부러 펜을 쥐고 원고지로 향할 수 있었던 것이리라. 나는 그렇게밖에 생각되지 않았다.

　나라는 인간을 잘 알고 있는 자들도 장차 내가 글을 쓰는 일에 종사할 것이라고는 상상도 못했을 것이다. 무리도 아니었다. 나 자신조차 그랬기 때문이다. 정말로 소설을 쓰려는 나를 또 다른 내가 어이없는 시선으로 바라보고 있었다. 그것은 현재에도 전혀 바뀌지 않았다. '소설가라니 주제가 되냐?'라는 중얼거림은 지금도 여전히 가슴속에서 울리고 있다.

혼의 폭발

아이 키우는 일이 생각대로 되지 않아―그것은 자기 아이에 대해 너무나 뻔뻔스런 기대를 지나치게 한 탓이지만―고민한 어머니는 어느 날 지인인 여자가 가르쳐준 깊은 산 속에 사는 점쟁이를 찾아간 적이 있었다. 아마 가난한 사람에게는 돈을 안 받는다기에 가볼 생각이 들었을 게다.

점쟁이 앞에서 어머니는 주로 형에 대해서 물었다고 한다. 장남의 미래 성공여부가 자신의 인생에 크게 영향을 줄 거라는 어머니에게 흔히 있는 타산이 작용했기 때문일 것이다. 그러자 점쟁이는 때가 되면 알아서 자리 잡을 테니까 걱정하지 말라고, 그런 누구에게나 할 것 같은 대충대충의 무책임한 말만 했다고 한다. 아마 그는 점쟁이로서가 아니라 자신의 문제를 자신이 해결할 수 없는 어리석은 상대에 대해서 인생상담을 해준 것이다.

그런데도 안도의 가슴을 쓸어내린 어머니는 기왕에 무료니까 온 김에 차남과 삼남의 미래까지 물어봤다고 한다. 종이에 쓴 내 이름과 생년월일을 한눈에 보자마자, 당시 유명한 정치가나 기업 대표까지 찾아올 정도로 꽤 유명했다는 그 여자 점쟁이는 "이 아이는 앉아서 하는 일로 일본 제일이 된다"고 딱 잘라 단언했다고 한다. 그런 이야기를 소설가가 되고 난 뒤에야 어머니께 전해 들었을 때에는 그다지 믿겨지지 않았다. 헌데 그때 어머니를 따라간 지인에게서도 완전히 똑같은 이야기를 들었을 때엔 조금 놀랐다.

신 내렸던 이야기는 그다지 좋아하지 않지만, 그러나 이것도 사실이니까 써두자. 내가 어린 시절에 종종 빠지는 백일몽의 태반은 대우주나 대해나 대초원을 횡단해가는 모험자의 그것이었다. 그런데 그 안에서 내 의사와는 전혀 상관없는, 도무지 모험과는 동떨어진 내 미래의 모습이 실제 체험을 웃도는 선명한 영상으로 때때로 끼어 들어왔다.

그 꿈에서 광택이 있는 거무스름한 긴소매 실크셔츠를 걸친 내가 훌륭한 책상에서 열심히 펜을 움직이고 있었다. 무엇을 쓰는지 짐작도 안 되었지만 공부가 아닌 것만은 분명했다. 엄청난 집중력과 지속력은 그 시점에서는 차분함이 없는 아이였던 나와 너무나 동떨어져 있었다. 실크셔츠도 입지 않고 훌륭한 책상도 사용하지 않지만 소설에 임하는 기백은 현재의 나와 똑같았을지도 몰랐다.

소설가가 되려고 정한 순간에 가슴깊이 응어리져 있던 답답한 것이 단번에 상쾌해졌다. 이치로 따지면 도저히 이해 안 되는, 현실감이 결여된 답인데도 이것밖에 없다는 생각이 급속히 굳어져갔다. 그리고 쓸 테마에 대해서는 아무 고생도 없이, 특별히 머리를 쥐어짜고 또 짠 것이 아닌데도 지극히 자연스런 형태로 떠올랐다. 쓰고 싶어 견딜 수 없는 이야기가 있었기 때문도 아니고, 쓰지 않고는 못 견디겠어서 펜을 잡았던 것도 아니었다. 다만 그 이야기를 써볼까 하고 생각났을 뿐이다.

센다이 시에 살았을 때 동급생 중에 형무소 간수의 아들이 있었다. 나는 때때로 그 집에 초대받아 가정요리를 대접받았다. 그의 가족이 살고 있는 관사에서 보고 들은 것과, 게다가 훨씬 전에 잊고 있던 기억의 이모저모가 느닷없이 되살아 나왔다. 그러자 이 기억들은 여느 때처럼 마음의 바람구멍을 빠져나가 분출되었고, 비록 인간의 비극성을 보여주는 《백경》과 비교하면 몇십 분의 일의 스케일밖에 안 되었지만, 그러나 쓰기에 충분히 가치 있는 보편적인 테마가 되어서 상당히 완성도 높은 단편 스토리를 금세 끝낼 수 있었다.

그것은 정말 한순간의 일이었다. 빅뱅의 힘을 닮은 예술적 번뜩임의 급격한 팽창이, 막 22세가 된 내 안에서 처음으로 발생한 것이다. 이상하다면 이상한 현상이었다. 이성과 지성과 전혀 관계없는 것은 아니었지만, 그 폭발은 결코 사고를 거듭한 결과에 의한 것이 아니었다. 내 행동을 크게 좌우하고 있는 직감력의 중심부 언저리에서 돌연 솟구쳐 일어났다. 틀림없이 내 능력이면서 내 의지나 의식이 미치지 않는, 닦으려야 닦아낼 수 없는 감성이 갑자기 소설이라는 형태로 결합해버린 것이다.

현재도 나로서는 도저히 건드릴 수 없는 정신 영역에서 그칠 줄 모르고 여전히 되풀이되는 혼의 폭발에 요동치며 나는 글을 계속 쓰고 있다. 쓰고 있는 것이 아니라 어쩌면 뭔가가 쓰게 하고 있는지도 모른다. 나 자체이면서도 내가 아닌 어떤 자에 의해 격렬한 충동을 받아서 말이다.

　문장에 대해서는 일부러 연습을 거듭해 숙달할 필요는 없었다. '정확히 그리고 짧게'라는, 통신세계에서는 기본 중의 기본인 그런 문체를 자유자재로 조종할 수 있게 되었다. 영업부 사람들이 쓴 텔렉스 및 전보 문장을 체크하는 일이 몸에 익었기 때문이다. 그것은 업무용 문장이었음에도 문학적인 범주에 무리 없이 들어갈 뿐만 아니라, 다루는 방식에 따라서는 상당한 효과를 발휘해줄 듯한, 어쩌면 강력한 무기가 될 듯한 유망한 문체였다.

　굳이 구분을 하자면 소위 하드보일드 문체의 범위에 들어갈 것이다. 스트레이트하게 용서 없이 사물의 본질과 핵심에 접근할 수 있는 건조한 문체는 다습(多濕)을 생리적으로 싫어하는 내륙성 기후의 풍토에서 자라, 완미한 표현을 속임수로 보는, 정확함을 좋아하는 나 같은 남자에게는 딱 맞는 도구였다.

　형식과 수법에 관해서도 새삼스럽게 배우거나 연구하거나 할 필요는 없었다. 그때까지 영화에 투입해온 많은 시간과 돈이 드디어 도움이 될 때가 찾아왔다. 단지 감동에 취해 정신을 잃을 뿐인 평론가적 영화 팬이 아니라, 그 걸작이 어떻게 제작

되었는지 그 속의 깊은 속까지 알고 싶어 하는 습성이 소설작법에서도 구석구석까지 발휘되었다.

그렇게 말은 해도 갑자기 술술 쓰기 시작하는 것은 무리였다. 그때 내 머리를 차지하고 있던 것은 주로 소설을 쓰는 데에 어울리는 환경에 대해서였다. 그런 시시한 문제에 심각하게 연연했던 것이다. 조용한 방에서 장시간 집필하는 것이 소설 쓰는 행위의 막연한 이미지였기에 초보자인 나는 도저히 거기에서 벗어날 수 없었다.

그렇기 때문에 회사를 결근하고 독신자용 기숙사 방에 처박혀 있기도 했다. 어차피 다른 회사에 흡수되어 많은 사원과 함께 해고당할 테니까 무단결근을 해봤자 꺼림칙함을 느끼는 일은 없었다. 사원에게 그 정도로 강하게 충성을 요구한 경영자가 이번에는 그 사원을 깨끗이 방출하려 하고 있으니 이미 의리 따위는 필요 없었다.

하지만 나는 한 장도 쓰지 못했다. 소리 하나 없이 조용한 방에 틀어박혀 본들 아무리 해도 쓸 수가 없었다. 30분도 지나기 전에 강렬한 수마에 휩싸였다. 학창시절 공부를 시작하기만 하면 걸렸던 그 '병'이 아직 낫지 않았던 것이다.

그런데 그런 일로 포기하고 싶지 않았다. 포기해봤자 다른 하고 싶은 일도 없었다. 아니, 있기는 있었지만 그 모든 것이 결국 범죄자의 길로 연결될 듯한 변변치 않은 코스뿐이었다. 그것은 최후의 마지막 선택지로 남겨두어야 할 대체물이었다.

그 정도로 경멸했던 문학인데 막상 자신이 써보려니 좀처럼 생각대로 되지 않았다. 여기에서 발을 빼면 다음은 오히려 문학으로부터 내가 경멸당할 차례였다. 어려운 점이 도리어 나를 자극했다. 정색을 하고 임했다. 덤비는 태도로 소설 집필을 시작한 자는 아마 나 정도였으리라.

회사 근무시간에 쓸거리가 떠오른 것은 지극히 자연스런 흐름이었다. 그 무렵이 되자 수발신하는 텔렉스나 전보의 숫자가 극단적으로 줄어 출근해봤자 거의 하는 일이 없는 말기적 상황에 빠져 있었다. 벽과 천장에 소리를 흡수하는 재료를 붙인 전신과 사무실은 회사 안에서도 특수한 공간이었고, 게다가 과장은 다른 방에 있었기 때문에 소설을 쓰고자 하면 쓸 수 없지도 않았다. 그 공간과 시간이 아깝다고 생각했다. 즉시 시험해보기로 했다.

문제는 동료들의 눈이었다. 아무리 뻔뻔스런 나라도 동료에게 소설 쓰는 모습을 보이고 싶지 않았다. 웃음거리가 되거나 차가운 시선을 받거나 하는 것은 불 보듯 뻔했다. 또한 과장이 갑자기 전신실에 들어오는 일도 종종 있었다. 그래서 원고지를 사용하는 일은 진즉에 포기하고 우선은 회사노트를 사용해서 쓰기로 했다. 그렇게 하면 일을 하고 있는 것처럼 보일 터였다.

빈 시간에 조금 쓰고 기분이 내킬 때 또 조금씩 써 갔다. 당초의 예상은 절망적인 것이었다. 그런 방식으로는 도저히 쓸 수 없고 시간만이 헛되이 지나갈 것이라고 생각했다. 그런데 실제로 해보니 하루 일을 마치고 퇴근할 무렵이 되니 예상보다 세 배 이상이나 진척되는 것을 알았다. 한마디로 기쁜 오산이었다.

시간 사용법의 무서움을 그 나이가 되어 비로소 알았다. 나와 같은 극단적으로 성질 급한 성격의 소유자에게 그것은 의외의 발견이고 위대한 발견이기도 했다. 그때까지의 나에게는 없었던 새로운 자신과 만나게 된 극적인 순간이었던 것이다.

희망과 절망의
첫 투고

초안 정도의 첫 부분이 금세 끝났다. 다시 읽으니 혐오감인지 절망감인지가 엄습해왔다. 쓰기 시작하자마자 이 감정을 바로 알게 되었다. 그리고 거기에서 펜이 딱 멈춰버리는 것도 경험했다.

하지만 최초의 난문을 그럭저럭 넘어간 것은, 그럼에도 불구하고 절대로 다시 읽지 않고 앞으로 앞으로 나아가 어쨌든 계속 쓰는 것이 중요하다고 깨달았기 때문이다. 한 번이나 두 번만에 끝장을 보지 않으면 재능이 없다고 단정하는 것은 교만함일 뿐이었다.

분명히 해두어야 할 것이 있다. 그것은 그 소설을 두고 내 자신이 취해서 정신을 잃기 위해서 쓴 것이 아니라는 점이었다. 나는 '읽히기 위한 소설'을 쓰고 있었던 것이다. 지금까지 없었던 타입의 소설을 타인에게 읽혀서 감동시키고 싶다는 강한 자각이 애초부터 간절했다. 직업으로 성립할 가능성이 전무했다면 소설을 쓰려 하지 않았을 것이다. 다른 일로 식비를 벌면서 창작활동에 전념할 생각은 전혀 갖고 있지 않았다.

노트에 쓴 것을 타인이 그대로 읽기엔 무리였다. PC도 워드도 없는 시대에 갑자기 활자로 쓰는 것은 무리였기 때문에 우선 원고지에 베껴 쓰기로 했다. 그러나 원고용지에 쓰는 것은 정서할 때이고, 그때까지는 노트에 쓴 문장을 가감하는 편이 합리적이고 훨씬 능률적이라고 생각했다.

그런데 실제로 빨간 색연필을 쥐고 첨삭작업을 시작해보니 고칠 곳이 너무나도 많아서 어느 페이지나 순식간에 새빨개

졌다. 마지막에는 무엇이 쓰여 있는지 스스로도 알 수 없게 되었으며, 게다가 글자 수조차 전혀 파악할 수 없었다. 400자 원고지 몇 장 정도 분량의 작품인지를 알고 난 후에도 그 방법을 개선해야 했다.

그렇다고 해서 보통 사이즈의 원고용지를 좁디좁은 회사 업무용 책상에 펼쳐놓는 것은 대놓고 눈에 띄었다. 그래서 원고전이라고 불리는 가장 소형의 400자용을 사용하기로 했다. 그리고 한 줄 분만 잘라낸 하얀 판지를 그 위에 놓고 조금씩 옮기면서 노트에 문장을 써가는 방법을 고안했다. 눈속임을 위하여 주변에는 일 관련 서류를 흩트려놓았다.

그래도 아직 안심할 수 없었기 때문에 나와 책상이 나란히 붙어 있던 옆자리 동기 여자에게 부탁했다. 과장이 들어오면 그 즉시 가르쳐달라고 말이다. 무엇을 위해서 그런 일을 하는지에 대해서는 정직하게 말할 수밖에 없었다. 다른 사원과 달리 그녀라면 전부 이야기해도 좋을 상대였다. 왜냐하면 그녀와는 이미 결혼까지 생각하며 사귀고 있었기 때문이다.

처음에는 원고지에 정서하는 것밖에 염두에 두지 않았다. 그러나 막상 해보니 그것은 단지 베껴 쓰는 것이 아니라 고쳐 쓴다는 지극히 중요한 작업인 것을 알았다. 있는 힘을 충분히 발휘하고자 하였다. 그러나 자신감을 가졌었음에도 불구하고 베끼면서 고쳐 써가는 동안에 실력의 십 분의 일 정도밖에 발휘되지 않고 있음을 골수에 사무치게 깨달았다.

너무나 힘들어 내던지고 싶어졌다. 테마가 별로일지도 모른다든가, 스토리 구성에 문제가 있진 않은가 등등 이것저것 원인을 찾아보았지만 결국에는 재능 유무에 대해 언급해야 할 정도로 심각한 사태에 빠졌다.

이윽고 나는 이렇게 고쳐 생각했다. 적어도 처음 쓴 원고보다는 두 번째로 쓴 쪽이 현격하게 좋아진 것은 사실이니까 어쨌든 다시 한 번 해보자, 재능에 대해서는 철저히 시도해보고 나서, 한계에 도전해 보고 나서 생각해도 늦지 않다고, 그렇게 스스로에게 말을 하고 새 원고지를 준비하였다. 지난번과 완전히 똑같은 작업을 다시 시작했다.

그때 나는 당치도 않은 착각을 했었다. 걸작을 저술한 과거의 유능한 문장가들이 어떤 방법으로 한 작품을 완성시켰는지에 대해서는 전혀 몰랐다. 모를 뿐이면 또 모르되 오해를 하고 있었다. 그러한 훌륭한 소설이 단숨에 완성된 것이리라는 예상을 제멋대로 머릿속에 그려놓고는, 그 환상과 자신을 비교한 뒤 떡하니 실망에 빠졌던 것이다.

이윽고 결코 그렇지 않다는 것을 서서히 알게 되었다. 과연 나와 똑같은 방식이었는지는 분명하지 않지만 그들 모두 나름의 시간을 듬뿍 투입한 것이 틀림없다. 특히 외국 걸작은 믿을 수 없을 정도로 오랜 시간을 들인 경우가 많았다. 5년, 10년이라는 세월은 아낌없이 투입되는 것이 보통이었고, 그 중에는 한 작품에 평생을 쓰는 엄청난 필자까지 있을 정도였다.

어쩌면 외국문학과 일본문학의 수준차가 심한 것은 시간을 들이는 법이 크게 차이가 나서일지도 모르겠다. 영화든 문학이든 그렇게 단시간에 날림으로 해치워서는 딱 그만큼의 완성도가 되어도 이는 당연한 결과이지 않을까.

급기야 세 번째 집필을 마쳐도 만족할 수 없었다. 끝이 없는게 아닐까 하는 일말의 불안이 엄습하면서도, 반면에 회를 거듭할 때마다 좋아지는 창작과정의 재미에 매료되었다. 이렇게 되자 갈 데까지 가보기로 뜻을 굳혔던 나는 마침내 일곱 번째 집필을 마쳤다. 그렇다고는 해도 그 시점에서 완전한 만족감과 성취감이 얻어진 것은 아니었다.

그런데 가진 실력으로 보면 그 이상 어찌할 수도 없는, 스스로 할 수 있는 데까지는 했다는 보람은 분명 있었다. 즉 그것을 뛰어넘는 작품을 쓰기 위해서는 더욱 실력을 닦을 필요가 있었다. 그러나 이 나라의 빈약한 문학이라면 이 정도 작품이라도 멋지게 통용되지 않을까 하는, 그다지 멋지다고 할 수 없는 승산이 느껴졌다.

다 쓰고 난 뒤 비로소 이 원고를 어디의 누구에게 보여야 할지 궁리해보았다. 출판사에 있는 누군가에게까지는 계산에 들어 있었지만, 그 다음 즉 구체적으로 어느 출판사 혹은 어떤 종류의 잡지라는 것까지는 생각하지 않았다. 그러기는커녕 나는 문학청년이라면 누구나 다 아는 상식조차 몰랐다. 순문학과 대중문학의 구별조차 이해하지 못했다. 아쿠타가와(芥川)상과 나오키(直木)상이 무언지도 몰랐다.

고교시절 친구가 우연히 그쪽 세계를 잘 알아서 B 사의 문예지인 〈B〉의 존재를 가르쳐주지 않았다면, 나는 지독히도 딱딱한 내 소설을 들고 오락소설을 전문으로 취급하는 잡지에 태연히 투고했을지도 모른다. 회사봉투를 사용하고 회사 우표를 붙여 서툴기 짝이 없는 글씨로 완성한 그 원고를 마침내 출판사에 보냈다.

이상하게도 처음부터 자신이 있었다. 그것이 충분히 통용될 솜씨라는 자신감의 근거는 여느 때와 마찬가지로 적중률이 나쁜 직감뿐이었다.

신인상 응모요령을 알고 싶어서 그 문예지를 샀지만 다른 페이지는 일절 보지 않았다. 프로로 통용되는 필자들이 과연 어떤 글을 게재하는지는 무슨 이유에선지 조금도 흥미가 생기지 않았다. 아마 읽을 필요까지 없다는 의식이 머릿속 어딘가에서 작용하고 있었으리라. 아버지가 몰두해 탐독했던 그 정도의 소설이 이 나라 최고봉이라면, 다음은 안 봐도 뻔하다는 선입견도 작용했을 것이다.

그러고서 순식간에 몇 달이 지나 신인상 중간발표가 있었다. 몹시 흥분한 머리를 식힐 수 있을 만큼 충분한 시간이 흘렀다. 자신감은 자만심일 뿐이라는 답으로 기울어져 갔다. 문예지를 펴보니 체에 걸러진 많은 소설가 지망생들의 이름과 응모한 작품명이 실려 있었다.

응모수가 많다는 점에 우선 놀랐다. 같은 일을 꾸미는 자가 세상에 이렇게나 많나 하고 깜짝 놀랐다. 동시에 뭔가 좋지 않은 기분이 되었다. 나도 그 중 한 사람이라 생각하니 자기혐오와 비슷한 안 좋은 감정이 엄습했던 것을 기억한다.

유감스러웠던 것은 내 이름이 잘못 표기된 점이었다. '마루야마(丸山)'가 '마루타니(丸谷)'로 되어 있던 것이다. 다른 사람인지 의심해봤지만 작품명은 같았다.

나는 이에 대해 항의하기로 했다. 그 이유는 그 다음 신인상까지 도저히 가닿을 수 없으리라 생각했기 때문이다. 이래서는 기념이 안 된다고 생각했을 것이다. 나는 절대 난폭한 사람이 아니며, 고작 텔렉스 오퍼레이터라는 보잘것없는 샐러리맨도 아니고, 학교가 감당할 수 없는 문제아도 아니라는 것을 부모와 교사와 친구나 동료에게 보여줄 절호의 기회가 허사가 되어버렸기 때문이다.

가령 그런 잡지의 그런 페이지를 보여준들 그들이 뭐라 할지는 분명히 가늠이 되었다. 어딘가에서 비슷한 이름을 발견하고 허풍을 떨고 있다고, 그런 말을 어김없이 들을 것이다. 이래서는 굳이 평범한 본명을 필명으로 했던 의미가 없어질 거라 생각했다.

그 문예지에 조금 화를 내면서 전화를 걸자 여성 편집자가 받았다. 그녀는 우선 죄송하다고 사과하면서 뒤이어 이런 말을 했다. 다음 호에서는 반드시 정정하겠다고…… 다음 호라는 것은 신인상 발표였다. 혹시 그 말이 최종후보에 들었다는 뜻이냐고 그녀에게 묻자, 편집자는 말을 흐리며 그저 다음 호를 기다려달라는 말만 일관되게 반복했다. 최종후보로까지 남아서 내 본명이 게재된다면 물론 불만 가질 일이 없을 것이다. 어느덧 화가 싹 가라앉았다.

그런데 기대하는 기쁨까지는 가지 않았다. 그때 내 마음은 왠지 소설가라는 목표에서 서서히 멀어지고 있었다. 어디까지나 인상에 대한 근거 없는 직감이기는 했지만, 시시한 무리가 모여 있는 쓸모없는 세계가 아닐까 느꼈기 때문이다. 나처럼 거친 인간이 들어가기에 어울리는 세계는 따로 있지 않을까 하는 의구심이 강해져갔다. 지금껏 단 한 편의 단편소설을 완성했을 뿐인데 오히려 더 힘든 일에 도전해보고 싶은 욕구가 생겼다.

회사를 잘리게 되면 그때 또 뭔가 상상도 못할 번뜩임이 있어 뜻하지 않은 다른 인생이 열릴 거라 얄보게 되었다. 따라서 나는 다음 소설 작업에 착수하지 않았다. 기묘하고도 유들유들한 감정이 전신을 휘감았다. 입에 풀칠하기 어려운 입장을 경험해보는 것도 재미있지 않을까 하고 내 스스로 태도를 싹 바꿔버렸다.

그런 무렵이 되자 직장에서는 이미 일할 맘이 사라졌다. 게다가 매일같이 그만두는 사원들이 전신과에 인사하러 찾아왔다. 빛나는 얼굴도 있고 시무룩한 얼굴도 있었다. 떠나가는 동료가 "너는 어떻게 할 거야?"라고 질문해도 내 대답은 "글쎄, 뭐 곧 어떻게 되겠지"가 전부였다.

별세계에 발을 딛다

운명이라는 것은 얄궂었다. 그 문예지로부터 신인상 수상 소식을 듣게 되었다. 기쁨만이 아닌 복잡한 기분이 들었다. 어쩌면 나는 인생에 대해서 잘못된 요구를 했는지도 몰랐다. 소설가가 될지 어떨지 간에 상금만은 받아두자고 생각해 지정된 일시에 B 사로 갔다.

예상 외였던 사실은 수상자가 나 혼자만이 아니라는 점이었다. 두 명이었다. 다른 한 사람은 나보다 훨씬 연배가 있는 분으로, 재수학원 강사를 하면서 문학 외길을 오랜 기간 걸어온, 좋은 의미로 문학청년이었다. 진지하게 소설에 전념하고 있는, 겉보기부터 벌써 올곧아 보이는, 나와 인간적으로 조금도 닮은 데가 없는 그를 봤을 때 나는 그 자리에서 결정했다. 이 세계에서 이제 발을 빼야겠다고…… 농담도 정도껏 해야 하는 법이라고 생각했다.

그 출판사 건물 밖에서 얼굴사진을 찍고, 금후의 집필 계획 등을 질문 받아 적당한 대답으로 둘러대고, 수상 소감까지 쓸 것을 약속한 뒤 돌아갔다. 지금도 기억하는 것은, 그 돌아가는 길에 받은 상금을 서둘러 확인한 것이었다. 우리들이 걱정했던 것은 수상자가 두 명인 탓에 상금을 반씩 나눈 게 아닐까 하는 점이었다. 다행히 그런 인색한 짓은 하지 않았다. 각각의 봉투에는 떡하니 정해진 5만 엔이 들어 있었다. 다른 한 수상자에게 그 상금은 아마도 내가 받은 5만 엔과는 고마움도 무게도 크게 달랐을 것이다.

얼마 지나서 큰 신문사의 칼럼 담당기자가 카메라맨을 데리고 회사에 나타나, 오랜만에 등장한 젊은 신인작가라면서 나를 취재했다. 앞으로도 계속 쓸 듯 대답은 했지만 내 본심은 달랐다. 사실 어떻게 하고 싶은 건지 나도 잘 몰랐다. 짐작컨대 너무나 단번에 수상했기에 김이 빠진 것이리라.

거기에 더불어, 이번에는 아쿠타가와상 후보가 되었다는 전갈이 도착했다. 나중에 편집자에게 들은 이야기로, 당시 신인상 수상자는 자동적으로 아쿠타가와상 후보가 된다는 것이었다. 그것이 관례이므로 곧이곧대로 믿지 않는 편이 좋을 것이라는 말이었다. 그렇지만 그런 것은 이제 나에게는 어떻게 되든 상관없는 일이 되었다. 소설가가 될 기분이 완전히 수그러들었다.

편집자들 사이에서 내 아쿠타가와상 수상을 예상한 자는 아마 한 사람도 없었을 것이다. 다룬 소재가 자극적이어서 수상의 행운으로 이어졌을 뿐, 장래성 면에서는 전혀 기대할 수 없다는 평가가 그들 사이에서는 확고했던 것 같다. 하마평에서 들려오기로는, 유력한 후보였던 모 베테랑 작가는 그 시점에 이미 50편이나 되는 작품을 발표했고, 책도 여러 권 냈으며, 그의 동료 중에는 꽤나 권력 있는 소설가도 많이 있다고 한다.

이런저런 이야기가 귀에 들려오는 동안에 다시 내 기분에 변화가 나타났다. 만일 그러한 소문이 사실이라면 이대로 순순히 뒤로 물러날 수는 없다고 생각했다. 꼬리를 말고 도망갈 자세를 보이면 남자 체면이 구기지 않을까. 정말로 나다운 용감하고 협기에 찬 의지를 보여주고 싶어졌다.

드디어 발표날이 다가오자 신문 한쪽 구석에 아쿠타가와상에 노미네이트된 작품명과 작가명이 게재되었다. 회사 전신과 사무실에서 동료가 그 신문을 보여주었다. 그날 밤에 최종 발표가 있을 예정이었다. 그러나 어차피 곁다리 후보일 뿐이라는 말을 들었던 나는 태연자약했다.

수상을 하든 하지 않든 연락이 오기 때문에 그 시간에는 전화기가 있는 곳에서 대기해야 했다. 잔업이 없었던 나는 츠다누마의 독신자 기숙사에서 기다리기로 하고 그곳 전화번호를 출판사에 가르쳐주었다.

그런데 작가와 작품명이 실린 신문을 회사에서 멍하니 바라보고 있는 동안에 이상한 욕망이 꿈틀대기 시작했다. 정말로 나는 곁다리 후보 정도의 존재일까 하는 의심이 고개를 처들었다. 내 작품을 압도할 수 있는 소설이 틀림없이 실재할까 하는 그런 오만한 의문에 사로잡혀서 오후부터 줄곧 신문을 노려보며 지냈다. 그리고 어느 사이엔가 오른손에는 빨간 색연필이 쥐어져 있었다.

다른 후보작 중에서 내가 직접 읽어본 작품은 나와 함께 신인상을 수상한 작품뿐이었다. 그 정도의 정보밖에 없는데도 나는 소거법에 의해 수상자를 예상해보았다. 예상이라 해도 실로 장난스런 근거에 의한 결정이었다. 타이틀이 좋지 않다는 둥 필자이름이 나쁘다는 둥 터무니없는 생트집과 결점을 붙이면서 빨간 색연필을 사용해 차례차례 지워갔다.

최종적으로 남은 것은 B 사의 신인상을 같이 수상한 우리 두 명의 작품이었다. 그런데 그것도 아주 잠깐 사이였다. 이번에도 공동수상이라는 결과는 아닐 거라고 일방적으로 단정했다. 이리하여 내가 점친 아쿠타가와상 수상자는 내가 되었다.

거기까지라면 범 무서운 줄 모르는 젊은이의 희망적인 관측에서 나온 놀이로 치부할 수 있지만, 그 후에 한 것은 약간 도가 지나쳤다. 젊은 혈기로 보기에는 귀염성이 없었다. 수상 소감을 써야 한다고 진심으로 생각한 나는, 그날 저녁 내내 걸려 완성한 그 원고를 옆 책상에서 일하고 있던 여자아이―그녀는 스기나미(杉並)의 자택에서 통근하고 있었다―에게 맡기고 이렇게 부탁했다. 만일 수상하게 되었다면 출판사가 이곳 츠다누마의 기숙사에서는 멀고 밤에는 전철도 다니지 않으니 나를 대신해서 이것을 그곳에 배달해주지 않겠는가 하고.

나중에 알았지만 일부러 그럴 필요는 없었다. 수상소감을 쓸 시간도, 그 원고를 출판사에 내가 직접 건넬 시간도 충분했다. 하여간 자기 본위적 예상에 완전히 취해서 으쓱한 기분이 된 나는, 정각 5시에 퇴근하여 소부센 만원전철에 40분 정도 흔들려 6시 좀 지나 기숙사로 돌아갔다.

그리고 예전 신인상 수상 소식이 왔을 때에 빨래를 세탁 중이었던 것을 생각해냈다. 미신적인 길흉을 믿으며 하지 않아도 될 빨래를 시작했다. 그러나 세탁기가 만드는 거품을 멍하니 바라보고 있는 동안에 퍼뜩 제정신으로 돌아오고 있었다. '세상 그렇게 만만하지 않지'라든가 '어차피 나는 글렀다니까'라는 부정적인 답이 점점 농후해져 갔다.

따라서 밖에서 전화가 왔다는 안내방송의 호출음이 있었을 때도 나는 결코 서두르지 않았다. 수상해도 하지 않아도 결과는 고지해주어야만 했다. 그때에는 이미 '어차피 나 따위가 수상할 리 없어' 하는 부정적인 답이 굳어버렸다.

반쯤 될 대로 되라가 되어 나는 기숙사 사무실의 수화기를 들었다. 그러자 갑자기 믿을 수 없는 말이 귀에 날아들었다. 그것은 분명히 '받아줄 수 있는지'를 묻는 정중한 말투였다고 기억한다. 그것에 대한 내 대답은 정확하게는 기억나지 않지만 몹시 놀란 나머지 꽤 실례되는 말투가 되고 만 게 사실이었다.

전화 상대는 이어서 이렇게 말했다. 지금 바로 신바시(新橋)

의 호텔까지 와주었으면 한다고. "이제 전철이 없어서"가 그것에 대한 내 대답이었다. 택시를 잡으면 되지 않느냐는 지극히 지당한 조언에 대해서는, 싼 월급이라 도저히 치바 현에서 도쿄까지 택시로 갈 수는 없다고 대답했다. 상대는 웃으면서 그 정도의 금액은 자신들이 대신 내겠다고 답했다.

결국 나는, 긴급히 도쿄에 가야 할 일이 생겼기 때문이라며 그 이상의 설명은 하지 않고, 마침 기숙사에 돌아온 동기로부터 택시비를 빌렸다. 옷을 갈아입는 동안 강한 구토증이 몇 번이나 찾아왔다. 머릿속에 대혼란이 일어나 기분이 나빠졌던 것이다.

길에서 잡은 택시 안에서 나는 무엇을 생각하고 있었을까. 니혼바시(日本橋)에 있는 회사와 기숙사 사이를 왕복할 뿐인 단조로운 생활이었기 때문에, 3년이 지났음에도 도쿄 지리에 대해서는 시골에서 갓 상경한 사람과 별 차이가 없었다. 가르쳐 준 대로 호텔명을 운전사에게 말했다. 그래도 어딘가 당치도 않은 세계, 다른 차원의 세계로 나를 데려가는 듯한 불안이 맴돌았다.

실제로 그날 밤을 경계로 나는 터무니없는 세계로 뛰어 들어갔다. 갑자기 많은 보도진 앞에 끌려 나가 카메라 플래시나 텔레비전의 강렬한 라이트로부터 일제공격을 받았다. 잇달아 질문 세례를 받았을 때 건실한 세계에서는 상상도 못했던 별세계에 내던져졌다는 것을 처음으로 깨달았다.

스스로 바란 일이라고는 해도 그만큼 각오가 단단하지 않았기에 몹시 당황할 수밖에 없었다. 10만 엔의 상금을 어떻게 쓸 것인지 기자가 물었을 때, 고민해서 쓸 정도의 거금은 아니라는 듯 큰소리친 것은 기억에 남아 있다. 그러나 그밖에 무엇을 지껄였는지는 전혀 기억나지 않는다.

뭐가 뭔지 모른 채 기자회견이라는 것이 끝나자, 방심 상태에 빠져 기숙사에 돌아갈 택시비 걱정을 하고 있을 때, 편집자가 오늘밤은 이미 늦었으니 이 호텔에서 묵고 가라고 권했다. 돌아갈 택시비도 없는 자에게 그런 사치가 허락될 리 없다고 생각했지만 숙박비는 출판사가 지불해준다고 하기에 호의를 받기로 했다.

호화스러운 호텔 방에 들어가 낮에 근무 중 썼던 수상소감을 맡긴 그녀와 신슈(信州)의 본가에 각각 전화를 걸었다. 그녀는 사태가 내 예상대로 흘러가게 된 것에 몹시 놀랐다. 무엇보다 부모님은 꿈에도 생각한 적 없는 내 아이의 인생 전개에 너무나 깜짝 놀란 모양이었다. 범죄자만 안 되면 그것으로 충분하다고 생각하고, 월급쟁이로 평범한 인생을 보내면 만점이라 생각했었던 차남이 하필이면 소설가가 된 것이다. 그것도 아무 예고도 없이.

장남에게 높은 학력을 바라고, 일류 대학에 들어갈 수만 있다면 더할 나위 없는 인생을 보낼 수 있다고 머리로부터 믿은 나의 어머니는 그것이 제대로 이뤄지지 않고 있음을 깨닫자 이번에는 "우리 아들들은 이 녀석도 저 녀석도 다 글렀어"라고 포기해버렸다. 그녀의 말버릇은 "너희들은 아무리 분발해도 아버지보다 훌륭해지지 못할 거야"였다. 체념하는 말투로, 혹은 내뱉는 듯이 혼잣말처럼 때때로 이렇게 말했다.

내가 소설가가 된 것에 정말로 충격을 받은 것은 어머니보다도 아버지였으리라. 젊었을 때부터 문학에 몰두하여 마침내는 문학을 가르치는 교사가 되고, 집안에서 진실로 문학적인 인간은 자신뿐이라고 은밀히 자부했었음에 틀림없다. 그런데 아들 셋 중에서 가장 문학과 인연이 없다고 단정했던 차남이 22세라는 젊은 나이에 소설을 써서 갑자기 등용문에 당도해버린 것이다. 아버지는 아마 "그런 어처구니없는 일이"라고 몇 번이나 가슴속에서 중얼거렸을 것이다.

세상이
신인 소설가를 대하는 방법

아버지와 어머니가 애지중지 붙들어온 세상의 확고부동한 상
식적 가치관이 나로 인해 완전히 뒤집혀졌다. 그런 두 사람은
실로 어리석은 답을 내놓았다. 그 녀석이 또 나쁜 짓을 했겠
지…… 작품을 훔쳤든가 어쨌든가 했음에 틀림없어…… 전화
로 그렇게 똑똑히 말했다.

　실제로 두 사람에게는 그것이 가장 자연스러운 결론이었을
지 모른다. 어쨌든 양친은 당분간 겁을 먹으며 사는 처지가 되
었다. 나쁜 짓 도맡아 한 애송이였던 차남이 사회에 나오자마
자 가당찮은 짓을 저질러버린 것이다. 이제 곧 나쁜 짓이 탄로
날 것임에 틀림없다. 그렇게 되면 부모로서의 입장이 일변하
고 말 것이며 이번에는 특히 손가락질까지 당하게 될지도 모
른다.

　부모가 안도의 한숨을 쉬게 된 것은 두 번째로 쓴 단편소설
이 외가 쪽 할아버지를 모델로 했기 때문이다. 나밖에 쓸 수
없는 그 작품을 읽고 비로소 소설가로서의 아들을 믿게 된 듯
한데, 그러나 복잡한 심경에 변화는 없었을 것이다. "어째서
이런 나쁜 녀석이 소설을……"이라는 수수께끼에 밤낮으로 혼

란스러웠음에 틀림없다.

'어째서 이런 녀석이'라고 생각한 것은 부모님만이 아니었다. 신문에 실린 나를 보고 어느 날 중학시절 동급생이 본가에 들이닥쳤다고 한다. 그때까지 한번도 가까이 한 적 없던 그는 형제 모두 공부벌레 타입으로 도쿄대학에 단번에 합격한 수재였다. 갑자기 내 본가를 찾아온 그는 어머니를 붙잡고 이렇게 첫마디를 내뱉었다. "그런 바보가 아쿠타가와상을 받을 수 있을 리가 없는데요."

그도 어지간히 쇼크를 받았던 것이리라. 그는 자는 시간도 아까워하며 기성 지식을 죽을둥살둥 머리에 계속 쑤셔 넣어, 그 성적에 의지해야만 세상의 각광을 받을 수 있고 사회적으로 높은 지위에 오를 수 있다고 믿어 의심치 않았다. 그와 같은 자에게는 학교에 도시락만 가져가는 공격적인 지진아가 아쿠타가와상을 받았다는 것이 도저히 인정할 수 없는, 도무지 수학공식에 들어맞지 않는 사실이었을 것이다.

일반사람들도 비슷한 착각을 하긴 마찬가지였다. 소설을 쓴다는 행위가 사회적인 출세로 연결된다든가, 반짝반짝 빛나는 밝은 길을 걷는 것이라든가 하는 지나치게 잘못된 관념을 갖고 있었다. 물론 그 원인을 만든 책임은 매스컴에도 있었다. 한 소설가가 등장한 것에 대해 그 정도로 화려하게 취급할 이유는 하나도 없다.

그 언저리의 일을 똑똑히 자각하고 있던 것은 아니지만 당시부터 나는 어렴풋이 느껴왔다. 예술의 길이란 마치 무법자가 걷는 길처럼 온전히 그늘의 길인 것을 희미하게 알아차리고 있었다. 적어도 관련 없는 사람의 주목까지 받아야 할 근거는 하나도 없었다.

나는 범죄자가 될 만한 심리와 거의 다름없는 정신을 가지고 소설가가 되었을 뿐이다. 즉 아쿠타가와상 수상은 세상의 바깥을 향하여 자랑할 수 있는 것이 아니고, 더구나 도쿄대학을 지향하여 고급관리가 되고, 낙하산을 탄 채 퇴직금을 왕창 착복하고, 잘만 되면 국회의원이 되어 안락한 여생을 보내려는 그런 꿈을 품은 자가 질투의 대상으로 여길 만한 것이 절대로 아니었다.

그런데 세상이 그런 오해를 해도 어쩔 수 없는 분위기가 소설세계에는 틀림없이 감돌고 있었다. 신인 필자에게 각별히 화려한 스포트라이트를 받게 만들어 책 매출을 올리려는 장삿속을 우선으로 둔 나머지, 출판 관계자들은 작가를 재능 이상으로 치켜세워주곤 했으니 말이다. 그러다보면 당사자도 어느새 우쭐한 기분이 드는 게 사실이었다.

이는 매스미디어도 마찬가지다. 소설가로서의 실력은 어찌

되었든 간에 매스컴으로서는 그럴 듯한 인간이 있어주는 편이 여러모로 귀히 쓰일 수 있다. 명망 있는 사람의 코멘트를 원할 때에 그들에게 의지하고 그들을 적극적으로 이용할 수 있기 때문이다. 그런가 하면 월급쟁이로서의 지위를 향상시키기 위한, 혹은 출세를 위한 힘 있는 소도구로서, 사실은 대단한 재능을 가진 것도 아닌 자의 원호사격을 적극적으로 떠맡기도 했다. 경우에 따라서는 학벌의 위세를 어필하기 위한 꽃으로 꾸미는 일도 있었다. 그 결과 무지한 세상은 때때로 그가 자못 위대한 예술가인 듯 당치도 않은 오해를 하곤 했다.

그나마 당사자가 진짜 자기 자신에 대해 아주 잘 파악하고 있으면 그다지 문제될 건 없다. 하지만 처음엔 자신을 파악하고 살았다 하더라도 시간이 지남에 따라 주위의 이상한 취급에 익숙해지면 순식간에 자신의 참모습이 보이지 않게 된다. 모든 세계를 향해서 상대를 위협하는 태도를 취하고는 있어도 그다지 알맹이가 없는, 어딘가에서 겉핥기로 들은 타인의 의견일 뿐인 코멘트를 잘난 척하며 내뱉는다. 그러면서 자신이 특별한 인간이라는 착각에 빠지는 것이다.

그런 유의 유치한 착각은 예술가에게 금전 다음으로 나쁜 영향을 미치는 것이고, 없는 자와 비교하면 조금은 있는 재능도 순식간에 부식되어, 속인보다도 더 속물적인 인간으로 금세 전락해간다.

좋지 않은 길은 그뿐만 아니다. 그 무렵은 사르트르가 대단히 추앙되어 실존주의에 뿌리박은 정치 참여문학이라는 것이 대유행이었다. 일본의 많은 지식인이나 소설가가 죄다 그 영향 하에 있었다. 그들은 사회주의, 혹은 그것과 유사한 아름다운 말의 대의를 펜 끝에 장식처럼 달고, 사실은 서툰 배우도 못 되는 주제에 정치사상의 영광스런 무대에 기어오르려 하였다.

반전, 반핵, 반체제, 반권력의 자세를 취하는 것 자체는 문제 될 것이 없다. 아니, 인간으로서 오히려 당연한 것이다. 그러나 소설가가 자신의 작품 앞에 그 큰 간판을 여봐란 듯이 거는 것은 너무나도 우스꽝스럽고 위험했다. 작품 자체로 승부하려는 참된 예술가를 지향하는 자에게 치명적인 일이 되는 어리석은 행동이었다.

유럽에서 타고 들어온 그러한 붐에 편승하여 쓰게 되는 글은 분명 하나하나 지당하지만, 열심일수록 어쩐지 미심쩍은 인상은 도저히 모른 척할 수 없었다. 일종의 장사꾼 같은 자세가 아닌가. 아무리 봐도 약자 편을 드는 인간으로는 생각되지 않는데, 사대주의자나 권위주의자의 전형으로밖에 보이지 않는데, 예술적 재능의 결락과 고갈을 그런 것으로 보충하려는 수작은 아닐까.

문학 하는 사람이니 처음부터 끝까지 언어로 싸워갈 수밖에 없다는 말투는 꽤 듣기 좋은 울림이기는 했다. 그렇지만 나에게는 방편이고 궤변이고 핑계일 뿐이었다. 여차하면, 예를 들면 몸을 내던져 행동해야 하는 상황에 내몰리거나 할 때 자신만 재빨리 도망쳐버릴 듯한, 그런 자들이 아주 좋아하는 연극조의 냄새나는 허세에 지나지 않는 것 아닌가.

　소설 의뢰를 밀어내고, 베트남전쟁에 대한 좌담회에 나와 달라는 일이 우르르 날아들었다. 오랜만에 나온 젊은 아쿠타가와상 수상자를 곁들여 매스미디어적으로 좋은 반응을 노린 것이었다. 그러나 나는 그때마다 자신은 신출내기 소설가에 지나지 않아서라며 단호히 거절했다. 거절해도 물러서지 않는 상대에게는 그러한 문제에 더 진지하게 몰두하고 있는 사람에게 부탁해야 하지 않느냐고 말해주었다.

　그러자 상대방은 '애송이 주제에 우리 일을 거절하다니 제멋대로야'라고 단정하는 듯한 태도로 "당신은 베트남전쟁에 반대입니까, 찬성입니까?"라는 너무나도 단세포적인 이자택일을 요구해왔다. 적어도 사상적인 색 구분만이라도 해주고 싶었겠지. 그 대답 여하에 따라 자기 회사에서 쓸 수 있는 지식인인지 어떤지 가려내고 싶었을 것이다.

　나는 소위 지식인이 아니었다. 또한 지식인 무리에 가세하고 싶다고도 생각하지 않았다. 그것은 지식인으로서 세상에 널리 알려져 있는 자의 대부분이 도저히 진짜 지식인으로 보이지 않았기 때문이다. 만일 그들이 진정한 지식인이라면 자진해서 신문사에 잘 보이려 하거나, 텔레비전에 나가고 싶어 하거나, 멋대로 먹고 마신 청구서를 출판사에 넘기거나, 직함에 연연하거나, 권위에 추파를 던지거나 하지 않을 터이다.

나는 일개 소설가면 그것으로 충분했다. 그러나 아직 그 소설가도 되지 못했다. 단 한 편의 소설을 발표한 신참에 불과했다. 아무리 사람들이 떠들어도 그 정도의 자각은 잃지 않았다. 또한 소설가로 살아갈 마음도 굳세지 않았다. 이 세계는 어쩐지 뭔가 이상하다는 직감이 늘 떠나지 않았다. 혹시 내가 생각하는 단순한 사람들의 집합이 아닐지도 몰랐다.

게다가 주위 분위기는 나 같은 이질적이라면 이질적인 필자가 그러한 유명한 문학상을 수상한 것을 그다지 환영하지 않는 듯했다. 나를 강하게 추천한 심사위원은 어찌 되었든 간에, 다른 작가나 편집자들도 그다지 기분 좋게 생각하지 않는 듯했다. 억세게 운이 좋았을 뿐 그 자리에 어울리지 않는 녀석이 잘못 섞여 들어왔다고 단정하는 듯한 노골적 태도를 취하는 사람도 몇 명 있었다. 아니면, 이런 녀석은 어차피 오래 못 갈 것이라는 대사가 똑똑히 얼굴에 쓰여 있었다.

아쿠타가와상 수상 발표가 있고 난 뒤 독신자 기숙사에 사는 나에게 매일같이 진혀 모르는 타인에게서 편지가 도착했다. 전국 각지에서였다. 각 현을 평균하면 4~5통 정도 되었을까. 그들에게 공통된 느낌은 어쩐지 소설가를 지향하고 있는 듯한 점이었다. 그리고 악의도 함께였다. 그것도 실로 유치하고 노골적인, 여자의 비뚤어진 질투심에서 나온 불쾌감이 장황하게 달필로 쓰여 있었다. 그런 편지는 심사위원을 상대로 보내는 것이 맞을 텐데 그들은 어쩐지 나에게 보내온 것이다.

"역시 그렇군." 이 말이 내 솔직한 감상이었다. 생각했던 대로 이처럼 우물쭈물하는 패거리들이 우글우글한 세계였던 것이다. 예술의 핵심이 아니라 예술의 분위기만을 좋아하는 패거리들의 혼은 출발점부터 썩어 있지 않을까라는 인상이 차츰 강해졌다. 그런 근성으로는 좋은 작품을 산출할 수 없다는 간단한 사실조차 모를 정도로 마음이 가난한 패거리들이 아닐 수 없었다.

3부

바이크와 함께 다양한 인간을 둘러싼 다양한 환경을 통과하고,

많은 사람들의 죽음과 나란히 하고 있는 생을 접하고,

선악을 묻지 않는 다양한 가치관 하나하나를

찬찬히 관찰하는 것이 중요했다.

이윽고 그러한 일만 하며 일생을 마치는 것도

나쁘지 않다는 생각이 들었다.

육체가 노화를 향해가는 엄연한 사실조차 무시한 것이다.

거부반응

수상식 때에는 이미 흥이 깨져 있었다. 어차피 바로 탈출해 벗어날 세계라서 인사말도 생각해두지 않았다. 나오키상을 받으면 프로로서 실력을 판단할 수 있지만 아쿠타가와상은 반드시 그렇지 않다는, 누군가가 해준 조금 불쾌한 설명에는 도리어 구원받았다는 느낌마저 들었다.

　수상식날 밤 처음으로 실제 소설가와 평론가—이 나라 문단에서는 아마 쟁쟁한 멤버였으리라—를 가까이에서 보게 되었다. 그 중 몇 명인가와 말을 나눴지만 내용에 대해서는 전혀 기억에 남아 있지 않다. 아무런 감격도 없었다. 그날 밤 처음부터 끝까지 내 머리에서 떠나지 않았던 것은 생리적인 거부반응뿐이었다. 그것은 어찌하기 어려운 것이었지만 얼굴에는 가능한 한 나타내지 않으려 조심하였다.

이런 축제 소동에 무슨 의미가 있는 걸까 하고 나는 대단히 의아스럽게 여겼다. 가령 독자에 대한 어필이라고 해도 독자는 과연 이런 들뜬 분위기를 환영할 것인지 의심스러웠다. 그런데 환영하기 때문이야말로 일본문학이 지금까지 이어져온 것이리라. 그렇다면 문학 팬이란 도대체 어떤 인종일까? 우리 아버지와 대동소이한 걸까?

만일 내가 열심히 문학을 읽은 사람이었다 해도 그런 축제 소동은 혐오했음에 틀림없다. 자신이 읽고 싶은 소설은 스스로 찾아내어 읽어야지, 어떤 문학상이나 광고 문구에 이끌려 책을 사는 짓은 절대로 하지 않겠지. 역시 길을 잘못 들었는지도 모른다고 생각했다. 모든 것이 갑자기 바보처럼 여겨졌다. 가슴속에서는 "뭐야 이 놈들은?"이라는 의문이 격렬하게 소용돌이치고 있었다.

내 마음을 다소 알아주던 편집자가 수상식이 끝난 후 조용한 이자카야로 나를 데리고 갔다. 편집자는 거기에서 술을 마셨고 술을 못 마시는 나는 밥을 먹었다. 잠시 후 옆 테이블에서 혼자 마시고 있던 연배의 남자가 이쪽을 자주 돌아보았다.

편집자와는 이전부터 아는 사이인 듯 둘은 인사를 주고받았다. 상대는 이미 거나하게 취해서 눈동자가 움직이지 않고 혀가 꼬인 상태였다.

오래지 않아 그 남자는 이쪽 테이블로 조금씩 다가오더니 무례하게도 내 얼굴을 빤히 들여다보았다. 그 표정이 순식간에 일그러졌나 생각하자 남자는 나에게 시비를 걸기 시작했다. 알아들을 수 없을 정도의 작은 소리로 이런저런 불쾌한 말을 늘어놓았는데, 기억나는 것은 "나는 몇 년 동안 쓰고 있는지 알아? 그것이 너 같은 불쑥 튀어나온 애송이에게……"였다. 요컨대 전국에서 온 편지 내용과 조금도 다르지 않은 말을 직접 듣게 된 것이다.

왠지 나는 화가 나지 않았다. 대꾸할 기분도 들지 않았다. 오히려 그 남자가 굉장히 불쌍하게 생각되었다. 그리고 이렇게 생각했다. 그런 좁은 마음으로는 앞으로 몇십 년 더 써본들 타인의 마음을 움직이는 소설에 가닿지 못할 것이다. 인간의 본질에 다가가는 것이 평범한 인간보다도 특기여야 하는 게 작가인데, 그는 가장 관찰하기 쉬운 자기 자신조차 올바르게 파악하지 못하고 있는 것 같았다.

내 아버지와 마찬가지로 그도 그다지 가혹하지도 않은 현실로부터 어디까지나 눈을 돌리고, 별반 노력도 하지 않고 도망가, 간지러운 목소리로 내는, 선량한 척, 겉으로만, 주지는 않고 받기만 하는 상냥함에 어디까지나 연연하는 타입의 전형이었을까? 이러한 무리가 인생의 감동이 이렇다 저렇다 하며 말하고 쓰고 그럴 것 아닌가? 만일 어떻게든 소설을 계속 쓰고 싶다면 그는 무엇보다도 자기의 썩어빠진 근성을 정면에서 바라보고 생생하게 써야 할 것이다. 그것도 사소설 작가 취향의 자학적인 착색을 하지 않는, 싸구려 정서에 허우적대지 않는, 지극히 냉정한 방식으로……

소설가 세계에 한 발을 들여놓은 뒤에도 얼마간은 타인의 소설을 읽지 않았다. 도저히 읽을 기분이 들지 않았다……라고 하기보다, 읽지 않아도 어느 정도의 소설인지 쉽게 상상할 수 있었다.

그러나 "23세치고는 너무나도 노숙하다"는 연배 소설가의 지적이나, "마루야마는 도로(徒勞)의 사자(使者)이다. 인생이 무엇인지를 알고 있는 유일한 작가가 나타났다" 같은 평론가의 말을 접했을 때 나는 괴이하다는 느낌이 먼저 들었다. 내가 노숙하며 인생이 무엇인지 알고 있다면 나보다 훨씬 나이 많은 작가는 도대체 어떤 소설을 쓰고 있는 것일까?

그래서 뭐든 하나 읽어보려는 마음으로 매달 보내오는 문예지를 살펴보았다. 생각한 대로였다. 게재된 거의 모든 작품에서 느낀 것은 문장이 형편없는 것은 차치하고라도, 현실에 대한 과잉되고도 물렁한 여러 가지 인식들이었다. 40세나 50세나 60세의 인간이, 소년 이하의 인생관을 염치도 없이, 마치 그것을 서로 경쟁하듯이 주구장창 쓰고 있는 것이 아닌가. 어른으로 한 사람의 몫을 하는, 자립한 남자가 되는 것이 싫어서 그 자세를 변명하고 얼버무리기 위한 뻔히 보이는 거짓말이 끝없이 나열되어 있었다.

그래도 작가가 자기 작품에서 표현하고 있는 대로의 인간이라고 한다면 조금쯤은 용서했으리라. 그런데 그렇지 않았다. 아무리 그럴듯하게 말해도 작가가 작품 속에 자기가 이상으로 삼는 주인공을 등장시키면 시킬수록 그것과는 정반대 인간인 작가의 실상이 떠오르는 것이었다. 그들 대부분은 위선자이고, 나머지는 유치한 위악가에 지나지 않았다. 그런 자신을 알아차렸을 때 과연 그들은 어떻게 할까? 아니면 평생 자기의 실상은 모르는 채 사는, 그런 축복받은 성격의 소유자가 소설을 쓰는 것일까?

헤밍웨이와 비교되어 논해지던 한 시기가 있었다. 아마 통신용 문체와 공통된 점이 있었기 때문일 것이다. 그렇지만 조금도 기쁘지 않았다. 일본인에게 그토록 사랑받는 헤밍웨이를 정작 나는 좋아하지 않았던 것이다. 저렴해 보이고, 얄팍한 로망의 이면에 한없이 여자에 가까운 남자의 모습을 분명히 작품 속에서 봐버렸기 때문이다. 읽을 만한 것은 고작 단편 두세 편 정도였다. 헤밍웨이가 평생 문체를 바꾸지 않았던 점을 칭찬하는 자도 있는데, 내가 볼 때는 그것이야말로 꾀병쟁이의 대표적인 예로서 무엇보다 좋은 증거였다.

대구경 엽총과 튼튼한 낚싯대 같은 압도적으로 유리한 무기를 휘둘러 어차피 약한 생명체에 승부를 도전하는 격이다. 그래놓고는 이겼다 졌다, 용기가 있다 없다 하며 큰 소란을 피운다. 비교적 안전한 싸움터의 구석에 있었으면서 나중엔 영웅인 체한다. 많은 이들이 소 한 마리가 서 있는 주위에 몰려들어 마음껏 놀리며 고통을 주다가 결국 죽일 뿐인 잔학한 구경거리를 마치 남자의 미학을 보여주는 척도인양 끼워 맞춘다. 그리고 남자 못지않은 강한 여자나 부잣집 여자를 차례차례 전전하기도 한다.

이러한 짓들을 하기 전에 그들은 더욱 더 새로운 문학세계를 개척하기 위한 문체 개발에, 실패와 좌절을 되풀이하면서, 많은 사람 앞에서 창피를 당하면서 과감하게 도전해야 했다. 만일 남자다움이라는 애타적이지도 않은 가치관에 어떻게든 연연하고 싶었다면 차라리 그렇게 하는 것이야말로 소설가로서의 남자다운 모습이 아니었을까.

그러나 많은 문학 팬들은 헤밍웨이와 쿵짝이 잘 맞았다. 헤밍웨이가 구성해 보여주는 세계에 왜 자신이 취하고 있는지를 거의 생각도 해보지 않고, 오히려 그러한 것은 외면한 채 순진하게 몰두하고 있었다.

기성작가들 중에도 헤밍웨이의 환상을 열심히 좇는 자가 있었다. 그들은 겉으로 보이는 것만을 필사적으로 좇고 있다. 게다가 그런 한심한 방법으로 일본문단에서 위치를 확고히 하려 해서, 역시 비슷한 가치관을 가진 많은 독자에게 떠받들어져 그 나름 성공했다. 이것은 무서울 정도로 빈곤해진 일본문학의 현재를 단적으로 나타내는 일례다.

4천 부라는
성적표

소설가로 살지 말지를 망설이면서 상황을 들여다보고, 상황을 들여다보면서 헤매고 있을 때에 출판사 신임사장의 취임파티가 열렸다. 나는 억지로 이 자리에 끌려나갔다. 젊은 나이에 소설가가 되어 곤란한 것은 그럴 때 거절의 구실을 재빨리 찾지 못한다는 점이었다. 말이 궁색해진 틈에 승낙하고 마는 일이 종종 있었다. 이것이 나이든 사람이었다면 몸 컨디션이 안좋다는 이유가 가능했으리라.

당시의 편집장이었던 것으로 기억하는데, 그가 베테랑 소설가에게 신인을 소개하는 형식으로 나를 넓은 모임장소 여기저기로 데리고 다녔다. 나는 일일이 머리를 숙이고 적당히 장단을 맞추고 있었는데, 이윽고 그 편집장의 진짜 의도를 알게 되었다.

그 무렵 문단에서는 이런 하찮은 싸움이 화제가 되었다. 어느 작가가 또 다른 작가와 연회석에서 얼굴을 마주쳐 악수를 했는데, 그때 한쪽이 세게 잡아서 손가락뼈가 부러졌다는 것이다. 단지 그뿐이라면 별로 이렇다 할 것도 없는데, 골절당한 쪽이 자기가 펜을 잡지 못하도록 일부러 그렇게 피해를 준 것이라고 종합잡지에 폭로한 것이다. 그러자 상대방 측에서 같은 잡지에 반론을 게재했다. 두 사람의 유치한 응수가 얼마간 그 잡지를 떠들썩하게 만들어서 매상으로도 이어졌다고 한다. 믿을 수 없는 일이지만 세상은 그 정도의 자극과 변화를 환영하고 있었다.

그러나 겨우 그 정도의 옥신각신은 역시 길게 가지 못한다. 얼마 지나자 독자들이 싫증나버린 것이다. 그래서 편집부 측은 다음 방법으로 화해시키는 것을 생각해냈다. 그런데 두 사람 사이는 최악의 상태가 되어 둘 다 그 파티에 출석했음에도 서로 얼굴을 마주치지 않으려 주의하면서, 모임에서의 움직임을 대각선상으로 이동하고 있었다.

나를 방편으로 이용한 편집장은 양쪽 작가에게 같은 말을 했다. "어떠신가요, 슬슬 이쯤에서 화해하시면……"이라고. 그런데 때는 이미 늦어 그들 관계는 꼬일 대로 꼬여서 둘 다 굽히지 않아 결국 그 편집장은 포기할 수밖에 없었다.

출판계는 이상할 정도로 호경기여서 후퇴란 예상할 수도 없었다. 무슨 일이 있어도 활자문화는 영원히 번창할 것이라고 믿었던 그런 시기에 취임한 신임사장은, 2차에도 꼭 와달라며 젊은 편집자를 대동해 긴자의 고급클럽으로 나를 안내했다. 교통정체로 꽤 늦어져 그 가게에 도착했을 때에는 많은 관계자가 모여 있었다.

자기 세상이 도래한 듯 신임사장은 대단히 만족하며 기뻐했다. 그는 마치 여자들이 곁에서 시중드는 것처럼 주위에 많은 작가와 평론가들을 거느리고 있었다. 적어도 내 눈에는 그렇게 비쳤다. 샐러리맨 시절의 인간관계가 생생히 생각났다. 내가 들어가니 사장은 호쾌하게 웃으면서 이렇게 말했다.

"어때 마루야마 군. 이런 분위기 좋지? 이것이 문단이라는 거야."

사장은 그러니 너도 들어오라고, 아니 들어올 수 있어서 행복할 테지, 그렇게 말하고 싶었을 것이다. 지리를 싸늘하게 만들지 않기 위해서라면 분위기 맞추는 것을 못할 것도 없는 나였지만, 그러나 그때만은 대답을 하지 않았다. 적어도 예의상 웃음만이라도 지어보려 노력했지만 얼굴이 너무 딱딱하게 굳어져 생각대로 되지 않았다.

만일 사장이 말하는 그런 세계라면 나는 무엇을 위해 회사원을 그만두었을까. 샐러리맨이라는 성가신 세계가 딱 질색이라는 이유로 뛰쳐나왔는데, 이래서는 다시 돌아간 셈이 아닌가 하고 더욱 실망의 정도가 깊어졌다.

그 사장에 대한 추억은 또 있다. 취임한 지 얼마 안 되어 그는 큰 인사개혁을 시도했다. 그런데 그것이 사원의 불만을 사서 강한 반발을 초래하게 되었다. 아이의 흙장난처럼 단지 마구 뒤섞어놨을 뿐인, 권세를 과시하고 싶었을 뿐인 무의미한 인사라는 불만이 여기저기에서 분출했다. 사람 좋은 사장은 고립무원의 상태에 빠졌던 듯하다.

그런 어느 날 그 출판사에 볼일이 있어 방문하였다가 우연히 사장이 복도 건너편에서 다가왔다. 안 좋은 예감이 들었지만 눈이 마주친 이상 도망갈 순 없었다. 갑자기 말을 걸어오나 싶더니 그는 나를 안 보이는 곳으로 불러서 살며시 불만을 말하기 시작했다.

"인사 건으로 평판이 나빠져서 말이야……."

나는 깜짝 놀라 상대의 얼굴을 찬찬히 들여다보았다. 농담을 하나 하고 의심했지만 그는 진지했다. 아무리 이야기할 상대가 없었다고 해도 스물세 살 애송이를 붙잡고 나약한 소리를 해대는 사장이 어디에 또 있을까 싶어 어이가 없었다.

이류라고는 해도 그런대로 종합상사에서 3년간 일해온 나였다. 그런 내가 출판업계에서 받은 인상은 좋은 의미 3할, 나쁜 의미 7할의 '아마추어주의'였다. 더 분명히 말하자면 비전문가 집단으로 보였다. 게다가 경영감각이 너무 구태의연했다. 그것을 친한 편집자에게 말하니 그는 이렇게 반론했다. 풋내 나고 구태의연한 경영체질인 덕분에 문학이 장사로서 성립할 수 있는 거라고. '비전문가스러운' 데가 없으면 해나갈 수 없는 장사라고.

그렇지만 그 의견에는 찬성할 수 없었다. 확실히 당시는 출판사 여기저기에서 같은 문학전집이 거의 같은 시기에 발매되는 일도 있었고, 또 단행본 한 권으로 수십만 단위의 매상을 올리는 순문학 베스트셀러도 결코 드물지 않았다. 별로 이렇다 할 내용도 없는 소설뿐이었음에도 그것의 인기는 실로 대단했다. 아마 활자에 대한 신뢰와 신봉이 과잉되었기 때문일 게다. 그리고 그 배경에는 통찰력 결여와 의뢰심이 강한 국민성이라는 부정적 요인이 있었던 것이 아닐까.

이제는 문학이라고 부를 수 없는 데까지 타락해버린 요즈음 소설보다는 아주 조금 낫다 할 정도의 그런저런 소설들이었지만 반응은 좋았다. 그토록 잘 팔린 이유는 오로지 시절 탓이어서 출판사의 경영수완과는 전혀 관계없다는 게 내 지론이었다. 즉 지금이라면 누가 해도 성공하는 장사가 아닐까 하는 의미였다. 질적인 면은 어쨌든 영상문화가 급속하게 폭을 넓혀 취미의 다양화가 진행되고, 경제적으로 풍요로운 세상이 되어 그다지 심각하게 인생을 생각하지 않아도 살아갈 수 있게 되자, 이런 소설 등은 언젠가 쳐다보지도 않게 될 거라고 당시부터 예상이 되었다.

그런데 방자하게 범람하고 있을 뿐인, 빈곤한 내용의 활자 문화에 대한 관계자들의 자신감만은 흔들림이 없었다. 누구나 절대적 자신감에 넘쳐 시대의 최첨단에 있다는 과잉된 자부를 품고 있었다. 책이 팔리지 않게 될 때는 나라가 망할 때라고 호언장담하고, 다른 나라라면 몰라도 지적 수준이 높고 문맹률이 낮은 일본에서는 그런 허술한 사태를 상정하는 것이 불가능하다고 말하는 듯했다. 실제로 소설 태반이 내용 자체가 담고 있는 재미 이상으로 팔려나갔다. 태반의 출판사가 경영 실력 이상으로 윤택한 상황이었다.

　그러나 내 책은 전혀 팔리지 않았다. 초판 8,000부를 냈지만 그의 절반밖에 팔리지 않았다. 팔리지 않는 이유로 몇 가지를 들 수 있었다. 아쿠타가와상 수상작인 100매 정도의 짧은 소설로는 단행본이 될 수가 없어 다른 두 편의 단편을 더 써야만 했다. 이를 완성하기까지 반년 정도 더 써버렸기 때문에 매출의 타이밍을 놓쳐버린 것이 한 이유다. 또 그때까지 등장했던 여느 젊은 소설가처럼 학생이라는 젊고 발랄한 백그라운드를 갖지 못한 것도 이유라 본다. 꿈 한조각도 발견할 수 없는 보통 월급쟁이 출신이었기 때문에, 부모에게 의지하며 세상이 뭔지도 모르는 젖비린내 나는 세대로부터 지지를 얻을 수 없었던 점…… 여성 취향의 사랑이 내 소설의 테마가 아니었던 점…….

　그리고 무엇보다도 내용과 표현방법이 전통적인 그것마냥 끈적끈적하고 축축한 것이 아니고, 과장된 울음도 없고 억지로 갖다 붙이는 기쁨도 없는, 지극히 억제된 터치가 문학 팬의 구미에 맞지 않았던 점…… 냉철한 사실을 건조한 문체로 가차 없이 두드리는 나의 작품 어디에도 문학애호가가 추구해마지 않는 것이 없었을 것이다.

　그들은 싸구려 구원과, 달달한 치유와, 학교축제 마지막 날에 얻을 수 있을 정도의 감동과, 미남 배우가 된 양 연애할 수 있다는 착각 같은 것에 메달리는 것으로, 혹은 도망갈 수도 없는 현실에서 아주 잠깐 도피하고 싶어서 소설에 손을 뻗는 사람들이었다. 그들에게 내 소설 〈여름의 흐름〉은 오히려 머리에 찬물을 끼얹는, 꿈에서 현실로 끌려 돌아온 듯한 기분을 만드는 무시무시한 작품일 뿐이었다.

출판사에게는 유감스러운 결과이긴 해도 나에게는 바라던 바였다. 기성작품이 보여주는 너무나도 연약한 문학에 크게 반발해서 그것과는 다른, 이 세상에 사는 동안은 구원도 치유도 절대 있을 수 없다는 상식 위에 서고자 하였다. 그래도 염세의 저편에 현실을 살아내는 진짜 감동이 있는 것은 아닐까 치열하게 모색하여 열심히 발버둥치는 세계를 그리고자 했다면, 초판 8,000부 중 4,000부가 팔리고 남았다고 해도 실망은 어울리지 않았다. 4,000부나 팔린 것도 오히려 너무 많다고 생각될 정도였다.

나는 태연해도 출판사는 그 매상에 실망한 것 같았다. 모처럼 젊은 작가가 등장했다는데 전례에 반하여 재미 보는 장사로 연결되지 않았기 때문이다. 그러나 담당 편집자는 나를 가망 없다고 단념하지 않았다. 그러기는커녕 장편소설에 도전해보면 어떻겠냐고 열심히 권해주었다.

모처럼의 제안이기는 했지만 나는 그다지 내키지 않았다. 책을 한 권 내면 설령 팔리지 않았다 해도 그 출판사에 대한 의리는 일단 끝났다고 여겼다. 그때까지 화려하게 등장한 젊은 작가들처럼 속임수 냄새 나는 매스컴이라는 무대 위에서 몹시 흥분에 들떠, 소설 이외의 것까지 인정받은 듯한 착각에 사로잡혀 창피한 기색도 없이 〈도쿄온도(東京音頭)〉라는 응원가에 맞춰 춤을 춰보이는 뻔뻔스러움이 나에게는 없었다. 아마 이것은 얼마든지 무제한으로 꿈을 부풀릴 수 있는 학생과, 단기간이기는 해도 사바세계의 밥을 먹은 사회인 사이에 생긴 커다란 입장 차이일 것이다.

어차피 치켜세워 주는 것에 넘어간 척하면 출판사가 바라는 상황이 되고 나 자신도 그 나름의 수입을 얻었겠지만 아직 그만큼 닳고 닳진 않았다. 혹은 보통 기업에서는 상식인 이런저런 장사 수법을 문학세계에서까지 실천하고 싶지 않다는 생각도 강하게 작용했으리라.

내가 원하는 소설을 쓰는 데 최대의 문제는 생활비를 어떻게 할지였다. 원고료는 싸고, 책은 팔리지 않는다는 것을 알고 있어도 날림으로 쓰는 것만은 하고 싶지 않았다. 어쨌든 시간을 아낌없이 쏟아 붓지 않으면 제대로 된 작품을 완성할 수 없었다. 그런 것은 기본 중의 기본이고 상식 중의 상식이었다.

내가 쓴 소설을 읽은 사람으로부터 '언뜻 보면 쉽고 바로 흉내 낼 수 있는 것처럼 보여도, 막상 이런 소설을 내가 쓰게 되면 바로 손을 들게 된다'는 편지를 받거나 "이것이 재능이라는 것이군요"라는 말을 들을 때마다 나는 언제나 가슴속에서 이렇게 중얼거렸다. '요 정도 매수의 소설이라도 완성하기까지 얼마만한 시간을 들였는지 모를 테지.'

쓸데없는 것을 일절 생략하는 작업은 술술 되는 것이 아니다. 몇 번이고 몇 번이고 옮겨 쓰고 고쳐 써나가는 동안에 조금씩 조금씩 무엇이 쓸데없는 것인지가 보이게 된다. 모든 불필요한 것들을 남김없이 처리하고 곁에 남는 것이 결국 작품이 되는 법이다.

그런데 연말이 다가오면서 "신년호에 실을 단편 하나 부탁합니다"라고 가볍게 부탁하는 편집자의 연락을 받는다. 이에 대해 그리 쉽게 응하지 못하는 것을 이해 못하는 편집자가 적지 않다. 그들의 그러한 성급한, 정말이지 샐러리맨적인 발상에서부터 나온 주문에 응할 수 없는 작가는 곧바로 무능하다고 간주되든가, 그렇지 않으면 제멋대로인 녀석이라고 단정되든가 했다.

문단에서의
이탈을 꿈꾸다

아쿠타가와상을 수상하고 얼마 되지 않아 내가 근무했던 회사는 예정대로 흡수 합병되었다. 노동조합 간부가 배신했다느니, 회사 측에서 돈을 받아 이상한 결착을 지었다느니 등의 막장 소문이 퍼지긴 했지만 그 직후에 깨끗하게 결말이 난 모양이다.

덕분에 나 또한 나쁘지 않은 답을 받아 들을 수 있었다. 여러 일이 있었지만 어쨌든 그만두는 자에게는 평소보다 많은 퇴직금을 지불한다는 회답을 이끌어낼 수 있었기에 그것으로 충분했다. 소설가의 길을 진지하게 나아갈지는 별도로 고민하더라도, 어차피 그만둘 예정이었던 나에게는 바라지도 않았던 소식이었다.

드디어 퇴직할 날이 다가왔을 때 나는 비서실에서의 호출로 불려 올라갔다. 불량사원이었으니까 퇴직금 지불을 거부당하게 되는 건 아닌가 싶어 나름 각오를 하고 올라갔는데 내용은 그게 아니었다. 윗사람은 나에게 이렇게 말했다. 내가 앞으로 쓸 소설 속에서 이 회사에 대한 것은 부디 쓰지 말아달라고…… 확실히 이 회사와 관련되어 껄끄러운 이야깃거리가 많은 건 사실이었다. 전신과에서 일하고 있던 나는 암호해독뿐만 아니라 조립까지 했었기에 일반사원이 모르는 속사정까지 잘 알고 있었다.

나는 그 자리에서 "절대로 쓰지 않을 테니 걱정 마세요"라고 약속했다. 그들은 전혀 몰랐다. 나는 기업의 내막을 폭로하는 일에 문학적 가치를 조금도 느끼지 않았다. 게다가 무엇보다도 통신사를 양성하는 학교를 졸업한 자로서 비밀엄수의 의무라는 직업상의 상식 정도는 잘 구분하고 있었다.

장차 나를 기다리고 있는 운명이 어떠한 것인지 알 리도 없었지만, 불과 3년간 근무한 샐러리맨의 퇴직금으로서는 많은 현금을 가지고 회사건물 밖으로 나왔을 때의 기분은 최고였다. 쇼윈도에 비친 내 얼굴은 환했다. 형무소에서 나왔을 때의 기분은 어쩌면 그러한 종류의 해방감일지도 모른다고 생각했다. 기쁜 나머지 회사건물을 몇 번이나 뒤돌아보면서 "자, 봐라!"를 연발한 것을 지금도 어제 일처럼 기억하고 있다.

책상을 나란히 하고 일했던 사무실 여직원도 나와 같이 그만두었다. 우리는 결혼하기로 약속된 상태였다. 그것은 소설가가 되기 전부터 예정되어 있던 일이었다. 우리의 결혼은 내가 소설가가 되든 범죄자가 되든 바뀌지 않을 것이었다.

그토록 가정을 싫어하고 자유를 추구하고 싶어 했던 내가 왜 그 젊은 나이에 결혼하려고 생각했을까? 왜 스스로 미래의 입구를 막아버리는 짓을 한 것일까? 생활을 꾸려나갈 수 있을지 어떨지도 모르는 상황에 있었는데도.

아마 어린 시절 뻥하고 뚫려버린 마음의 구멍이 결혼으로 메워질지도 모른다고 생각한 것이리라. 혼자서 인생을 분발해 봤자, 그리고 운 좋게 그 길에서 성공해봤자 그것이 어떻다는 거냐는 식의 허무함에서 끝까지 도망칠 수 없다는 불안이 있었을 것이다. 사는 방향을 정해서 다른 출구를 막고, 목표를 하나로 좁혀서 분발하기 위해서는 혹시 결혼이라는 조건이 필요한 건 아니었을까.

어머니가 우리 결혼에 난색을 표명한 이유는 우리가 결혼하기에 너무 젊은 것이 걱정되어서는 아니었다. 입으로는 그런 말을 했지만 본심은 빤히 보였다. 오래 전부터 가망이 없어 단념한 칠칠치 못한 차남이 돌연 예상치도 못한 형태로 급부상했기 때문에 세상에 흔히 있는 부모로서의 욕망이 나왔을 것이다. 남편도 장남도 자신의 욕망을 채워줄 것 같지 않다고 단념하고, 인생이란 이런 것인가 하고 포기하고 있었을 무렵, 마치 복권이라도 당첨된 듯한 좋은 쾌가 떨어져 솟구친 것이다. 그냥 놔둘 리 없었다.

어머니는 아들이 소설가가 된 것을 사회적인 출세로 받아들였고, 이에 편승하면 허영심을 크게 만족시킬 수 있을 것이라 판단한 것이다. 그러면 우선 어떻게 해서든 지금의 결혼 추진을 저지해야 한다고 생각했으리라. 맛있는 단물을 눈앞에 두고 있는데 모르는 여자가 가로채는 것을 어떻게 해서든 막아야 했으리라.

그러나 일반사람들과 마찬가지로 어머니도 큰 오해를 하고 있었다. 첫째로, 유명한 문학상을 받고 소설가가 되면 누구든 큰돈이 굴러들어온다고 생각한 것이 애당초 잘못이었다. 두 번째로, 나라는 아들에 대해서 몰라도 너무 몰랐다. 일단 자신이 이렇다고 정한 이상에는 누구의 의견에도 좌우되지 않고 마지막까지 끝내 해내는 존재가 바로 나였다. 부모라는 입장을 권력으로 믿고 뻐기며 이런저런 수단을 아무리 사용해본들 결의를 번복할 내가 아니었다.

게다가 내가 몹시 싫어하는 것이 타산의 냄새가 나는 사귐이었다. 타인의 관계라면 또 모르되, 친구나 부모자식 사이에서 그것을 꺼내드는 자는 그 자리에서 잘라버리는 내 성격을 어머니는 좀 더 일찍 파악해두었어야 했다. 나는 부모에게 최후 통고를 했다. 결혼식은 이쪽에서 알아서 맘대로 진행할 것이며, 초대는 하지만 응해도 응하지 않아도 상관없다고, 그리 말해주었다.

자식이 부모에게 부리는 한없는 응석도 확실히 문제지만, 그 반대의 상황 또한 큰 문제여서 그 일로 고민하는 사람도 적지 않다. 상담을 받을 때마다 나는 그들에게 언제나 이런 충고를 한다. 정에 얽매여 생각하면 부모 뜻대로 된다, 부모라는 존재는 상당히 뻔뻔스럽고 영악하니까 단지 부모라는 이유로 기세등등하게 만들어서는 안 된다, 원래 부모에게 은혜를 느낄 필요 따위 전혀 없다. 낳은 자가 키우는 것은 당연한 것이니까, 진정한 애정을 가진 부모라면 아이의 자립 이외에는 아무것도 바라거나 하지 않을 것이다, 자기를 위한 투자나 보험 역할을 맡길 요량으로 아이를 낳고 키우는 부모는 부모가 아니다, 자신의 인생에 좋지 않은 영향을 줄 것 같은 참견을 하거나 행동에 나서거나 했을 경우에는 부모라 해도 망설일 필요 없이 잘라버리는 편이 좋다, 그 편이 최종적으로 쌍방 모두 좋은 결과를 얻을 수 있다, 라고.

세타가야(世田谷) 외곽의, 아직 여기저기에 밭이 많이 남아 있는 가라스야마(烏山)의 목조아파트에 신접살림을 차렸다. 다다미 네 장 반 크기의 방만으로는 좁아서 2층의 다다미 세 장 반 크기의 방도 빌려 거기를 사무실로 삼았다. 생활비 문제를 피해갈 수 없어 나는 밤에만 다른 회사에 다니며 텔렉스 오퍼레이터 아르바이트를 하고, 아내는 낮 동안 자동차 판매회사에서 일했다. 모처럼 손에 들어오게 된 자유가 절반쯤 달아난 듯한 유감스러운 기분이기는 했지만 먹고 살 방도만은 그럭서럭 확보했다.

결혼은 정답이었다. 휘청휘청했던 기분이 산뜻해졌다. 그리고 첫 단행본을 낸 곳에서 다른 인생을 생각하기 시작했다. 소설 따위 시시해서 못 쓰겠다고 생각했다. 아무리 생각해봐도 나 같은 자가 평생 몸담을 세계가 아니라고 생각했다. 분명한 답이 확실하게 나오는 더 명확한 세계를 찾으려 했다.

나는 아직 젊고, 그 정열은 방에 틀어박혀 예술적인 허황된 일에 빠질 정도로 만족할 수 있는 대용품이 아니었다. 나에게는 현실이 훨씬 재미있었고 보다 감동적이었다. 그러한 기분을 정직하게 전하자 편집자는 다시 장편소설 이야기를 꺼냈다. 그는 금방이라도 달아날 것 같은 나를 향해 "조금 분발하기도 전에 도망칠 생각인가"라는 말을 던졌다.

편집자의 도발에 무심코 말려든 나는 한 작품을 더 써보고 난 뒤 답을 내도 늦지 않을 것이라 생각했다. 다음날부터 낮에도 문을 닫아 걸고 다다미 세 장 크기의 방에 틀어박혀 첫 장편소설에 도전했다.

집필에 몰두하던 몇 달이 금세 지나갔다. 〈한낮 129〉라는 타이틀을 붙인 그 작품을 보여주자 편집자는 매우 기뻐하며 이

대로 쭉 소설을 계속 써야 한다고 격려해주었다.

그렇게 말해준 것은 기뻤지만, 그러나 그다지 천진난만하게 기뻐할 수는 없었다. 이런 답답하고 짜증나는 일을 평생 계속할 자신이 없었다. 그렇다고 해서 월급쟁이로 돌아갈 마음도 결코 없었다. 게다가 도쿄라는 곳이 체질에 맞지 않는 공간이란 것을 어느새 금세 깨달았다. 소설 쓰는 일을 하면서 꼭 도쿄에 살 필요는 없지 않을까. 시골에 가면 집세든 뭐든 더 적은 생활비로 살 수 있을 터이니까.

동종업계 사람들과의 교제는 딱 질색이었다. 딱 질색으로 여길 수밖에 없는 체험을 했다. 이곳이 어떤 세계인지를 나에게 한번 보여주고 싶었던 편집자가 굳이 싫다고 하는 나를 데리고 신주쿠(新宿) 골든가에 있는 관계자들 단골집으로 안내했다. 문인이나 문화인으로 불리는 데에 아무런 저항도 없기는커녕, 오히려 그것을 환영하는 사람들에게는 이곳이 오아시스와 같은 공간이었을 테지만 나에게는 구토가 날 만큼 무시무시한 장소였다.

가수라던가, 아무튼 늙고 추한 닳고 닳은 마담과, 그녀 아래에서 일하면서 신파극 여배우를 지향하는 인텔리인 척하기 좋아하는 젊은 여자들의 경박함…… 작가나 평론가들의 잘난 척하는, 그리고 마음속을 서로 탐색하는 듯한, 지껄이면 지껄일수록 밑천이 드러나고 마는, 허세를 부리는 듯한 속임수 대화…… 자신의 복소리에 취하면서 부르는 노래 등.

이런 곳에서 문학론, 예술론과 희롱하며 도대체 어떻게 할 작정인지 그들에게 묻고 싶었다. 그럴 시간이 있으면 집에 돌아가 글을 쓰는 게 어떻는지. 대체로 그 술 취한 입에서 튀어나오는 심히 차원 높은 이론은 자기 작품에 전혀 반영이 안 되고 있지 않은가. 톨스토이가 어떻다는 둥 클레지오가 어떻다는 둥 사르트르가 어떻다는 둥, 그렇게 허물없이 말하는 이상 그들은 자기 스스로 그것을 뛰어넘는 작품을 쓰고 있어야 한다. 적어도 그것에 다가가는 작품을 쓰고 있어야 할 터인데…… 만일 위대한 외국작가들과 같은 레벨의 소설을 쓰고 있다고 자기 마음속에서 생각한다면 구제하기 힘든 어리석은 녀석일 것이다.

소름 끼친 것이 또 있다. 누구나 그 늙은 마담의 호감을 사고 싶어 한다는 점이었다. 젊은 여자라면 또 몰라도 그런 늙은 이의 맘에 왜 들려고 하는 것인지 도저히 이해할 수 없었다. 마더 콤플렉스의 집합체가 아닐까 하는 짐작 정도나 할 수 있었지만 입 밖으로는 절대 꺼내지 않았다.

이윽고 그 마담인지가 다가와서 나를 내려다보듯이 쳐다보며 앞 의자에 앉았다. 그리고 배달시킨 우동을 손님 앞에서 훌

훌 훌짝이면서 설교를 늘어놓기 시작했다.

"요전 B잡지에서의 대담 말이야. 그게 뭐야? 상대는 당신보다 선배라구. 선배에게 그런 말투는 안 되지."

'니가 무슨 상관이야?'라고 말하려 했지만 늙은이를 상대로 으름장을 놓는 것도 좀 그렇고 편집자도 바로 앞에 있어서 삼갔다.

덧붙여 말하자면, 그 대담 상대라는 자는 확실히 손윗사람이긴 했다. 내가 공손히 인사했음에도 불구하고 팔짱을 끼고 거드름을 피우며 몸을 뒤로 젖히고 있는 패였다. 그리고 말하는 알맹이는 어디선가 빌려온 말이 많아서 경박하기 짝이 없었다. 아마 일류대학을 나와 일류기업에 들어갔다는 엘리트의식을 소설세계에 들어오고 나서도 버리지 못했으리라. 아니면 아직 그런 경력이 통용되는 세계라고 생각했던 것일까.

상대가 그렇다고 해서 그에게 지지 않고 실례되는 말투를한 기억은 일절 없었다. 만약 마담이 멈추지 않고 더욱 그 작자 편을 들며 얽혀왔다면 나는 그녀가 먹고 있던 우동을 빼앗아들고 뭔가 착각하고 있는 늙은 여자 머리 위에 끼얹었을 것이다.

더 어이없었던 것은 문인연극 마츠리였다. 너무나 성실할 정도로 그런 망신스러운 짓을 할 수 있는 이 녀석들은 도대체 어떤 신경의 소유자일까 싶었다. 풍류가 있는 놀이로 믿고 있었던 것일까. 추악함 그 자체일 뿐인데…… 더욱 놀란 것은 원숭이연극에도 들어가지 않을 그런 학예회를 기꺼이 구경하러 오는 손님이 많이 있다는 사실이었다.

이 세계를 알수록 위화감이 깊어져 갔다. 가치관의 차이 같은 질 높은 차이가 아니었다. 나는 실망하고 후회했다. 하필이면 가장 세련되지 못한 세계에 머리를 들이밀고 말았음을 절감하게 되었다.

이러저런 일이 있은 후에 내가 내린 답은 지리적으로라도 그 세계에서 멀어지는 것이었다. 답을 냈다기보다 더 이상 배겨낼 수 없게 되었다는 편이 맞을 것이다. 어쨌든 도쿄를 떠나 문학 따위 아무 보탬이 안 될 게 뻔한 시골로 이사하기로 결심했다. 사는 데에 그다지 관계없는, 별 쓸 데 없는 것을 불필요하게 추켜세우는 도시가 아니면 어디라도 좋았다. 홋카이도(北海道)든 규슈(九州)든.

우선은 신슈의 시골 고등학교 교사가 된 형에게 전화를 걸어보았다. 조용하고 집세가 싼 주택이면 어디든 괜찮다고 했더니 대답이 곧바로 들려왔다. 형이 근무하고 있는 시골마을 근처에 주택이 한 채 비어 있다고 한다. 마을에서 운영하는 주택으로 방은 세 개, 부엌에 욕실…… 믿을 수 없는 것은 집세가 싸다는 거였다. 보지 않고 정했다. 그 사실을 처에게 전하고 즉시 짐을 꾸리기 시작했다.

편집자는 그런 나를 붙잡으려고 했다. 신인상 수상이 아닌 후보가 된 것만으로도 지방에서 상경하는 자가 있는데, 아쿠타가와상 수상자가 일부러 시골로 들어가는 일은 없을 거라고 그는 말했다. 시골에서는 내 자신이 쓸모없는 사람이 될 거라는 충고도 받았다.

나는 쓸모없어져도 괜찮다고 생각했다. 열차로 몇 시간—당시는 급행열차를 이용한 뒤 버스로 갈아탔으니 도쿄까지는 총 6, 7시간 정도 걸렸다—걸리는 곳으로 옮긴 정도로 제 구실을 못하게 된다면 결국은 그만큼의 재능밖에 없다는 증거 아닌가 말이다.

하지만 그 말투는 어디까지나 표면적일 뿐이고, 만일 내 방식이 통용되지 않는 문학이라면 이 나라 사람들이 사랑해 마지않는 문학은 어차피 문학놀이, 문학 비스무리한 것밖에 되지 않는다는 실망감이 내 본심이었다. 만약 이 사실이 맞다면 어떻게든 이곳을 재빨리 이탈해서 '훌륭한 결과가 곧 훌륭하다'고 평가받는 성실한 길을 진지하게 찾으면 그만이었다.

산촌 생활에
물들다

가정을 꾸린 사람치고는 꽤 적은 짐을 붙였다. 그런 뒤 신칸센으로 도요하시(豊橋)까지 가서, 거기에서 이이다센(飯田線)으로 갈아타고 덴류쿄(天竜峡) 역에 내렸다. 형이 마중 나와주었다. 역 앞 식당에서 잉어조림을 반찬으로 식사를 했다. "어이, 괜찮아? 해나갈 수 있겠어?" 형이 걱정스럽게 물었다. 나는 자신만만하게 말했다. "소설 따위 뭐 대단한 거 아냐. 시간만 투자하면 얼마든지 쓸 수 있어."

그 무렵은 아직 국철이 유행시킨 '디스커버·재팬'이라는 광고카피도 없고, 시골생활을 권하는 풍조도 없으며, 있는 것은 옛날 그대로의 '낙향' 한 마디뿐이었다. 불안을 숨기지 못하는 형에게 나는 이렇게 말해주었다. 소설로 인정받았으니 소설로 보답하는 것이 도리라고 생각한다, 그러기 위해서는 다른 일은 최소한으로 줄이고 시간을 듬뿍 쏟아 부어 납득이 가는 작품을 조금씩 발표해나갈 수밖에 없다, 문예지의 싼 원고료로도 이러한 시골이면 어떻게든 먹고 살 수 있겠지……

그러한 자신이 어디에서 솟아나오는지 스스로도 잘 몰랐다. 아마 가끔 훌훌 넘겨보는 문예지가 북돋아주었을 것이다. 어느 문예지나 나에게 이렇게 말을 걸어왔다.

'저명한 작가의 작품이라 해도 겨우 이 정도 소설뿐이니 네 소설이 실렸다 해서 조금도 이상하지 않아. 이상하지 않기는 커녕 얼마나 정진하느냐에 따라 언젠가 아무도 뒤쫓아오지 못할 정도로 떼어놓는 것도 가능할 것이다. 네가 생각한 대로 해보면 된다. 본보기가 될 정도의 선배가 없으면 네 자신이 모범이 되면 된다.'

산촌인 만큼 확실히 이곳의 환경은 조용하기 그지없었다. 전방에는 푸른 전원이 펼쳐지고 배후에는 뽕밭이 있었다. 이웃한 마을경영 주택에는 죽는 날만 기다리는 듯한 노인부부가 쥐 죽은 듯이 살고 있었다. 그러나 아직 살날이 많은 우리에게는 거기가 천국쯤으로 느껴졌다. 뜰의 잡초를 베어내 뱀을 물리치고, 직공에게 부탁해 맹장지를 갈아 붙였다.

정말이지 한적한 세계였다. 축사에서 도망쳐 나온 소 크기 정도 되는 씨돼지 뒤를 마을사람들이 열심히 뒤쫓고 있었다. 들판을 태우는 불이 잡목림에 옮겨 붙어 큰 소동이 난 일이 있었다. 정해진 코스를 정해진 시간에 홀로 산책하는, 다른 사람에게 알랑거리지 않는 멋진 개가 있었다. 밤은 아주 깜깜했다. 멀리 저편의 도로를 달리는 자동차 헤드라이트가 주변의 나무 숲을 비추는 줄도 모르고 아내는 그 움직이는 옅은 빛을 본 뒤

영락없이 망령임에 틀림없다고 착각했다.

아내는 보자기를 들고 왕복 한 시간이나 걸리는 마을 중심부까지 장을 보러 나갔다. 그 무렵 우리들은 자동차는커녕 자전거조차 없었다. 그 촌영 주택에는 전화도 없어서 필요할 때에는 근처 고등학교까지 가서 빌려 써야 했다. 하지만 불편하다든가 쓸쓸하다든가 하는 기분은 조금도 없었다.

시골에서 자란 나는 도쿄에서 나고 자란 아내와 그렇게 시골생활을 즐기며 살았다. 우리들은 마을의 누구와도 사귀지 않았다. 소박한 사람들과 마음의 교류를 할 목적으로 온 것이 아니었다. 목적은 은둔생활이 아니라 소설을 쓰기 위함이었다.

그러나 너무나 조용한 정적에 긴장감을 순식간에 잃어버리고 얼마 동안은 방심상태에 빠졌었다. 육체노동이 압도적으로 눈에 띄는 그러한 혹독한 생활공간에서는 문학 따위 아무런 가치도 없는 것처럼 생각되었다. 가축이랑 퇴비냄새를 실어오는 바람 속에서 예술의 향기를 맡는 것은 지난한 업이었다.

산과 강이 있는 지역에 어울리는 것은 엔카(演歌)나 봉오도리(盆踊り), 혹은 지방을 떠돌아다니는 연예인이 연기하는 남녀 동반 자살연극이지, 때를 벗은, 세련된, 엷은 맛의, 고상한 뭔가는 아니었다. 때를 벗은, 세련된 무언가를 지향하는 도회문화가 경박하고 나약해보여 도리어 촌스럽게 느껴지는 일도 있

었다. 도시에서 최첨단을 달리는 문화의 모든 것이, 실은 그쪽으로 나아갈수록 오히려 국제적인 시골사람 국민으로서의 열등의식이 통째로 드러나게 된다는 것을 잘 알았다.

머지않아 나는 다시 펜을 잡았다. 매일 조금씩 시간을 내어 두세 시간, 그러나 쉬지 않고 계속 썼다. 당연히 수입은 아주 적었지만 불필요한 지출이 준 만큼 가계에 도움이 되었고 그럭저럭 먹고 살 수 있었다. 첫 장편소설은 그때까지 쓴 세 작품 이상으로 평판이 좋았다. 덕분에, 어쩌면 이 녀석은 행운만으로 소설가가 된 애송이가 아닐 거라며 생각을 바꾸는 사람들이 다소 늘어났다.

그때까지 내 재능에 대해 상당히 회의적이었던 출판사도 이것이라면 본격적으로 매출에 매진해도 괜찮다고 생각한 모양이다. 그 장편소설이 단행본으로 만들어졌을 때에, 세상에나! '마루야마 겐지를 격려하는 모임'을 열어주었다. 전혀 알지도 못했던 낯선 사람들이 나를 격려해주어야 할 정도로 나는 힘이 없지 않았다. 그러기는커녕 매스컴의 의혹과는 반대로 조용한 분투를 하고 있다는 자부심이 있어 뜻밖이라면 뜻밖이었다. 하지만 이미 밥상이 차려져 있는데 거절하는 것도 어른답지 못한 행동이라 마음을 고쳐먹고, 내키지 않는 마음으로 상경했다.

솔직히 조촐한 모임으로 생각했었는데 막상 가보니 내 예상보다 몇 배나 호화판이었다. 발기인에 이름을 나란히 넣어준 작가들에게는 어찌되었든 감사의 말을 해야 했다. 어째서 아내 분을 데리고 오지 않았는지 여기저기에서 질문을 받았다. 의외의 질문이었다. 처와는 아무 관계도 없는 일이었기 때문에 오지 않은 것뿐이다. 소설을 쓰는 사람은 처가 아니라 나였다. 게다가 다른 사람 앞에서 창피를 당하는 것은 나 혼자로 충분했다. 그 모임을 열기 위해 분주하게 움직여준 편집자 얼굴에 먹칠하고 싶지 않았기에 나는 미소를 잃지 않은 채 누구와도 이야기 장단을 맞추었다. 다만 이러한 상황은 오늘 이것으로 끝이라 굳게 마음먹었다.

그 자리에서 좌익계 작가가 이런 의미의 인사를 했다. 오늘 밤 신주쿠 역 주변에서 학생들이 크게 움직일 듯하다기에 이 모임에 올지 말지 많이 망설였다고 했다. 아마 진심이었을 것이다. 확실히 그날 밤은 많은 학생들과 기동대가 어정쩡한 저항과 엉거주춤한 자세의 탄압이라는, 늘 있던 술래잡기를 술래잡기라고는 생각지 못하고 비장한 얼굴로 전개하고 있었다. 그리고 대부분의 문화인과 지식인들도 자신은 손을 더럽히려 하지 않고 안전한 곳에서 그 술래잡기를 느긋하게 방관하며 멋있는 척하고 있었다.

나는 다음 날 아침 서둘러 신슈의 마을로 돌아갔다. 도회의 거짓말 냄새나는 공기를 잔뜩 들이켰으니 이를 전부 뱉어낸 뒤 조금씩 쓰기 시작했던 새 소설에 몰두했다.

창작자의
존재 의의

얼마 지나, 다른 출판사의 편집자가 일부러 내가 사는 곳까지 찾아왔다. 일을 부탁하고 싶다고 했다. 그 정성에 감동받았다. 이런 산속까지 발걸음해준 이상 본심에서 나온 주문일 거라고, 그렇게 해석했다. 나는 말했다. 시간만 주시면 반드시 좋은 글을 써 보이겠다고 약속했다.

그때 내 마음은 이미 굳어지고 있었다. 이 세계에는 내 방식을 이해해줄 여지가 아직 얼마간 남아 있다고, 그러니 내가 써야만 하는 이유가 아직 존재하는 거라고 생각했다. 문단의 실태가 어떠하든 이러한 편집자가 있는 한 나는 어디까지나 내 방식대로 해나가면 되고, 또 할 수 있을 거라는 감촉을 얻었다.

내 잠자고 있던 정열에 불을 붙여 진심을 꺼내준 건 두 편집자의 이해 외에도 또 다른 계기가 있었다. 형의 권유로 읽게 된 단편소설이 그것이었다. 오스트리아의 시인이며 극작가인 호프만스탈(Hugo von Hofmannsthal)이 쓴 소설 〈기사 이야기〉를 일독하고 나는 터무니없는 충격을 받았다. 그것은《백경》에 필적할 정도의 강렬한 충격이었다. 이토록 굉장한 소설이 이 세상에 아직 남아 있었나 하고 경악했다.

〈기사 이야기〉를 다 읽었을 때 나는 비로소 나 같은 인간이 소설을 쓰는 것에 대해 깊은 창피함을 느꼈다. 거리의 싸움에서는 무패인 주먹이지만 프로복서 앞에서 순식간에 때려 눕혀진 듯한 그런 기분이었다. 작품의 길이로 봤을 때 〈기사 이야기〉는《백경》과 비교하여 상대도 안 되었다. 한쪽은 긴 장편이고 다른 쪽은 단편 중에서도 가장 짧은 부류에 들어갈 단편이었다. 그럼에도 불구하고 감동의 무게는 결코《백경》에 뒤지지 않았다. 그 짧은 내용 안에 내가 소설로 추구하는 모든 것이 담겨 있었다.

주인공 레르히 상사의 내면이 갑자기 붕괴되면서 인간의 불가해함이 시작된다. 이는 에이허브 선장과는 또 다른 우주적이고 장대한 비극성을 감추고 있다. 이 세상에 존재하는 것의 의미를 근저에서 뒤흔드는 감동을 얻을 수 있었다. 작가가 이 작품을 스물네다섯 살 때 썼다는 것을 알았을 때 마침 비슷한 나이였던 나는 충격을 받았다. 내가 가지고 있는 것은 재능이라고 부를 수 있을 정도의 것도 아님을 깨달았다.

　호프만스탈이 쓴 다른 작품들 모두까지는 아니어도, 만약 몇 작품 정도에서라도 〈기사 이야기〉와 어깨를 나란히 할 수 있는 수준의 소설이 있었다면 나는 주저하지 않고 문학의 세계를 빠져나와 다른 세계로의 전신을 꾀했을 것이다.

　다행이랄지 천재 호프만스탈은 그다지 별로인 작품과 확연한 실패작, 그리고 미완성 작품을 다수 남겼다. 때로는 소녀취향을 고스란히 드러내거나, 때로는 탐미주의에 너무 빠지거나 하는 치명적인 결점을 마주할 때마다 당초 받은 충격이 차츰 투지로 바뀌어갔다. 즉 이 정도라면 나도 쓸 수 있을지 모른다는 생각 말이다. 또한 호프만스탈이 〈기사 이야기〉에서만 성공했던 세계를 다른 글쓰기 방식으로 더욱 발전시켜 문학의 새로운 광맥을 캐낼 수 있을지도 모른다고 생각했다. 그리고 그것이야말로 나에게 적합한 문학이고, 온갖 희생을 치르더라도 구축할 가치가 있는 신세계가 아닐까 생각해보았다.

　그렇다고는 해도 그 길은 먼 길이었다. 아무리 앞을 응시해도 지향하는 목표는 문학의 지평선 너머 저편일 뿐, 거기까지의 도정을 상상하는 것만으로 현기증이 날 정도였다. 그러나 〈기사 이야기〉도 《백경》도 나에게 던져진 도전이었다. 읽는 쪽이 아니라 쓰는 쪽이 된 이상 감동만 하고 끝날 순 없는 노릇이다.

아직 젊은 나에게는 시간이 얼마든지 있었다. 젊어서 소설가가 되었다는 건 어쩌면 기존의 소설가들이 하고 싶어도 하지 못했던 일을, 충분히 시간을 들여 해야 한다는 의미가 아닐까? 시대나 세대에 보조를 맞춰 한때의 총아가 되기보다는 보편적이고 중후한 테마에 과감하게 도전해야 했다. 활자중독자들의 싸구려 자기현시욕에서 나오는 경박한 문학론을 몹시 불쾌하게 생각하는, 진짜 안력을 갖춘 참된 독자를 감탄시키는 작가를 지향한다면 이 세계에 머무를 의의와 가치가 충분히 있다고 생각했다.

그런 것이라면 소위 문학청년의 연약한 삶의 방식과는 거리가 먼, 일개의 독립된, 한없이 자유로운 존재인 것을, 그것이야말로 산 자 중의 산 자인 것을, 지상에서 삶의 보람으로 여기는 자에 어울리는 인생이 될 터였다. 문학을 남자의 일생의 업으로 하고 싶다면 그 길을 죽을둥살둥 앞질러 달려갈 뿐이었다.

나를 둘러싼 문학 현상이 어쨌건, 말도 안 될 정도로 낮은 레벨이건, 이제 그런 것은 아무래도 좋았다. 내가 이상향으로 삼는 작가가 현재 전무하다면 자신이 그렇게 해보이면 될 뿐이었다. 작가로서는 당연해도, 이 섬나라에서는 돌출된 자세를 선택했을 경우 무엇이 최대 난관이 되는지는 처음부터 짐작할 수 있었다.

　위대한 발명이나 발견을 가져온 인간들 대부분이 독자적으로 행동하는 한 마리 이리 같은 아웃사이더라는 사실 하나만 봐도 파벌주의 따위 두려워할 필요는 없었다. 집단이나 군거를 좋아하는 것은 그 재능이 결국 이류 이하라는 증거에 다름 아니고, 자신의 결여를 인간적인 끈으로 보충해 보신을 꾀하려는 어리석고 열등한 선택만 하게 될 뿐이었다. 그들이 돌출한 자와 딱 마주쳤을 때의 반응은 이해할 수 없거나, 혹은 무시하거나, 혹은 또 질투해서 발을 끌어당기거나 이 중 어느 쪽일 뿐이다.

　자존심 때문인지 자기현시욕만은 그 누구보다 강하며, 그 자리를 헤치고 나가는 강경한 태도에 다소 뛰어나거나, 조금쯤 편집증적인 데가 있거나 해서 얼마간 눈에 띄는 존재가 될 수 있었던 것을 재능이라고 착각한 자들이 있다. 그들이 월급쟁이에서 프리의 몸이 되어 크게 실패하는 예는 적지 않다. 그들이 안정을 찾는 곳은 결국 스토커적인 업계 패거리들의 입장일 뿐이고, 만일 거기가 예술의 세계였거나 했을 경우 그들의 갖은 원망과 타산과 술수에서 나온 비뚤어진 정열이 성실한 정열의 발전을 심히 방해하게 된다. 그들의 특징은 두드러지고 싶어 하고, 히스테릭하고, 싫증을 잘 내고, 변덕스럽고,

노력을 싫어하는 것이었다. 그리고 매달릴 대상을 항상 필요로 한다는 공통점이 있다.

얼마나 재능이 있는지는 차치하고, 또 문학의 세계에 어찌 됐든 머물고 싶다는 바람이 희박하건, 소설을 쓰는 나의 집중력과 지속력에 대해서는 아무 의문도 품지 않았다. 학교 공부를 몹시 싫어한 것은 좋아하지도 않는 수많은 지식을 위에서 찍어 누르듯 통째로 암기하면 그걸로 된다는 납득이 안 가는 교육이었기 때문이다. 거기에는 아이덴티티를 사이에 끼울 수 있는 여지가 전혀 없었다. 로봇 같은 충실한 노동자로 만들어 자본가의 노예로 부리기 위한, 실로 바보스럽고도 매우 잔혹한 훈련에 지나지 않았다.

진짜의 나 자신은 나를 잘 알고 있는 자들에 의해 낙인찍힌 게으름뱅이 따위가 아니었다. 온 힘을 쏟을 가치가 있는 무언가를 그때까지 만나지 못했을 뿐이었다. 한번 마음이 내키면 어떠한 희생을 치르고라도 돌진하는 것이 내 실제 모습이었다.

따라서 자주 보게 되는 소설가처럼 "나는 타고난 게으름뱅이니까"라고 반쯤 자랑인 듯이 말하는, 문학을 도피처로 이용해 놀며 생활하고 싶다는 자들의 동료가 나는 될 수 없었다. 온 정력을 쏟을 만한 가치가 있는 하나의 일을 발견해서 거기를 향해 어디까지나 맹진하고 싶다는 정열은 다른 사람의 배 이상 강했다. 다만 그것이 설마 소설이라고는 꿈에도 생각하지 않았을 뿐이다.

요즈음 편집자 한 명이 나에게 이런 말을 했다. "당신은 문학을 싫어해도 문학 쪽에서는 어쩐지 당신을 대단히 마음에 들어 하고 있는 것 같군요"라고. 그것은 어딘가 확신이 없는 자세였던 나에게 단단히 각오를 하게 만들기엔 실로 효과적인 한 마디였다. 나는 태어나서 처음으로 분발했다. 아직 밟지 않은 산봉우리를 앞두고 흥분으로 몸을 떠는 등산가와도 닮은 흥분을 느꼈다.

그러나 흥분에 맡긴 채 별안간 오르기 시작하는 터무니없는 방식으로 행동하지 않았다. 아무리 무모한 나라도 그런 막무가내 짓을 하면 어떠한 결과를 초래하는가는 잘 알고 있었다. 칼을 서로 겨누기도 전에 조난하고 말 것이 눈에 뻔하게 보였다. 등산을 시작하기 전에 충분한 준비가 필요했다. 우선은 베이스캠프 설치부터 시작해야 했다.

우선 당면한 과제는 새로운 문체의 개발이었다. 참신한 문체 없이는 모처럼 발견한 문학의 높은 봉우리를 깊이 연구하는 것이 불가능하다. 카프카와 닮은, 겉모습만 모방한 것까지는 괜찮았지만 문장이 너무나 평범하고 테마와는 아주 동떨어진 격조 낮은 문체였기에 형편없는 작품이 되어버린 최악의

견본이 일본소설 가운데 상당수 발견된다. 그것들은 반면교사로는 나무랄 데 없는 작품이었다. 그렇다고는 하지만 그 작가는 스토리의 기발한 변화만 기대하는, 그러한 표면적인 이해밖에 못 하는 수준 낮은 독자들에 의해 지지받아 어느덧 대가의 지위에 모셔졌다. 그리곤 본인도 완전히 우쭐한 기분이 되고 말아 행복하다면 행복한 생애를 보냈다.

문체 개발이라는 것은 설사 획기적인 것은 아니어도 그리 간단한 것이 아니다. 상당히 소소한 변혁이라도 그 문체를 구사한 작품을 발표해도 이상하지 않을 단계까지 가는 것에는 상당한 노력과 세월을 필요로 한다. 말 하나하나가 갖는 효과와 그것을 조합시켰을 때의 효과를 단단히 파악하여 완전히 몸에 익히는 것은 인간의 평균적인 수명과 일반적인 두뇌로는 상당히 부족할 것이다.

그렇기 때문이야말로 도전해볼 가치였다. 그 도전에는 과학자의 발견이나 발명과 마찬가지로 가슴을 뛰게 하는, 세상의 평범한 생활을 희생해도 좋을 만큼 매력이 있었다. 문학의 그러한 재미에 대해 일본의 작가들이 왜 무관심한지, 어째서 "마음이 시키는 대로 썼는데 불만 있냐"라는 위협적 태도로 바꾸어 언제까지나 초보자보다 약간 나은 정도의 문장을 줄창 쓰는지 나는 도무지 이해할 수 없다. 그들은 창작의 참된 묘미가 어디에 있는지 정말로 파악하고 있었던 것일까. 문학이 게으름뱅이가 도망칠 수 있는 도피처의 역할을 하고, 그것이 당당하게 통용되고 있던 시절은 오래 전에 종말을 고했다.

새로운 문체의 개발을 앞두고 해야 할 일이 있었다. 당면 목표로는 산문을 한계에 가까운 곳까지 끌어올리는 일이었다. 살아있는 동안에 깊이 연구할 수 있을지 모르지만, 우선은 그 길을 어디까지나 걸어가면 언젠가는 자연스럽게 새로운 문체의 길과 만날 것이라는 직감이 작용했다.

극단적으로 억제하여 건조해진 문체에만 의지하면 결국 그 문체에 어울리는 세계밖에 그릴 수 없다. 물론 이미 알고 있는 사실이다. 내가 그리고 싶은 세계에 필요한 것은 더 유연하면서 강인하기도 한, 더 중후하면서 경쾌하기도 한, 산문도 운문도 초월한, 다시 말해 환기력이 흘러 넘치는 문체여야 했다. 그것이야말로 압도적인 문학의 구축에 필요불가결한 최강의 무기일 것이었다.

그러나 문학 팬뿐만 아니라 모든 장르의 팬들은 어느새 압도적인 세계에 동경을 품고, 가능하다면 그 레벨에 육박해보고 싶다는 생명력 넘치는 정열을 잃어버리고 있었다. 그러한 것을 자신에게서 너무나 동떨어진 세계라 생각하고, 어디까지나 자기 손이 닿는 범위 안에서의 자극과 변화만 받아들일 만큼 약한 체질이 되었다.

자립을 몹시 꺼려하는 사람들은 압도적인 것을 접하면 보지 않은 척하고, 비뚤어지게 받아들이고, 그렇지 않으면 질투의 반응밖에 보이지 않는다. 그들은 도저히 거친 파도라고는 할 수 없는 세상의 작은 물결에도 쉽게 빠져버린다. 그들이 환영하는 것은 지푸라기를 던져주는 자이고 함께 허우적대줄 자였다. 결코 "물에 빠진 척하며 놀지 마"라든가 "정말은 헤엄칠 체력도 기력도 갖고 있는 주제에 그 꼴은 뭐란 말이냐"라는 식으로 호통 치는 자가 아니었다. 그들이 추구하는 것은 아이가 어머니에게 기대하는 듯한 표면적인 상냥함뿐이었다.

그러나 나는 그런 사람들의 장단을 맞춰줄 생각은 없었다. 압도적인 세계를 개척해 보이는 것 이외에 창작자의 존재의의는 없다. 《백경》도 〈기사 이야기〉도 어디까지나 발판이었다.

열정과 타협의
틈새에서

당연한 말이지만, 문어체와 구어체에는 결정적인 차이가 있다. 그런 상식적인 자각조차 없는 작가가 우글우글한 이 세태는 안이하게 흐른 산문이 가져온 값싼 착각일 뿐만 아니라 큰 폐해이기도 했다. 구어체적인 산문의 표면적인 허물없음, 즉 편한 느낌이 어느 사이에 독자의 눈을 문장의 엄격함과 정취라는 예술성으로부터 등을 돌리게 했다.

그리고 그것은 작가와 독자수를 폭발적으로 늘린다고 하는 간편한 공적을 초래하고, 언뜻 문학의 황금기를 가져온 듯 착각하게 했다. 하지만 실제로는 그 반대였다. 출판업계의 경제적 융성의 그늘을 보면 실은 가장 중대한 부분에서 문학의 쇠퇴가 암세포의 증식처럼 급속하게 진행되고 있었던 것이다. 그것은 바꿔 말하면 인간의 쇠퇴를 상징했다.

이런 짓을 계속하면 끝내는 매상조차도 격감할 것이라는 고언은, 월급쟁이 세계에서는 월등히 높은 급료를 받는 출판관계자들에 의해 단호히 일소에 붙여졌다. 그 사이에도 작가나 독자와 마찬가지로 편집자들의 수준도 잇달아 낮아져갔다. 주위의 역학관계에만 신경을 쓰며 움직이는, 가장 중요한 안력이 없는, 흡사 공무원 같은 인종이 위세를 떨치게 되었다.

아는 척하는 편집자는 그래도 나은 편이다. 지독히 나쁜 결과는 거대 출판사라는 돈간판을 짊어지고만 있는 무능한 사원으로, 자신은 문학을 누구보다도 잘 알고 있는 일류편집자라고 생각하는 사람들이었다. 그들은 잡동사니의 보석 속에서 얼마간 괜찮은 돌을 주워 올리는 것이 자신의 일이라는 자각조차 없고, 압도적인 원석이 무엇인지조차도 구분할 줄 모르게 되었다.

시대가 이런저런 문화적인 것을 원하는 여유를 되찾자 소설가라는 간판을 내거는 것이 차츰 그리 어렵지 않게 되었다. 질이 어떻든 간에 소설의 수요는 늘고, 또한 어느 출판사나 문학상을 만들어 신인의 조잡한 물건을 함부로 만드는 데에 분주했다. 선전으로 적당하게 부추겨주면 편히 돈을 버는 시대에 돌입하자 문예지의 숫자도 순식간에 증가해 오히려 작가 수가 부족해지는 상황이 펼쳐졌다.

본래 영세기업이어야 할 출판사가 그 기본적인 입장을 생각하지 않고 헛되이 비대화하고, 그 결과로서 건착망이나 저인망을 쓴 어획방식 같은 경영을 해야만 성립하도록 내몰리고 있다. 많은 작가를 나란히 쭉 세워놓고 매달 되는 대로 신간을 출간함으로써 베스트셀러를 낳을 확률을 조금이라도 높여야 했다. 그것이 임시변통이라고는 알고 있어도 너무 커져버린 출판사 조직을 그대로 유지하기 위해서는 그 방법밖에 없었다. 이전에는 첫 원고 한 장만 읽어도 퇴짜를 맞았던 소설이, 이후에는 당당히 문예지의 권두를 장식하게 되었다.

소설이 그 상황인데 에세이 장르는 또 어떠하랴. 글씨만 쓰여 있으면 뭐든지 괜찮다는 식이어서 작가들에게 일이 끊기는 일은 거의 없었다. 발표의 장이 늘어나면서 작품의 질은 쑥쑥 내려가고, 그 사이에 무엇보다도 팔리는 작가를 발굴해야 하는 숙명을 짊어진 편집자들도 순식간에 변해갔다. 사무적인 일에 쫓겨 감성을 닦을 시간이 없어지고 시야도 좁아졌다. 게다가 편집자의 생명이라 할 수 있는 '온갖 것에 대한 홍미와 관심'의 정도가 극단적으로 얕아져버렸다.

그러한 시세에 저항하기 위해서는 상당한 각오가 필요했다. 내가 취한 자세에서 장애가 되는 것은, 그러면 언젠가 생활이 안 될 거라는 문제였다. 인세는 그런 대로 괜찮지만 원고료에는 불만이 있었다. 그다지 팔리지 않는 문예지의 원고료가 싼 것은 어쩔 수 없다 쳐도 그 가격이 연공서열제와 비슷한 점이 아무래도 납득할 수 없었다.

이런 소설에 이런 원고료를 지불할 정도라면, 내 소설에는 그 몇 배의 금액을 내는 것이 타당할 것이라는 의문이 쉴 새 없이 맴돌았다. 때로는 실력의 세계가 아니란 말인가 하고 불만을 말한 적도 있었다. 그렇지만 나의 그런 이의제기에 제대로 귀를 기울여주는 편집자는 없었다. "아주 옛날부터 그렇게 정해져 있으니까"라는 관공서 같은 대답만 돌아왔다.

문예지의 원고료가 저렴한 데에는 책의 인세 쪽에서 보충하면 된다는 의미도 포함되어 있었다. 그 무렵은 설령 채산이 맞지 않을 정도의 안 팔리는 작가라도 대가나, 혹은 언젠가 대가가 될 거라 눈여겨보고 있는 작가라면 어쨌든 책은 낼 수 있었다. 다른 출판물에서 크게 이익을 올리고 있던 출판사에게는 적자 책을 연달아 낼 수 있을 만큼의 여유가 있었고, '우리 회사는 순문학도 취급하고 있습니다'라는 허세를 부릴 여유도 있었다. 인세로도 따라잡지 못하는 작가는 에세이나 무언가 다른 일로 수입을 보충하면 될 거라는, 그런 의미를 포함한 문예지의 원고료가 아니었을까.

터무니없이 집세가 싼 이곳 촌영 주택에 언제까지나 살 수 있다면 아마 나는 지금처럼 착실한 자세를 그대로 쭉 지킬 수 있었을 것이다. 그런데 슬프게도 반년을 채 안 살았는데 그곳을 나가야 할 처지에 놓였다. 어느 날 아침 동사무소 직원이 찾아와 봄부터 중학교 선생님이 살게 되었으니 나가달라고 반쯤 명령조로 통고해온 것이다.

교사라면 마을에 도움이 되겠지만 소설가는 그렇지 않았다. 오히려 해가 되는 존재일지도 몰랐다. 어쨌든 나가야 했다. 그런데 너무 갑작스런 이야기라서 대신 살 집을 구하지 못했다. 당시 이러한 시골에는 빈집이 매우 적어 부동산에 가도 읍내에 있는 셋집밖에 취급하지 않았다. 그러한 일반적인 셋집은 집세가 비싼데다가 대개의 경우 소설을 쓰기에 조용한 환경이 아니었다. 성가신 이웃과의 교제나 타인의 간섭 등을 피할 수 없어 도저히 집필에 몰두할 환경이 아니었다.

한정된 시간 안에 여기저기를 찾아보았다. 결국 시간이 다 되어 할 수 없이 나가노(長野) 시 교외에 있는 본가로 기어들어 갔다. 거기에 있는 동안에 조건에 맞는 집을 찾기로 했다. 그러나 사방팔방으로 손을 써도 찾아지지 않아 적당하게 타협하기로 마음먹었다. 평범한 주택가에 있는 보통의 집을 보통의 집세를 내고 빌렸지만 도저히 소설을 쓸 수 있는 분위기가 아니었다. 곧바로 또 다른 집을 다시 빌려야 할 처지가 되었다.

그 집이 특히 좋았던 것은 아니었지만 예전 집보다는 조금 나았다. 좁은 뜰이 있고 뜰에는 작은 연못도 있었다. 그리고 개를 기를 공간도 있었다. 개 키우는 것을 그다지 바란 것은 아니었지만 일의 성격상 어느새 세상과의 사이에 울타리가 생겨버린 우리 부부에게 개는 빠뜨릴 수 없는 존재가 되었다. 자전거가 없어도 개만은 갖고 싶다고 생각했다. 개는 아이의 대용일지도 모르고, 혹은 세상과 연결되지 않은 쓸쓸함을 메워주는 애완동물 그 이상의 존재일지도 몰랐다.

집세를 위해서인지 개를 기르기 위함인지 혹은 그 둘 다인지, 지금 생각하면 그 무렵부터 나의 초심이 흔들리기 시작했다. 즉 수입을 올리기 위해서 소설 이외의 일이 조금씩 늘어갔다. 그 편이 비교적 편하고 원고료도 높고, 뿐만 아니라 그것이 극히 보통 소설가의 삶의 방식이라고 생각했다. 어떤 작가나 대가나 중견이라고 불리는 선배들도 누구 한 명 빠짐없이 그러한 방식으로 살았으며 그것을 비난하는 독자 또한 전무했다. 소설 집필이 1~2할, 에세이나 강연, 텔레비전 출연 등이 8~9할을 차지하는 게 당연한 현실이었다.

지명도가 올라갈 확률은 본업 외의 일 쪽이 훨씬 높아, 문학에 흥미가 없는 사람들에게도 금세 알려지고 그 덕분에 책의 매상도 오르는 일석이조의 효과가 있었다. 출판사 측도 작가가 그런 방면에서 크게 활약하기를 바라고 부추기는 일도 볼 수 있었다.

만일 단 한 사람이라도 소설 한 편으로 목표를 압축하고 있는 소설가가 존재했다면, 그리고 그 작품이 내 취향은 아니어도 상당한 수준에 도달한 예가 실제로 있었다면, 나는 망설임 없이 그 자의 삶의 방식을 모방했을 것이다. 개를 기르거나 하지 않고 조금은 인간다운 생활을 하고 싶다는 생각 또한 하지 않고, 어떤 희생을 치르고라도 창작에 몰두했을 것이다.

그런데 본보기가 될 만한 그런 훌륭한 작가는 없었다. 소설에 대한 정열이 식어 문학 그 자체가 어리석게 느껴졌다고 해도 무리는 없었다. 그래도 내 소설 쪽은 그런대로 쓸 만했다. 적어도 날림으로 쓰지는 않았다. 기성작품보다는 다소 나은 것을 쓰고 있다는 자부를 가질 수 있을 만큼은 되었다.

그러나 결코 그 이상은 아니었다. 새로운 문체의 개발은 중단되고 따라서 모처럼 발견한 새로운 문학의 광맥은 손도 못 댄 채,《백경》〈기사 이야기〉와의 간격은 여전히 줄어들지 않았다. 게다가 좋지 않은 환경까지 있었으니, 당시의 내 소설을 좋아해주는 독자가 적지 않았다는 점이다. 그러니까 이보다 더 앞으로 나아갈 필요가 없는 것은 아닐까…… 서서히 그런 기분에 빠져갔다.

40여 일의
항해

확실히 그 무렵부터였다고 기억하는데 우리 집에 문예가협회에서 입회 권유서를 보냈다. 권위의 악취를 느꼈다. 요행으로 소설가가 될 수 있었던 애송이치고는 꽤 열심히 쓰고 있으니 그 정도에서 슬슬 자신들의 동료로 껴주어도 괜찮겠지 했든가, 그 편이 문단이라는 조직을 지키기 위해 좋을 거라든가,

그런 흑심이 빤히 보였다.

'당신을 지지하는 이사'라고 쓰여 있는 칸에 소설작품보다도 텔레비전 출연 등으로 익숙한 두 사람 정도의 소설가 이름이 적혀 있었다. 그것을 보고 나는 무심코 웃음을 터뜨렸다. "내 쪽은 당신들 따위 지지하지 않는단 말이야"라며 그 서류가 배달될 때마다 찢어버렸다.

그렇다고는 해도 내 일에 대한 태도는 차츰 그들의 그것에 가까워져 갔다. 그들과의 사이에 엄격한 일선을 긋는 자세를 더이상 유지할 수 없게 되었다는 뜻이다. 그럴 때 어느 출판사에서 새 소설을 부탁받아 그것을 잽싸게 완성하자, 또 다른 출판사에서 장편소설에 대한 계약이 날아 들어왔다. 말끔한, 납득이 가는 작품으로 완성하는 데에 최소한으로 필요한 시간을 들이고 있는지 상당히 의심쩍어졌다.

모르는 사이에, 아니, 무엇이 어떻게 되고 있는지 아주 잘 알고 있으면서도 나는 휩쓸리기 시작했다. 이만큼의 분발로도 훌륭히 통용되지 않을까 하는 해이함이 생겼다. 어깨에 힘 주지 않고 이대로만 앞으로 앞으로 돌진해가면 되는 건 아닐까…… 그렇게 하면 더욱 자신을 해방시킬 수 있고, 뜻밖에 그런 곳에서 막연히 지향하고 있던 새로운 문학의 세계가 펼쳐지지 않을까…… 그런 안일한 생각에 사로잡혀갔다. 아마 그러한 뻔뻔스러운 기대가 거듭 쌓여 내 자신이 숨게 되는 방향으로 자꾸만 기울어져 갔으리라.

재차 부탁받은 작품을 쓰기 위해 초대형 유조선을 취재해야 하는 과제가 생겼다. 이 유조선에 승선하기로 답을 낸 것도 소설을 쓰는 데에 무엇보다 중요한 '자기로부터 급속히 멀어져 가고' 있던 증거가 아닐까.

일본경제는 더욱더 고도성장을 향해 돌입하고 있었다. 그 원동력이며 추진력인 석유를 운반하는 거선을 무대로 작품을 쓰면 번영과 번영의 저편에 잠재한 쇠퇴를 뚜렷이 부상시킬 수 있고, 나아가서는 현대인이 빠진 패러독스에 다가갈 수 있을지도 모른다고 생각했다. 지금 생각하면 그것은 너무나도 위압적인 태도에서 나온, 정치참여 문학을 비웃을 수 없는, 자기의 투영과는 거의 관계없는 의도였다.

일의 진행방식은 정말로 그때그때 즉흥적이었다. 구체적인 스토리의 조립도, 집필도 승선 후에 시작할 생각이었다. 왕복 사십 몇 일간에 이르는 항해의 목적에는 취재와 집필을 동시에 해내는 것 외에 일찍이 동경의 세계였던 대해를 실제로 체험해보고 싶다는 이유도 컸다.

'통신사 견습생'이라는 억지 직책을 붙여 20수만 톤의 유조선에 드디어 올라탔다. 와카야마(和歌山) 현의 시모츠(下津) 항에서 출항하게 된 나는 그곳에서 예비실을 사용해도 된다는 배려를 받았다. 덕분에 처음부터 마지막까지 쾌적한 바다여행이 되었다. 엔진소리도 선체의 진동도 파도소리도 전혀 신경 쓰이지 않았으며, 숙면을 취하고, 야식까지 포함해 하루 네 번의 식사를 남김없이 다 먹어치웠다.

취재도 잘 되어 출항 후 바로 집필에 착수할 수 있었다. 일을 잊어버리는 순간도 있었다. 야광충의 큰 무리를 헤치면서 인도양을 달릴 때 그렇게도 습기를 싫어하는 체질이었건만 그것마저 기분 좋게 느껴졌다. 하늘 가득한 별이 내 혼을 확실하게 《백경》의 세계로 이끌었다. 그리고 이내 길을 잘못 들어섰을지도 모른다는 후회가 시작되었다.

생각해도 부질없는 것을 생각하고, 쓰기는 하지만 별 도움도 안 되는 문장을 갖은 고생을 해서 쓰는, 내 인생의 어디가 재미있던가. 이렇게 거선에 흔들린 채로 필요한 것조차도 생각하지 않고 멍하니 지내는 수십 년 쪽이 훨씬 의미 있지 않을까, 이 편이 세상에 태어난 보람을 더 느끼지 않을까 하고 몇 번이나 되뇌었다.

그러나 관계자로부터 지독한 실제 상황을 들었던 대로 이미 바다는 모험의 무대가 아니었다. 자동조타 항해와 대형바지선을 우습게 여기는 거대한 선체는 바다를 그냥 넓은 물웅덩이로 만들어버렸다. 그리고 인간의 가장 큰 적은 이제 자연이 아니었고, 끊임없는 폭발의 위험을 감춘 적하 원유 그 자체였으며, 최소한의 승무원들이 처치 곤란해 하는 남아도는 시간이기도 했다.

승선원들은 초보자인 내가 지루한 나날을 못 견딜 것으로 상상했던 것 같다. 그런데 아무리 지나도 그런 기색을 보이지 않는 나를 의아하게 쳐다보고는 나를 선원 타입의 인간이라고 단정지었다. 대부분의 선원은 육지가 보이고 항구에 다가감에 따라 들뜬 기분이 되는데, 반면에 선원 타입의 사람은 그 반대라고 한다. 출항과 동시에 갑자기 태도가 생기 있어지고, 육지가 안 보이게 될 즈음에는 휘파람을 불거나 하며 기분이 좋아진다는 것이다. 바로 내가 그랬다.

본업 종사자들에게 선원 타입이라고 치켜세워질 때마다 나는 이렇게 말해주었다. 선원과 비교하면 소설가 쪽이 훨씬 지루하다고. 내일도 모레도 원고지를 노려보며, 유일하게 상대하는 것은 아내와 개가 전부인 생활과 비교하면, 배에는 스무 명이 넘는―현재에는 더 줄어 승선하는 의사조차 없는 배도 있다고 한다―인간이 있고, 한순간 한순간에 자신의 위치가 바뀌는 환경에 놓인 탓에 자극이 흘러넘치고 있지 않은가라고. 부러울 따름이라고.

그러나 프로 선원으로 오래 배를 타면 언젠가는 싫증이 날 거라는 말도 들었다. 확실히 그럴지도 몰랐다. 그 초대형 유조선과 피쿼드 호의 큰 차이라면 전자는 아무것도 쫓고 있지 않다는 점이다. 목숨을 걸고 싸움에 도전할 가치가 있는 적을 찾아서 대해를 헤매는 배가 아니었다. 이미 정해진 코스를 정해진 속도로, 똑같은 적하물을 운반만 하면 되는, 바보처럼 거대한 상자일 뿐이었다.

그래도 그 항해 중에 나는 잠자리를 정해놓지 않고 유랑하는 생활이야말로 내 체질에 맞는 인생일 것이라는 분명한 감촉을 얻었다. 암중모색으로부터도, 회의적 사색으로부터도 해방되어 흐르고 흘러 다니며 마치는 생애야말로 나에게 어울리는 삶이라는 점을 실감했다. 아니면 태어났을 때부터 셋집이나 기숙사나 하숙에서만 살았기 때문에 한 곳에 정착할 수 없는 인간이 된 것뿐이었을까.

내 마음의 대부분을 점하고 있는 비예속적인 자유에의 크나큰 동경은, 마음대로 무책임하게 어디까지나 유랑하는 생활이라는, 한이 없는 꿈으로 구성되어 있었다. 그리고 그것에 대한 물리지 않는 욕구가 소설을 쓰게 하는 원동력이기도 했다. 그런 나에게 땅이나 집에 속박받는 생활은 자유에 적대적인 중범죄를 저지르는 인생일 뿐이었다. 살림의 때가 묻은, 그러나 일반적이고도 평균적인 나날이 겹쳐 쌓이며, 고여 있는 물처럼 혼을 부식시켜 간다는 생각에 사로잡혀 변화하지 못하는 초조감이 더해져만 갔다.

그런데 모든 것이 언제나 그렇듯 생각대로 되지 않는 것이 현실이었다. 항해 중에 생긴 각성의 모든 것이 착각이고 환상이었다. 하선함과 동시에 나는 쓰고 있던 원고를 가지고 다시 움직이지 않는 생활로 돌아가야 했다. 좋든 싫든 그것이야말로 나를 깍지 끼어 단단히 죄고 있는 '생활'이라는 것이었다.

신슈의 셋집으로 돌아오자 40여 일 사이에 주인을 완전히 잊어버린 멍청한 개가 도둑으로 착각해 나를 향해 격렬하게 짖어댔다. 아내는 바다에서 돌아온 나를 눈부신 듯 쳐다보며 "왠지 젊어진 것 같아"라고 했다. 일시적이긴 해도 바다는 아마 나에게 무언가를 되찾아준 것일까. 뒤집어 생각하면 소설가 생활이 나로부터 젊은 생기를 빼앗았던 것일까.

그런데 언젠가 바다로 돌아가고 싶다는 기분은 들지 않았다. 기대에 값을 하는 자극이나 변화는 어찌됐건 지금은 바다보다도 육지에서 더 많이 볼 수 있었다. 해상에서 생기는 이변은 어차피 다른 세계의 일일 뿐이었다.

자, 이제 중요한 장편소설 말인데, 육지에 오르고 나서가 악전고투였다. 배를 타는 동안에 쓴 것은 초안 정도일 뿐이고 잔뜩 시간을 투입하면 어떻게든 완성할 수 있으리라 가볍게 생각했었다. 그런데 평소대로 했음에도 불구하고 아무래도 잘 되지 않았다. 테마는 충분하고 스토리도 그리 나쁘지 않다고 생각했었는데 몇 번을 고쳐 써도 애초에 노린 효과가 나타나지 않았다.

얼마 지나지 않아 나는 원인이 매우 단순한 데 있다는 사실을 알고 아연했다. 문제점이 어디 있는지 확실히 알았다. 그 소설에 어울리는 중후한 문체를 익히지 않은 채 글쓰기를 진행시킨 것이 잘못이었다. 예를 들자면, 근육의 두께에 적합하지 않은 무거운 바벨을 들어 올리려고 한 것이었다. 근육에 값하는 문장력을 훈련하지 않고 너무 무거운 테마에 도전한 것이 원인이었다.

그러나 원인을 알았대도 어떻게 할 수 없었다. 하루아침에 어떻게 되는 것이 아니었다. 근력과 마찬가지로 레벨 이상의 문장력을 익히기 위해서는 긴 세월을 필요로 했다. 게다가 그것은 직접 수입으로 연결되지 않는, 또 헛수고로 끝나버릴지도 모르는 소박한 노력이었다. 그렇다고 해서 5년이든 10년이든 그 소설을 내팽개쳐 둘 수는 없었다. 출판사와의 약속도 그렇거니와, 시대가 바뀌면 금세 썩어버릴 테마인 것은 불 보듯 뻔했다. 재빨리 완성하지 않으면 먹을 수 없는 요리와 같았다.

이것도 그것도 모두 평범한 보통의 생활을 어떻게든 유지하기 위해 편한 일에 손을 댔던 벌이었다. 하지만 원점으로 되돌릴 마음은 없었다. 다소 켕기기는 했지만 결국 생활 쪽을 우선시하는 편한 길을 다시 걷기 시작했다.

어쨌든 그 소설은 발표되고야 말았다. 그럭저럭 신작으로서의 체면은 세웠지만 이후에 괴로운 생각이 따라다니는 부작용이 생겼다. 후회가 남았다.

그런데 후회는 했지만 반성은 하지 않았다. 눈앞의 일을 우선으로 하려는 편한 길을 실수 없이 걸으려는 정도의 개선밖에 생각하지 않았다. 그때부터 나는 테마를 고를 때에 그것이 실력에 어울리는지를 아주 잘 음미하게 되었다. 즉 자신의 근육으로는 들어 올려지지 않는 무거운 바벨은 절대로 손대지 않도록 조심에 조심을 더했다. 그것은 결코 전진하지 않는, 뒤를 향한 반성일 뿐이었다.

그리 갈고 닦지 않은 날것 그대로의 재능만으로도, 가지고 태어난 근육만으로도 이 나라에서는 충분히 통용된다는 변명 같은 자부심이 《백경》으로부터 그리고 〈기사 이야기〉로부터 나를 차츰 멀어지게 하고 말았다. 더욱이 나쁜 것은, 특별히 단련하지 않아도 들어 올릴 수 있을 듯한 테마를 얼마든지 발견할 수 있었던 점이다.

설령 상당한 중량감의 어떤 테마를 머리 위로 높이 들어 잘 올려본들 도저히 수준이 높다고는 할 수 없는 많은 독자가 이해 못할지도 모른다는 불안함도 있었다. 또한 들어 올릴 수 있는 범위 내의 테마라 하더라도 많은 편수를 능숙하게 써내는 동안에 자연히 두꺼운 근육으로 단련되기를 바라는 마음도 조금은 있었다.

셋집 같은
내 집

그런데 운명은 그 희미한 가능성조차 닫으려 했다. 얼마 지나자 그 셋집도 집주인의 사정으로 나가야 했다. 또다시 집을 구하기 시작했다. 집필의 틈을 타 여기저기 집을 보러 다녔다. 어느 것도 마음에 들지 않았다. 개와 함께 살 수 있고, 게다가 소설을 쓸 수 있으며, 집세까지 싼 삼박자가 갖춰진 집이 있을지도 모른다고 생각한 것부터 애당초 큰 착각이었다.

부평초의 입장이 차츰 성가시게 느껴졌다. 아무리 시골생활에 태연한 아내라고 해도 거듭되는 이사에는 지긋지긋해 했다. 그것은 나를 진정한 자유로 이끌어주는, 흐르는, 유랑하는 인생과는 상반된 생활이었다. 결코 가볍고 쉬운 문제가 아니었다. 눈 속을 등산하는 듯한, 물러설 수 없는, 참을 수 없는 피로감이 착착 누적되어 갔다.

빛나는 자극과 긴장되는 변화와는 거리가 먼 불안정한 나날에서 해방되어 집필에 전념하기 위해서, 그리고 소설가라는 직업이 충분히 수고할 가치가 있는 일이라는 것을 증명하기 위해서 드디어 마이홈을 갖게 되었다. 이젠 절대로 셋집에서 내쫓기지 않아도 되었지만 한편으론 그럴 수밖에 없는 지경까지 내몰려 있었다.

다행히 어머니가 친정에서 물려받은 땅이 있었다. 원래 사과 과수원이었던 곳이다. 모든 친척 중에서 그런 불편한 곳에 살 수 있는 자는 나밖에 없었다. 그 지역의 농협에서 자금을 빌려 상당히 넓은 땅에 작은 집을 지었다. 자금은 그다지 필요하지 않았다. '일본열도 개조론'인지를 호언장담한 카리스마적 정치가가 화려하게 대두하기 직전이었던 탓도 있었고, 시골 인건비가 싸기 때문인 이유도 있었다. 그래도 빚은 빚이었다. 매년 변제해 나가야 했다. 이를 위해서도 소설 이외의 일을 그만둘 수 없었다.

재미있는 것은, 거기가 틀림없이 나의 집이었음에도 불구하고 셋집에 사는 듯한 착각을 도저히 불식시킬 수 없었다는 점이다. 어느샌가 또 쫓겨 나가야 하지 않을까 하는 두려움이 언제까지나 쇠리를 잡아당겼다. 정원수를 꽤 많이 심어봐도 전혀 효과가 없었다.

그러나 내 취향에 맞춰 고르고 고른 땅이 아니었기에 그런 곳에 영주하고 싶진 않았다. 어디까지나 임시로 거주할 곳이었다. 그리 멀지 않은 장래에 자금준비가 되는 대로 내 이상향에 가까운 땅 어딘가로 옮겨가고자 계획했다. 실상 수입이 적은 장사라고는 해도 양적으로라도 글을 많이 쓰면 그 정도의 수입을 얻을 수 있지 않을까 싶었다.

시골 태생인 나는, 특히 아즈미노에서 소년시절을 보낸 사람으로서 이곳의 지역적 특성을 아주 잘 이해했다. 소박하면서도 인간다운 관계를 쌓는 일이 이곳에서는 여하간 불가능한 것도 알고 있었다. 만일 내편에서 인간적인 태도로 접하려고 하면 상대방은 바로 그 순간부터 얕보기 시작하리라는 예상은 불 보듯 뻔했다. 요컨대 이곳은 지성과 이성이 무엇보다 우선시되는 그런 멋진 생활공간이 결코 아니었다.

그 지역 사람들과 어중간하게 사귀어서 말썽이 일어나면 도리어 수습이 안 된다. 차라리 처음부터 교제를 끊는 편이 현명했다. 당연히 미움을 사겠지만 그 미움 받는 편이 더 나은 선택이었다. 서로가 하는 일의 종류가 확연히 다르고, 혹은 성장과정과 가치관의 간격이 너무 넓은 경우에는 '같은 인간이니까' 하는 너무나도 젖비린내 나는 척도로 서로의 거리를 일거에 좁히면 안 되었다. 물론 잠깐은 아름다워 보이는 삶의 방식이기는 해도, 멀리 보면 괴롭고도 슬픈 결과로 끝나버리는 경우가 많았다.

예를 들면 아버지와 어머니의 결혼이 그것을 단적으로 나타내고 있다. 어머니는 농가에 시집가야 했고, 아버지는 회사원 아가씨와 가정을 꾸려야 했다. 사랑만 있으면 어떤 장벽도 뛰어넘을 수 있다고 하는, 정말이지 문학적인 발상의 결혼이었다. 이것이 그 후 두 사람 사이에 이런저런 복잡한 문제와 어떻게 하기 어려운 비틀림을 낳아 그 물보라가 적지 않게 아들들에게도 튀었다.

이러한 지역에 대한 내 경계심을 오만하다고 보는 타관사람이 없지는 않았다. 그러나 그들에게 공통된 것은 아직 아즈미노에 이사 온 지 얼마 안 되었다는 점이다. 얼마간 여기에서 생활한 타관사람은 이윽고 내 의견에 동조하게 되어 "정말로 어처구니없는 삶이군요"라며 질린 얼굴로 불평을 하거나 "여전히 아직도 그 무리를 감싸며 글을 쓰고 있는 것이 아닌지"라고 화를 내거나 했다.

슬퍼질 정도로 마음이 가난한 그 고장 사람들의 삶의 모습에는 꽤 익숙해져 있었다. 하지만 그런 나도 여전히 너무 안이하게 그들을 인식하고 있었나보다 깨닫게 되는, 상상을 초월한, 그래도 인간인가 하고 수상히 여길 정도의 어두운 일면을, 거의 교제를 하지 않는데도 불구하고 보고 듣는 일이 종종 있었다. 그리고 그것은 이후 30여 년을 더 살았던 현재까지도 끊임없이 이어졌다.

그래도 보다 심각한 소설을 지향하는 자에겐, 그리고 인간의 본성에 흥미를 가지고 있는 작가에게는 이런 사람들에게 둘러싸여 있는 편이, 언어라는 표면상의 수단을 교묘하게 두르고 있는 도회인을 보는 것보다 훨씬 의미 있었다. 어두우니까 추하니까 무거우니까, 그러한 이유로 현실에서 눈을 돌리고 싶어 하는 소설가의 수는 압도적이다. 그들의 작품을 지지하는 독자 또한 그러하지만, 그러나 나는 그들의 동료가 아니었다. 참된 미라고 하는 것은 어둡고 추하고 무거운 현실과 표리일체가 되어야 한다.

별로 대단한 비극을 체험한 것도 아니고, 먹고살기에는 거의 어려움이 없는 편한 시대에 살고 있는데, 그래도 여전히 현실에서 도피하고 싶어 하고 파스텔화 같은, 네온사인 같은, 엷은 미에 달라붙는 인종이 계속 늘어나고 있는 것은 왜일까. 현실 속에서 아직 웬만큼 분발한 것도 아니고, 자주 하게 되는 도피조차 한계까지 도전해본 것도 아닌데, 상냥함이라든가 치유라든가 구제라든가 하는 그 가벼운 평안을 추구하는 풍조는 도대체 어디에서 유래된 것일까.

어머니와, 어머니처럼 대해주는 강한 처에게 찰싹 들러붙어 응석을 부리며, 언제까지나 어른 남자가 되려하지 않는 그들은 과연 산 자인 것일까. 그런 사람들에게 알랑거리고 듣기 좋은 소리를 너무 잘하는, 조금밖에 남지 않은 생명력까지도 흡수해버릴 듯한 소설이 문학이라고 할 수 있을까.

예술도 과학도 철학도 의학도 종교도 정치도, 이들 모두 아무리 노력을 해도 인간에게 주어지는 것은 일시적인 안심이나 위안 정도일 뿐이다. 인간을 정말로 구제한다는 일은 절대로 불가능하다.

구제받지 못하는 부자유스러운 존재이기 때문이야말로 자유를 격렬하게 추구하고, 싸우고, 그것을 추구할 때에 날아 흩어지는 불꽃이야말로 현실에 뿌리박은 참된 산 자의 감동이 아닐까. 구제받지 못하는 몸이기 때문이야말로 이 세상을 사는 힘과 가치가 필요한 이유 아닐까.

바이크
예찬

집의 빚을 떠안았다고는 해도 그 즈음이 되자 자전거 정도는 가질 수 있게 되었다. 자전거가 있으면 마을까지 물건을 사러 가기에 충분할 거라 생각했다. 편도 4킬로미터의 거리라면 자전거로 충분할 터였다. 아마 이사 온 것이 한여름이었기에 그런 낙관적인 판단을 했을 것이다.

그런데 눈이 내리는 계절이 되자 자전거로는 너무 먼 도정인 것을 절실히 깨달았다. 아무리 두꺼운 옷을 입어도 몸이 뼛속까지 차가워졌다. 무엇보다도 얼어붙은 노면을 자전거로 달리는 것은 너무나도 위험한 행위였다. 그렇다고 해서 정기버스로는 편한 시간을 고를 수 없고 게다가 이용자의 격감으로 운행횟수도 줄기만 했다. 또한 일일이 택시를 사용하는 것은 낭비였다.

그럴 때 누군가가 차를 가질 것을 권했다. 이곳처럼 교통이 불편한 지방일수록 오히려 자동차 보급률이 높다. 차가 없는 집은 손꼽을 정도였다. 집을 막 지은 때여서 자가용까지 구입해 이를 유지할 경제적 여유가 없다는 내 말에 그는 바이크 정도라면 어떻게든 쓸 수 있을 것이라 나를 꼬드겼다.

확실히 어떻게든 해야 하는 상황이긴 했다. 마침 근처에 자동차교습소가 있었다. 일단은 필기시험만 보는 경바이크 면허를 따고, 라멘가게의 배달 등에 자주 사용되는 소형 실용바이크를 구입했다. 아내에게도 면허를 따게 해서 더욱 간단한 조작으로 탈 수 있는 바이크를 따로 샀다.

당초에는 어디까지나 물건을 사러 가기 위해 다리를 대신하는 바이크였지만 목적이 순식간에 바뀌어버렸다. 스피드의 매력과, 착각이라고 해도 꽤 만족시켜주는 자유로운 기분이 단번에 나를 포로로 만들어버렸다. 그리고 이러한 산속 나라의 지형을 살려서 놀 수 있는 오프로드 바이크에 당도하기까지 그리 긴 시간이 필요하지 않았다.

그때까지는 그다지 흥미가 없던 바이크가, 고작 그런 물건이, 오랫동안 내 안에서 잠자고 있던 무언가에 별안간 불을 지폈다. 산속 짐승들이 다니는 길을 달리고, 황량한 자갈밭을 뚫고 나가면서, 괜찮은 젊은이가 서재에 틀어박혀 소설 따위나 쓰고 있을 수 있겠는가 하고 몇 번이나 마구 고함쳐댔다. 오전 중 집필이라는 정적인 긴장감을 효과적으로 푸는 데에는 바이크를 올라타고 거친 땅을 질주하는 동적인 긴장감이 안성맞춤이었다.

빚을 갚는 일 때문이라면 그렇게 많은 일을 할 필요는 없었다. 소실과 그 외 일의 밸런스를 적당하게 유지할 수 있다면 상당한 시간이 걸린다고 해도, 새로운 문체를 익히고 내 취향의 산문을 상당한 레벨까지 끌어올리는 것 정도는 할 수 있었으리라.

그런데 서른 살이 되면서 돌연 내 인생에 끼어 들어온 바이크는 소설가로서 나아가야 할 길에 완전한 혼란을 주었다. 도락에 돈을 쏟아 붓는다는 표현으로도 부족한 행위가 되어 나를 격렬하게 뒤흔들었다.

성능이 시답지 않은 국산은 곧바로 싫증이 났다. 실력이 좋아짐에 따라 위험한 절벽에 도전하고 싶어지고, 이를 위해 고가의 스페인제 오프로드 바이크를 손에 넣어야 했다. 경제적인 이유로 타협은 하고 싶지 않았다. 어느샌가 그 정도로 몰두하고 말았다.

고성능의 바이크를 얻기 위해서는 일을 더욱 열심히 해서 수입을 올려야 했다. 무섭다고 여긴 것은, 바이크를 위해 주저하지 않고 척척 써대는 버릇이 붙은 것이었다. 그리고 어느덧 쓴 만큼 돈이 들어온다는 당연한 사실에 새삼스럽게 기쁨을 느끼게 되었다. 물욕이 나에게 펜을 들게 하고, 사용하는 원고지 한 장 한 장이 지폐로 바뀌어갔다.

알아차렸을 때는 바이크뿐만 아니라 어느새 지프까지 구입한 후였다. 아직 개조 부품조차 없었던 시절이지만 스포츠타입이며 레저타입이기도 한 사륜구동차를 타고 돌아다닐 생각에 두말할 것도 없이 조속히 실행에 옮겼다. 그것을 위한 타이어조차 수입해야 하고 롤 바 등은 멀리 큰 거리에 있는 철공장에 특수주문해서 만들어야 했다. 도장이 마음에 들 때까지 두 번이나 다시 칠하기도 했다. 돈은 아무리 있어도 부족했다. 어쨌거나 내가 고르지만 않으면 글 쓰는 일은 얼마든지 있었다. 그러한 시절이었다.

바이크는 단지 도락의 영역에 그치지 않고 나를 문학과는 다른 당치도 않는 세계로 보내주었다. 그 계기가 된 것은 젊은 이들 대상의 잡지에서 취재 일을 맡은 것이었다. 오프로드 바이크나 개조 지프를 타고 다니며 대형 개를 데리고 산야를 뛰어다니는, 지금까지 보지 못했던 희귀한 타입의 소설가로 그라비아를 장식하면 독자를 매혹시킬 수 있다고 생각한 것이리라. 그리고 그런 편집자의 계략은 성공했다.

이후 그와 같은 종류의 일만이 급증했다. 소설 청탁도 끊어지지 않고 있었지만, 당시의 나에게는 머리보다도 몸을 사용하는 일이 훨씬 매력적으로 느껴졌다. 정신의 문제를 정신만으로 해결하고 싶어 하는 타입의 청년이라면 몰라도 '육체가 있고 나서 정신'이라고 생각하는 나 같은 자에게 서재는 감옥이고 사색과 명상은 생기를 죽이는 어리석은 행위였다. 당시의 내 생각은 그랬다.

바이크는 내 속에 감춰진 동적이고 폭력적인 광기의 일부를 격렬하게 자극하여, 소설 쓰는 일의 답답함을 대신 보상해주는 행동으로서 상당히 강력하게 작용했다. 그것은 '소설을 쓴다'는, 어디까지나 정적인 행위로는 절대로 맛볼 수 없는 감각이었다. 말로는 결코 표현할 수 없는 세계가 실존하고, 오히려 말로 다룰 수 있는 세계 쪽이 더 좁다는 사실을 알게 해주었다.

물론 나는 직관적인 인간이지만 그렇다고 정신적인 인간은 아니다. 이는 소설가가 되기 전부터 알고 있는 사실이다. 그러나 육체와 정신 사이에 오프로드 바이크나 개조지프라는 거칠고 사나운 기계적 사물을 끼워 넣자 하잘것없는 마음의 답답함이 단숨에 날아 가버렸다. 그때까지 손에 넣었던 충족감을 훨씬 뛰어넘는 일이었다. 내가 오랫동안 막연히 추구해온 것이 바로 이것일지도 모른다는 느낌이 들었다. 내가 이 세상에 태어난 이유는 한껏 고양된 이런 감정을 맛보기 위해서일 거라 생각되었다.

보다 높은 마력의, 보다 고성능의 기계를 정복하게 되고, 눈이 안 보일 정도의 급경사면을 오르락내리락할 수 있게 됨에 따라 그 많던 소설에 대한 정열이 순식간에 엷어져갔다. 스로

틀(throttle) 밸브를 가득 열 때마다, 혹은 멋진 포물선을 그리는 점프를 시도할 때마다 나는 역시나 지금 체질에 안 맞는 일을 하고 있다는 생각이 점차 확신으로 굳어졌다.

그래도 가끔은 소설을 썼다. 소설가라는 직함에 연연했기 때문이 아니라, 소설 솜씨가 녹슬지 않았나를 확인하기 위해서 썼다. 실력의 범위 내에서 들어 올릴 수 있는 테마를 정확히 들어 올려보는, 그런 평소의 무난한 방식으로 틈틈이 단편을 쓰곤 했다. 그러나 쓸 때마다 소설가라는 입장에 대한 위화감이 절실해져 갔다.

소설에 대한 정열은 반감되고 있어도 대충대충 날림으로는 쓰지 않았다. 아마 무의식이었겠지만 그렇게 하면서라도 실력을 유지시키고자 애썼던 것이리라. 납득할 수 없는 작품을 발표하지만 않는다면, 언젠가 찾아올지도 모르는 복귀가 용이하지 않을까 하는 계산도 작용했을지 모른다. 아니, 과연 그렇게까지 깊은 사고가 있었는지는……

지금 와 생각하면, 소설 집필을 줄인 것이 결과적으로는 좋았을지도 모르겠다. 제자리걸음 상태이긴 해도 소설의 감과 솜씨를 떨어뜨리지 않는 레벨을 가까스로 지속할 수는 있었기에 말이다. 틀림없이 그렇게 해두었기에 나중에 비교적 편하게 소설가로 돌아갈 수 있게 된 것이다. 만약 그 당시에 소설 쓰는 시간과 소설 이외의 일을 하는 시간이 비슷했다면, 혹은 완전히 소설에서 손을 떼었다면 그야말로 큰일이 났을 것이다. 상상만으로도 오싹하다.

바다가 아니라
사막이어야 했다

예전에도, 그리고 지금도 에세이인지 소설인지 구별이 안 되는 작품이 범람하고 있다. 시행착오를 거쳐 에세이와 소설의 경계선이 희미해졌다. 그 결과 윤곽이 번져왔다는 말이 아니라, 안이하게 흐른 대가가 돌아왔을 뿐이다. 다른 말로 하자면 이것은 작가가 그 정도의 재능밖에 없다는 무엇보다 좋은 증거이기도 하다.

  혹은 편한 에세이를 너무 많이 쓴 터라 소설가의 입장으로부터 완전히 멀어져 소설의 감이 둔해졌고 그로 인해 실력이 떨어졌기 때문일 수도 있다. 그러니 에세이 풍으로밖에 소설을 쓸 수 없게 된 것이리라. 혹은 에세이와 비슷할 정도로 소설도 너무 많이 쓴 탓에 거의 상상력을 필요로 하지 않는, 예술성에 그다지 무게를 두지 않아도 되는 에세이의 가벼운 문체—사실은 그렇지 않지만—가 소설에 어울리는 엄격하고도 약한 문체를 금세 구축한 것일까.

에세이와 소설을 동렬로 보는 것은 명백한 착각이다. 사용하는 뇌의 부분부터 다르다. 같은 언어로 만드는 거니까 상관없다고 편하게 생각하면 언젠가는 양쪽 다 쓸 수 없게 된다. 예를 들면, 에세이와 마찬가지로 소설도 소재에 기대게 되고, 자기 체험에서 나온 쓸거리가 적어지면 이번에는 다른 데서 입수한 소재에 매달리게 된다. 그 악습이 상상과 창조력을 급속하게 약화시켜 간다.

가슴속에 별안간 한여름의 적란운처럼 순식간에 솟구쳐 오르는, 참된 것에 다가간 소설적인 상상력이 보기에도 무참하게 고갈된다. 물론 그런 재능을 처음부터 갖고 있을 때의 이야기지만……

에세이는 긴 공백이 있어도 복귀에 그리 고생하는 일은 없다. 다만 소설은 그리 되지 않는다. 얼마간 소설을 쓰지 않으면 예전과 같은 상태로 쓰기가 쉽지 않다. 이를 악물고 써도 각오 이상의 기합을 넣어 쓰지 않으면 그때까지의 실력을 회복하는 작품을 완성시키기는 힘들다. 쓰지 않았던 사이에 본인의 상상보다도 훨씬 실력이 밑돌고 말 것이다.

그런데 안력이라는 것은 한번 길러지면 웬만해서는 녹슬지 않는다. 높은 안력을 잃지 않았다고 하는 그 자신감이 창작자에게 당치도 않은 착각을 일으키게 만든다. 소설을 쓰는 실력도 여전히 안력과 같은 레벨을 유지하고 있다는 착각에 사로잡힌다. 막상 지금까지처럼 소설을 쓰려고 펜을 잡아도 진지하게 소설과 씨름했던 때처럼은 도저히 쓸 수 없다는 것을 알게 되어 아연할 따름이다.

정신을 가다듬어서 억지로 써 봐도 높은 안력이 그 신작의 결점을 바로 꿰뚫어버린다. '이러려는 게 아니었는데' 하고 초조해진다.

조바심이 난 끝에 이것은 테마나 플롯이 나빴다든가, 스토리 조립에 문제가 있다든가 등의 엉뚱한 이유를 갖다 대며 쓰다 만 소설을 던져버린다. 그리곤 다른 소설을 시작한다. 그렇게 해도 역시 잘 쓸 수 없다. 쓸 수 없기 때문에 또 다른 소설에 손을 댄다. 악순환을 거듭하는 동안에 어쩌면 재능이 마모되어버린 게 아닐까 하고 의심하기 시작한다.

현실보다도 활자 세계에 빠져 있는 것을 좋아해서 타인이 쓴 소설을 이것저것 닥치는 대로 읽는다. 그 동안에 어느 정도 안력이 붙어 다른 사람 앞에서 문학론을 한바탕 이야기하게 된다. 평론 원고를 한 장이나 쓸 수 있게 된 자가, 이 정도로 문학을 이해하게 되었으니 스스로도 소설을 쓸 수 있을지 모른다고 생각한다. 혹은 어느 소설가가 날린 "그렇게 잘난 체할 수 있으면 자신이 쓰는 편이 빠르지 않아?"라는 빈정댐을 진짜로 믿어 실제로 소설을 쓰려고 한다.

그 자가 아무리 분발한들 그것이야말로 말도 안 되는, 어느 출판사도 쳐다볼 리 없는 조잡한 작문밖에 쓸 수 없는 이유는 조만간 마각을 드러내버릴 정도의 안력밖에 없었기 때문이다. 그리고 그가 가장 아래로 내려다보는 소설가만큼의 재능조차 없었기 때문이다.

그런데 그런 그들조차 우스꽝스럽게 만드는 것은, 당사자에게 전혀 그 자각이 없어서 소질의 소 자도 없는 주제에, 이번에는 젊은 작가를 키우려는 쪽으로 문단 분위기가 기운 덕분에 간신히 이쪽 세계에서 변변찮은 면목이나마 유지할 수 있다는 점이다.

지금까지 아무도 쓰지 않았던, 혹은 누구도 쓸 수 없었던 굉장한 소설에 도전해 보이겠다고 하는 크고 성실한 목표에서 시선을 돌려도, 여전히 바이크에는 그것을 훨씬 능가하는 감동이 있었다. 타인을 감동시키는 것보다도 자기 자신을 감동시키는 삶의 방식이 더 가치 있게 여겨져, 나는 뒤늦게나마 우선은 거기에서 스타트를 끊어야 한다고 마음먹었다. 애당초 인생의 기본이 잘못되어 있던 것이 아닐까 하는 깨달음이 생겼다고나 할까.

그런데 평생 지속될 것이라 생각한 감동의 폭풍도 오래 가지 않았다. 이윽고 이런 좁은 섬나라를 아무리 달려도, 답답하고 비좁은 산길이나 숲길을 아무리 내달려도 허무함은 가시지 않았다. 그렇다고 해서 그대로 어른스럽게 소설로 돌아갈 마음은 도저히 들지 않았다. 서재가 감옥이나 병실로 여겨지는 마음도 여전했다.

지나치게 정신적인 좁은 세계에 틀어박히고 싶지 않다는 일념으로 아직 바이크에 한 가닥 실오라기 같은 희망을 붙들었다. 바람은 희망으로 발전하고, 희망은 꿈이 되고, 지평선에 빙 둘러싸인, 며칠을 달려도 타인과 부딪치지 않는, 그런 광대한 공간을 마음껏 달려보고 싶다고 진심으로 바랐다.

머지않아 그 바람이 이루어질 기회가 찾아왔다. 꿈을 실현시켜주는 일이 날아 들어온 것이다. 젊은이들을 대상으로 한 어느 잡지에서 내게 '당신이 하고 싶은 대로 하라'고 말해주었다. 나는 그 자리에서 바로 승낙했다. 사륜 구동차와 오프로드 바이크를 이용하여 오스트레일리아 사막을 종단할 계획을 세웠다. 나는 문학 따위 발로 차버리고 곧바로 사진가와 기계를 다루는 프로들과 팀을 이뤄 남반구로 떠났다.

이곳 사막에서는 내가 추구했던 자유가 초대형 유조선에 승선했을 때보다 몇 배나 더 강하게 팽창했다. 유조선의 경우 행선지와 속도가 정해져 있고, 무엇보다 바다는 넓어도 배 안은 좁았다. 그런데 바이크의 경우는 내가 좋아하는 방향과 지향하는 속도로 갈 수 있으므로 그 탓에 이 넓은 사막 모두가 내 것이 되었다.

내 몸이 달리고 또 달려도 지평선이 이어지는 광대한 공간 속에 있을 때 나는 혹성에 살고 있다는 확실한 자각을 얻었다. 전신은 모래먼지 투성이에 더러워지고 있지만, 혼은 속세에서 붙인 무가치한 쓰레기를 깨끗하게 떨쳐내어 반짝반짝 빛나고 있었다. 어느새 나라를 잘못 태어났다는 억울함이 밀려오기까지 했다.

나는 바다보다도 사막이 마음에 들었다. 망망한 거친 들판은 표면적으로는 불모의 땅일지도 몰랐다. 그러나 사막이 정신에 끼치는 영향에는 가늠할 수 없는 것이 있었다. 예수가 아니어도 이런 땅을 며칠씩 헤매면 정말로 신의 목소리가 들려올 것만 같았다. 거기까지는 아니어도 뭔가 엄청나고 중대한 계시가 얻어지거나, 존재의 근원과 관련된 우주의 비밀을 번연히 깨닫거나, 삶과 죽음에 대한 내 가치관이 큰 전환을 보이거나 하는 일이 가능할지도 모른다.

마음까지 건조시켜버릴 듯한 뜨거운 모래바람이 거칠게 불어도, 도로를 하룻밤 새 강으로 바꿔버릴 정도의 집중호우를 만나도, 독충이며 독사가 가는 곳마다 우글우글해도 사막이야 말로 내 체질에 가장 맞는 땅이었다. 눈에 보이지 않고 언어로도 표현되지 않지만, 가는 곳마다 견실한 규범이라는 것이 있고 영혼이 윤택해질 수 있도록 무언가 보충해주는 것이 틀림없이 존재했다.

나와 사막 사이에는 아무런 척력(밀어내는 힘)도 작용하지 않았다. 그리고 육체와 정신과 바이크라는 기계는 더도 말고 정확히 딱 합치했다. 자욱한 모래먼지를 피워 올리며 돌진해 달리면서 나는 몇 번이나 이렇게 생각되었다. 만일 이러한 사막의 조금 높은 언덕 집에 들어앉아 펜을 잡을 수 있다면 지금까지의 명작이나 걸작들도 당하지 못할 정도의 소설을 쓸 수 있을지도 모른다고.

그렇지만 그러한 소설에 도전하는 것은 더욱 먼 훗날에 시도해도 좋을 것이다. 지금은 어쨌든 이 혹성을, 이 세상을 온몸으로 즐기는 것이 중요하다. 인생에서 그러한 한 시기가 있어도 좋지 않은가. 오히려 그런 시절 한번 겪지 못한 것이 더 불행일 수 있겠다. 문학과 음악과 미술과 연극과 영화에만 빠져 만족하는 인종에게 전할 말 따위는 하나도 없다. 진정한 산 자는 바로 나 자신이지 그들은 아니기 때문이다.

바이크와 함께 다양한 인간을 둘러싼 다양한 환경을 통과하고, 많은 사람들의 죽음과 나란히 하고 있는 생을 접하고, 선악을 묻지 않는 다양한 가치관 하나하나를 찬찬히 관찰하는 것이 중요했다. 서재에 박혀 문자나 영상이나 소리에서 흡수해 얻은 세계관은 그저 부여되고 제약받은 부분적인 감동의 잔해일 뿐이었다.

그 후로도 몇 년 동안 바이크나 사륜 구동차의 배기음, 그리고 내 큰 웃음소리를 세계 각지에 뿌려 퍼트리는 일이 직업적으로 이어졌다. 당연히 집에 있는 일이 적어지고 외국에 나가 있는 일이 많아졌다. 사파리 랠리를 추적하면서 취재하고, 북유럽 최북단까지 긴 여행을 하였다. 아직 인민복장이 두드러졌을 무렵의 중국에도 가고, 엄동설한에 로키산맥을 넘어달라는 부탁에도 주저없이 떠났다.

이윽고 그러한 일만 하며 일생을 마치는 것도 나쁘지 않다는 생각이 들었다. 육체가 노화를 향해가는 엄연한 사실조차 무시한 것이다. 타인은 차치하고서라도 자신에게 노후가 존재한다는 현실 따위 생각도 하지 않았다. 그런데 지나치게 우쭐해져서 적자를 내고 마는 일도 있고, 그것을 메우기 위해서 텔레비전 CF에까지 출연해서 많은 사람들에게 창피를 당한 적도 있었다.

그 무렵의 나는 열병에 들뜬 사람처럼 어떻게 된 것 같았다. 미친 생활이라는 자각은 가지면서도 마음의 어딘가에서 그것을 몹시 즐기고 있었다. 장난치며 보내는 장난스런 인생도 꽤 독특한 멋이 있지 않은가 하고 또 다른 내가 귓가에서 뻔질나게 속삭였다.

한없이 들뜬, 그러한 이상한 생활에 대한 평가만 예외로 한다면, 이곳 신슈에서의 생활은 시골에 틀어박힌 채 소설만 써대고 있지는 않았다는 점에서 좋았다. 움직이지 않는 허구의 나날을 보냈다면 '소설적으로'라기보다 '인간적으로' 정체상태에 빠지고 말았을지도 모른다. 정말로 존중해야 할 것을 놓치고, 정신의 파워나 볼륨을 젊은 나이에 쇠퇴시키고 말았을지도 모를 일이다.

그로부터 몇 년인가 지나서 다행스럽게도 다시 소설로 돌아갈 수 있었다. 그때 지난 날 어리석은 일로 잃어버린 시간을 아깝다고 생각하는 후회가 고개를 쳐들고, 만일 그대로 성실하게 소설에 매진했었다면 지금쯤은 몇 단계 위의 수준까지 도달하지 않았을까 생각하기도 했다.

그런데 그렇지 않을 것이다. 결코 변명이 아니라 그러한 형태로 소설에서 실컷 멀어지는 시간을 듬뿍 가졌던 것이 보통 사람으로는 할 수 없는 것을 하게 해준 귀중한 체험이 되었다.

그 많은 체험이 내 정신뿐만 아니라 혼에까지 강한 영향을 미쳐서 그것이 기폭제가 되어 다시 소설로 향하게 했던 것이 아닐까. 게다가 본격적으로 재개한 소설에 폭과 깊이를 부여해준 것이 아닐까.

4
부

쉰여섯이 된 지금도 여전히 내 마음의 플루토늄은

임계선에 달할 위험성을 잃어버리지 않았다.

조건만 갖춰지면, 혹은 톱니바퀴 하나가 어긋나면

언제라도 최후의 최후까지 해내고 말 공격적인 열정이

폭발적으로 팽창할 것이다.

그리고 그런 상황을 은근히 기대하는 혼의 어마어마한 흔들림이,

바라든 바라지 않든 간에 나를 다음 소설로 내몰아대는 것이다.

밤낚시의
독려

어느 날 돌연 그간의 떠돌아다니고 격하게 움직이던 일상에
싫증나고 말았다. 어느 나라에 가도, 어떤 인종을 봐도, 절경
중의 절경과 만나도 감성에 아무런 반응이 없었다. 그런 종류
의 변화와 자극에 완전히 마비되어 버렸다. 그리고 온 세계에
있는 것은 전부 신슈의 외진 시골에도 있음을 깨달았다. 물리
적으로 유랑하지 않아도, 그리고 육체를 움직이지 않아도 정
신은 늘 떠돌고 유랑하고 있다는 점을 이해하게 된 것이다.

개인적인 취재팀을 해산하고 그것을 경계로 교류를 끊었
다. 아무도 사귀지 않게 되었다. 바이크는 창고 구석에 내팽개

쳐서 썩어가고, 사륜 구동차는 단지 이동도구로서의 가치로밖에 쓰이지 않았다. 단기통·사이클·엔진의 배기음과 트윈·캡·엔진의 흡기음이 멀어짐에 따라 마음이 다시 조용히 가라앉았다. 몸 여기저기에 들러붙어 있던 혼합가솔린과 하이옥탄·가솔린 냄새가 옅어짐에 따라 나는 겁쟁이의 방향으로 기울어져 갔다.

소설 이외의 일로 번 돈은 흔적도 없이 사라졌다. 지출이 수입을 웃돌고 있었다. 어차피 그런 성질의 돈이었다.

나를 기다리고 있던 것은 무기력한 나날이었다. 창작의욕은 곧바로 되살아나지 않았다. 아무것도 하고 싶지 않았다. 에세이 따위 아무리 써봐도 보람조차 없었다. 그렇다고 해서 갑자기 소설에 본격적으로 임할 마음도 나지 않았다. 앞으로 어떻게 살면 좋을지 몰랐었고 그런 것 따위 알고 싶지도 않았다.

고백하건대 이 나이가 되어도 아직 어떻게 살아야 되는지 모른다. 말로는 알고 있는 내가 있어도, 다른 내가 쉴 새 없이 그 말을 의심한다. 모르기 때문에 속이면서 살고 있다는 편이 맞을지 모른다.

틀림없이 소설에 몰두는 하고 있어도 가슴속 어딘가에는 '다른 할 것도 없고 말이야'라고 중얼거렸다. '정말로 이것이 나에게 맞는 인생일까'라는 반성이 있고, '아직 뭐가 또 있지 않을까' 식의 이것저것 하고 싶어 하는 근성이 아직 눌어붙어 있다. 아마 죽는 날까지 모를 것이고 죽어서도 모를 것이다. 어느덧 모른다는 것이 나를 살게 하는 힘이 되어버렸다.

얼마간은 낚시에 열중했다. 그것도 루어라든가 플라이라든가 하는 젠체하는 낚시가 아니라, 형식에는 그다지 연연하지 않고 거센 야생잉어만을 상대로 하는, 게다가 릴에는 의지하지 않고 장대만을 사용하는 원시적인 낚시였다. 큰 것을 노리기에는 밤낚시가 효과적이어서 거의 매일 밤 가까운 호수에 다녔다. 그것은 한 장소에서 혼자서 몇 시간이나 움직이지 않고 기다린다는, 비행동적인, 철학적이기조차 한 낚시였다.

바닥을 알 수 없는 어둠. 깊은 정적. 혼까지 달하는 달빛 정신이 바로 감응하는 유성. 그러한 현상을 보며 가만히 오래 머무는 행위에는 어딘가 좌선과 공통된 점이 있었다. 깨달음을 여는 듯한 경악의 결과까지는 이르지 않아도, 또한 그러한 가당찮은 것을 기대하고 있던 것은 아니어도 나도 모르는 사이에 상당히 날카로운 사색으로 이끌려갔던 것은 사실이다.

무리하게 생각하려 하지 않아도 자연스럽게 뇌가 활발히 작동하였다. 별 거 없고 실생활에서도 그다지 도움이 될 것 같지 않는, 때로는 우주적인 규모에 미치는 자문자답과 온갖 상상이 연일 밤 되풀이되었다. 그리고 그것을 조용히 바라보는 아주 투명한 혼이 떡밥과 함께 호수바닥에 천천히 가라앉고 있었다.

리튬전지를 사용한 전자 찌는 미동조차 없다. 그 작고 붉은 빛을 물끄러미 바라보는 동안 전혀 아무것도 생각하지 않는, 그렇지만 옅은 수면과는 유사하지 않은, 완전히 머리와 마음이 텅 비는 희한한 순간을 몇 번인가 체험했다. 그런 순간에는 자신이 어디에서 무엇을 하고 있는지 모르게 될 뿐만 아니라 육체는 물론 정신의 존재조차도 잊어버렸다. 정신을 잃은 것도, 환각에 사로잡힌 것도 아닌데 내가 생각해도 당황스러운 불가사의한 감각을 맛보는 일이 있었다. 쉴 새 없이 가슴속을 점하고 있는 술렁거리는 공기가 싹 사라지고, 마음 어딘가에서 늘 거친 소리를 지르고 있는 폭력적인 성향의 내가 모습을 감추었다.

그것이 과연 혼의 비뚤어짐을 보정하는 정신적인 깊어짐인지는 차치하더라도, 절반은 생활을 위해서라고 자꾸만 자신에게 말하며 써온 소설에 대해서, 그 세속적인 목적마저 초월한 창작의욕이 다시 활성화가 되도록 영향을 준 것은 부정할 수 없다.

즉 밤낚시를 거듭할수록 고독을 고독이라 생각하지 않게 되었고, 오히려 고독의 대안에 가로놓인 이상하기 짝이 없는 평안에 일찍이 맛본 적 없는 기분 좋은 편안함을 느꼈다. 그리하여 내 의도를 훨씬 웃도는 철학과 예술의 융합으로밖에 말할 수 없는 힘이 펜 끝에서 용솟음쳤다. 아니면 원래 나에게 숨겨져 있던 창조적인 힘을 마음껏 대담하게 발휘할 수 있게 되어, 예술의 핵심을 향해 슬슬 촉수를 뻗는 내가 현저해지고, 문학이라는 것은 그런 거라는 사실을 분명히 자각할 수 있게 되었다고 해야 할까.

그러한 내면적인 큰 변화에 더하여 '일 반 놀이 반'으로 여기저기 외국을 날아다니는 동안에 얻은 엄격하고도 가슴 뛰는 많은 체험도 의식의 바깥에서 강하게 작용하였다. 이는 창작의 원천 속으로 난입할 때도 있었고 작품의 온갖 장면에 마구 반영되기도 했다. 열정적인 자세를 유지하면서 계속 써나갈 수 있다면 어떠한 의문도 후일 분명해질 거라는 자신감이 솟구쳐 나왔다.

그래도 아직 충분하다고는 할 수 없었다. 어딘가 확신 없는 어정쩡한 데가 남아 있었다. 결코 소극적 태도가 아니었지만 그러나 전향적인 것도 아니었다. 상상력을 풍부하게 사용하여 언어를 구사하는 것에 뜻을 두고 조금이라도 나은 소설을 쓰는 것이 지금의 급선무라고는 도무지 생각되지 않았다. 그 탓에 예전에 발견한 문학의 광맥은 손대지 않은 채 언제까지나

방치되었다.

나를 제지하는 외적인 조건은 하나도 없고, 또 복종을 강요하는 운명의 변화도 전혀 보이지 않았다. 그럼에도 불구하고 나는 소설가로서 움직이려 하지 않았다. 그 필요성을 절실하게 느끼는 데까지는 도달해 있지 않았다. 그 이전에, 그 무렵의 나는 나 자신과조차 관계를 맺으려하지 않았다. 어떤 종류의 허탈상태에 빠져 있었는지도 모르겠다. 물론 죽고 싶다고는 생각하지 않았지만, 마음의 불균형을 언어에 의해 조절해서까지 살고 싶지는 않았다.

어릴 때 갑자기 뚫려버린 그 마음의 구멍은 훗날 막히는 일은 없어도 더 이상 벌어지는 일도 없었다. 그 구멍에 가끔 휑하니 불어오는 허무의 바람은 아무리 차가워도, 혹은 무심코 말을 잃어버릴 만큼 매서운 것이어도 나를 자포자기의 독방으로 내모는 일은 없었다. 그것을 훨씬 상회하는 열정이 변함없는 파워를 간직한 채 기회가 오기만을 바라며 차례를 기다리고 있었기 때문이다.

이러저러 하고 있는 동안에 갑자기 자기혁명의 조짐이 나타났다. 처음에 찾아온 것은, 이대로는 너무나도 잃을 것이 지나치게 많은 인생이 되지는 않을까 하는 흔해빠진 걱정이었다. 백일몽에 한없이 가까운 자유에 계속 휘둘리며 마음의 바람구멍을 이런저런 비일상적인 행위로 열심히 메우려 했었다. 그런 그때까지의 인생을 단호히 부정하던 나는, 호흡을 하듯이 자연스럽게 소설을 쓸 수 있을 것 같았던 나는, 매일 밤 산위 호수 부근에서 혼자 우두커니 낚싯대를 드리웠다.

그렇지만 격렬하면서도 조용하게 찾아온 정신적 고양은 소설을 지나쳐 다른 답으로, 흔한 답으로 접근해갔다. 더 평범하게 살아야 하는 게 아닌가 하는 방향으로 척척 기울어갔다. 대부분의 사람들처럼 아이를 중심으로 한 가정을 이뤄야 하지 않는가. 그것이야말로 덧없는 목숨을 부여받아 이 세상을 사는, 아무리 봐도 무리가 없는, 인간다운, 도리에 맞는 자세가 아닐까. 만일 마음의 바람구멍을 완전하게 막을 방법이 있다고 하면 그것이야말로 유일한 해결책이 아닐까.

노름에도 흥미가 없고 술도 즐기지 않고 담배까지 끊어버린 나에게 어느 날 누군가가 말했다. "그래서는 인생을 반밖에 안 산 게 되지"라고. 또 다른 누군가는 아이가 없는 나에게 말했다. "그래서는 인생을 반밖에 안 산 게 되지"라고. 그 두 가지 경우가 모두 딱 들어맞는 나의 인생은 결국 무에 가까운 것이 되고 말았다. '죽은 자에 가까운 산 자'라고 할 수도 있겠다.

그러나 뒤늦었다. 연령적으로 늦은 것도 확실한 사실이지만, 실수가 없는 삶의 방식을 강요받는 견실한 입장으로 돌아가기에는 외관상 보여주는 자유의 때가 너무 많이 묻어 버렸다. 정신의 무법지대에 오랜 기간 지나치게 몸담았던 탓에 선례를 따르는 평범한 세계로는 이미 되돌아갈 수 없게 되었다. 그렇다고 해서 오랜 기간 동경하고 지향해온, 제정신으로 한 짓이라고는 할 수 없는 그 세계로도 뛰어들 수 없었다.

목숨이 붙어 있는 동안 아찔한 자유와 모험 속으로 뛰어들수 있을 만큼의 젊음은 벌써 잃고 말았다. 머지않아 "결국 이 인생은 실패였을지도 모르겠구나" 하는 자신의 가엾은 중얼거림이 멀리서 들리는 듯했다. 그리고 곁에 남은 것은, 또박또박은 쓰지만 마음 깊은 곳에서부터 좋아하는 것이라 말할 수 없는 소설뿐이었다.

정직하게 말해, 한 글자 한 구절에 고심하는 이런 짜증스러운 일에 매달려 남은 인생을 보내야 하는 걸까 생각하면 암담해졌다. 실망과 좌절이 뒤섞인 한숨이 끊임없이 흘렀다. 나 자신이 살면서 재미있다고 생각하지 않는, 스스로 자신을 파면시켜 버리고 싶은 이 세계에 어떻게 내 아이를 내보낼 수 있는가. 오직 자신의 인생에만 색채를 더하려 한다면 어떻게 새로운 생명을 탄생시킬 수 있는가.

이것저것 해보니
결국 소설

나답지 않은 우울한 정신상태에 빠져 있었을 때 단편소설을 쓰게 되었다. 절반은 부탁받은 대로, 절반은 기분전환으로 평소 순서에 따라 사무적인 컨디션으로 써나갔다. 그런데 설정에 무리가 있었는지, 아니면 또 한 번 실력에 맞지 않는 무거운 테마를 들어 올리려 했던 건지, 혹은 스토리의 직조방식이 불충분했는지 아무리 해도 잘 되지 않았다. 어쨌든 완성은 했지만 발표할 만한 수준에 이르지 못했다. 결코 아무렇게나 쓴 것은 아니었다. 공들여 완성을 하려고 상당히 노력을 해보았지만 결국 허사였다.

평상시의 나라면 재빨리 단념하고 다른 소설을 쓰기 시작했을 텐데, 그때는 어떤 이유에서인지 이상한 오기가 발동했다. 시간적으로 꽤 여유가 있었던 점과, 뭐에 부딪치면 좋을지 모르는 부글부글한 기분이 서로 작용하여 재도전이라는 답을 냈으리라.

그렇다고는 해도 별반 강한 의욕을 보이는 도전방식은 아니었다. 고작해야 다시 한 번 손을 본 뒤 그마저도 잘 안 되면 깨끗이 손을 떼려 했다. 재차 시도하자 확실히 전보다는 좋아졌지만 아직 편집자에게 건넬 수 있는 수준이 아니었다. 아니, 편집자는 받아주었을지도 모르지만 나 자신이 납득되는 완성도가 아니었다.

여러 번 고쳐 써내려가며 이 소설은 완성 못 할지 모른다는 불안을 품으면서도 더욱 횟수를 거듭해갔다. 아니나 다를까, 오르고 또 올라도 목표로 산정한 수준은 아직 구름 위였다. 그래도 고도는 확실히 예전보다 올라 있었다. 이미 등정에 성공할 자신이 있는지를 자신에게 묻고 있을 때가 아니었다. 여기까지 올라왔는데 되돌아가면 남자 체면이 손상된다는, 여느 때의 나니와부시(浪花節) 유행가 같은 근성에 불이 붙었다.

그 후 수많은 인위적 혹은 신적인 영감이 받쳐주었고, 더욱 더 손을 봐서 마침내 목적을 달성했다. 산정에 설 수 있었다는 확고한 성취감을 얻었다.

지금에 와 생각하면 그 정도로 대단한 단편소설은 아니지만 그때는 껍질을 깬 듯한, 번데기에서 나비로 변한 듯한 그런 훌륭한 만족감을 얻었다. 그리고 작품의 질이 어떻다기보다, 설령 감당 못할 것 같은 테마라도 과감히 끈질기세 파싱공격을 하면 언젠가 꼭 성공해 쓰러뜨릴 수 있다는 초심을 되찾았다. 그 초심이 이후의 나에게 중대한 자극을 주었다.

내 안에서 완고한 나 자신에 대한 질책의 목소리가 격렬하게 날아다녔다.

구석구석까지 권위주의와 사대주의에 침범당하고 있는 이런 나라의 하찮은 문학수준을 조금쯤 넘어본들 그것이 어떻다는 말이냐. 어차피 상대한다면 《백경》이나 〈기사 이야기〉는 어떤가. 그 수준에 달했는지, 그것을 뛰어넘었는지에 연연하는 작가가 되면 어떠한가. 그로부터 벌써 몇 년이 지났다. 문학을 좋아하지 않는다느니 체질에 맞지 않는다느니, 이젠 그런 말을 할 때가 아니다. 아직 얼마든지 높은 질의 작품을 쓸 수 있는데도 쓰지 않는 것은 무기력한 겁쟁이나 하는 짓 아닌가. 그토록 재능이 있는데도 전력을 쏟지 않는 것은 필시 꾀병이거나 비겁한 행동일 뿐이다. 지금이야말로 그때다.

우선은 여러 번 고쳐 쓴다는 원점으로 되돌아가야 할 것이었다. 그 기본만 잊지 않으면 언젠가 반드시 지금까지의 문학에서는 이뤄낼 수 없었던 작품을 만날 수 있을 터이다. 그 길은 멀어도 걸어볼 가치는 있었다. 나처럼 처음부터 문학에 빠지지 않은, 늘 문학과의 사이에 일정 거리를 유지하고 살아온 작가이기 때문에 다시 걸을 수 있다는 자부가 되살아났다.

정신을 차리니 소설 외에 하고 싶은 것이 없어져버렸다. 아니면 드디어 자기 자신과 약속한 맹세를 지킬 수 있는 연령에, 서재에 틀어박힐 수 있는 연령에 도달했다고 할 것인가. 소설가라면 소설 그 자체로 승부하는 것이 도리라는 기본 외침이 밤낮으로 가슴속에 울려 퍼졌다. 그 이외의 절규는 전부 가짜였다. 어차피 할 거면 철저히 해보자고 결심했다. 소설 한 편으로 좁혀보려고 생각했다. 다른 방식으로는 지향하는 곳의 높은 산을, 형이하에서 형이상까지를 꿰뚫고 있는 높은 봉우리를 등반하는 것은 절대로 불가능했다. 내 푸념에 일일이 귀를 기울이는 것은 그만두었다.

그때까지 의뢰받아 맡게 된 에세이는 쓸 수밖에 없었지만 새로운 청탁에는 응하지 않았다. 그래서 먹고살 수 없어도 상관없다고 생각했다. 부부 둘뿐인 홀가분한 조건을 최대한 살리면 빠듯한 생활을 실행에 옮길 수 있다. 이 상태에서 아이라도 있으면 도저히 그런 식으로는 생각하지 못했을 것이다. 조금이라도 수입을 늘리려는 삶의 방식에서 언제까지나 발을 뺄 수는 없었으리라.

예상을 훨씬 뛰어넘는 속도로 수입이 순식간에 줄어갔다. 그러나 별로 어떻다 할 것도 없었다. 실제로 시도해보니 어떻게든 꾸려갈 만했다. 예전에도 이런 생활을 살아왔기에 가난에 대한 감각이 곧바로 돌아온 것 같다. 각오하고 있던 만큼 비참한 기분은 들지 않았다. 오히려 그 반대였다. 조심스러우면서도 확실한 충족감이 채워져 갔다.

재능의
정체

발견한 채 손대지 않은 문학의 광맥 찾기를 시작했다. 신중하게 파 나아가, 캘 수 있을 것 같지 않은 딱딱한 암반에 부딪친 경우에 대비하여, 딱딱한 재질의 칼끝을 지닌 드릴에 필적하는 새로운 문체 개발도 적극적으로 도입했다. 그러한 방법을 얼마간 지속하는 동안, 몇 년 후에는 장족의 발전을 이룰 것이라는 자각이 생겼다. 그 증거로 이전에는 아무리 해도 쓸 수 없었던 소설을 조금씩 쓸 수 있게 되었다.

이런 말을 하면 흡사 내가 하루 대부분의 시간을 일사불란하게 소설에만 투입하는 듯한 잘못된 인상을 줄지도 모르겠다. 하지만 실제로 책상에 앉아 있는 시간은 늘 평일의 두세 시간 정도일 뿐이었다. 게으름을 피운 것이 아니라 그것이 한도였기 때문이다. 온 신경을 정말로 집중할 수 있는 것은 고작해야 그 정도밖에 안 되었다.

남은 시간은 다음날의 집필을 위해서 두뇌의 피로를 완전히 없애고, 또한 신선한 기분으로 임할 기력을 길러야 했다. 물론 말은 이렇게 해도 실제론 아무 특별한 것도 할 필요는 없었다. 가능한 한 생각하지 않도록 하고, 뒹굴뒹굴 빈둥빈둥하며 지내는 것만으로 좋았다. 그러한 생활을 유지하자 이윽고 그 시점에서는 더 이상 할 게 없다고 여겨지는 작품이 내 수중에 남아 있었다.

그러나 쓰고 또 써도 만족은 없었다. 글이 완성된 순간 내 자신이 지향하는 소설은 이 정도가 아니라는 생각에 사로잡혀, 그 괴로운 생각이 강력한 날개가 되어 다음 소설로 몰아대는 것이었다. 재미있어서 도저히 그만둘 수 없는 도락과는 달랐다. 집착과도 달랐다. 좋고 싫음을 초월한 곳에서, 내 소설은 차례차례로 다른 누구도 아닌 바로 내 안에서 튀어나왔다. 끝이 없었다. 종착점은 존재하지 않았다.

문학의 광맥은 무한했다. 문학의 깊이 또한 우주의 깊이에 필적할 만큼 가속도적인 팽창을 그치지 않으며 한 작품 완성할 때마다 강해져 갔다. 그것과 관련해 원하는 것은 시간이었다. 수명을 두 배나 열 배쯤 갖고 싶었다. 살아 있는 동안에 얼마만큼의 광맥을 캘 수 있을지 모르지만 설사 천 년을 살았다고 해도 만 분의 일도 만족하지 않았을 것이다.

일찍 죽고 싶어 하는 예술가의 기분을 전혀 이해할 수 없었다. 또한 고독하다는 둥 산고라는 둥 쉴 새 없이 입을 놀리며 과장되게 고민하는 작가를 끈끈한 눈빛으로 바라보고, 그들에게 공감이나 친근감을 느끼는 많은 독자의 기분도 여전히 이해할 수 없었다. 그렇다기보다 이해할 가치가 없었다.

기성 문학을 찾는 독자의 장단을 맞춰 영합할 의도는 조금도 없었다. 문학 마니아들이 어떤 소설을 읽고 싶어 하고 어떤 작품을 좋다고 하는지, 그 배경에 있는 심리는 무엇인지, 어떻게 쓰면 그들에게 좋은 인상을 줄 수 있는지 등등 그 언저리의 것은 이미 지나치게 알 만큼 알고 있었다.

그러나 내가 목표로 하는 소설은 결코 그런 것이 아니었다. 오랜 기간 그들을 기분 좋게 만들어왔고 앞으로도 기분 좋게 만들어줄 소설은 분명 그들에게는 문학임에 틀림없겠지만, 나에게는 절대 그렇지 않았다.

내가 돌아보게 하고 싶은 독자는, 나와 거의 같은 이유로 문학에 등을 돌린, 이 정도의 소설로는 도저히 만족해하지 못하는 탁월한 안력의 소유자인 잠재적 독자였다. 남자 이상으로 굳건한 여자에게 기대거나 하지 않고, 싸구려 댄디즘을 동경하거나 하지 않고, 청춘시절에 맛본 감동의 재현 등에 일절 흥미가 없고, 이미 죽은 고전의 유해에 매달려 훌쩍이는 자신에게 취하거나 하지 않고, 필요에 따라 필요한 움직임이 가능한, 그리고 본질과 핵심에 날카롭게 다가갈 수 있는 자들은 소수이긴 해도 이 넓은 세상 어딘가에 반드시 있을 것이었다.

지금은 없어도 장차 그런 독자가 나올지도 몰랐다. 그들은 결코 문학을 필요로 하지 않는 인종이 아닐테니, 어쩌면 그들이야말로 참된 문학을 애타게 기다리고 있는 진정한 독자일지도 모른다. 그런 그들에게 이 시대의 작가는 이런 소설밖에 쓰지 못하냐고 조소당하는 것은 아무리 생각해도 부아가 나는 일이다.

일찍이 소녀취향을 통째로 드러낸, 현실을 완전히 무시한, 미학을 위한 미학이라는 데카당에 집요하게 연연하며, 죽이 딱 맞는 많은 독자의 마음을 쥔 채 마침내 대가가 되고 만 작가가 있었다. 귀재라느니 천재라느니 하는 평을 듣고, 또 당사자도 그러한 주위의 평가에 자신을 맞추려 열심히 노력했다. 그는 그것을 증명해 보이기 위해서인지, 자기도취 때문인지 종종 자기작품 앞에 나와 춤추며, 종잡을 수 없는 유치한 퍼포먼스를 진지한 얼굴로 연기해 보였다. 그리곤 불과 40세가 되어 스스로 필생의 과업인 장편소설을 쓰기 시작했지만 45세가 되어 힘이 다하고 말았다.

민주주의를 사상의 장식으로 이용하고, 그것이 바뀌어 남자의 미학이라 칭하면서 실은 호모섹슈얼의 연약한 척도일 뿐이자 자학의 극치인 최후를 추구했다. 그는 재능과 반비례하는 강한 자기현시욕에 농락당해서 그 허명을 역사에 영원히 새긴다며, 이치에 맞지 않고 시대착오적인 너무나도 성급한 행동을 스스로 일으켰다. 세상의 주목을 한몸에 받으며 할복자살을 해보인 것이다.

그 특이한 사건으로부터 몇십 년이나 지난 지금에야 그의 문학을 낮게 평가하는 관계자가 많아졌다. 하지만 지극히 '부자연스러운 생명체'인 그 작가가 아직 살아 있고, 매스컴이 발하는 각광을 한창 받고 있던 당시에는 그런 그를 신처럼 여기는 자가 많았다. 본심에서 그를 떠받들었는지, 혹은 젊은 나이에 획득한 대가의 지위 그 자체에 아첨하고 있었는지 잘 모르겠지만 어느 쪽이든 나는 제정신이라고 생각하지 않았다. 그의 집에서 열리는 신년파티에 초대 받았는지 여부로 일희일비했던 작가나 평론가가 득시글득시글거렸다.

음, 그런 것은 아무래도 상관없는 일이긴 하다. 여기에서 그를 인용한 것은 문학적 혹은 예술적 재능이라는 문제를 말하고 싶었기 때문이다. 물론 그가 비교적 높은 지능을 가지고, 조금쯤 굴절된 정신을 가졌던 것은 부정할 수 없다. 그리고 무엇보다도 기성문학에 대한 동경이 다른 사람보다 배는 강해서, 읽는 것만으로는 성에 차지 않아 스스로 작가가 되려고 결의한 점도 굳건한 것이었음에 틀림없다. 동경과 결의가 그를 마침내 소설가로 만들었다. 그리고 화려한 등장으로 순식간에 문단의 총아가 되는 데 성공했다.

일본의 문학수준이 너무나 낮았기 때문에 그는 두드러진 존재가 될 수 있었지만 그러나 길게는 이어지지 않았다. 화사한 육체를 채찍질하며 만든 근육과 마찬가지로, 무리에 무리를 거듭하여 그럭저럭 '귀재'의 입장을 유지하고, 자기애를 만족시키기 위해서 바삐 하루를 보냈다. 그렇지만 미학을 위한 미학으로는 어쩔 수 없는 현실의 높은 벽에 앞길이 가로막혀, 그 차이가 결국에는 상당히 어수룩한 독자들도 아연실색시키기에 이르렀다.

그에게는 그 튼실한 벽을 돌파해 무너뜨려 현실의 정 가운데로 나아갈 배짱이 없었으며, 마치 거기에는 미에 반하는 더러운 진흙만 존재한다고 생각했던 듯하다.

탐미주의에만 기대는, 또 그러한 경박한 것에만 의지할 정도의 빈약한 재능은 나이를 먹어감에 따라 금세 시들어버린다. 지금까지의 거장이나 대가와 마찬가지로 말이다. 쓰기는 써도 데뷔 당시의 작품에 약간 손질 정도만 한 것이거나 그것을 밑도는 실패작이거나 했다. 만일 그가 인생 후반에 쓴 작품이 무명 신인의 것이었다면 어느 출판사의 편집자라도 전반을 채 읽지도 않고 퇴짜 놓았을 것이다.

하지만 나는 미를 부정하는 자는 아니다. 그것 없이 창작은 있을 수 없다. 요리에서 소금만큼 중요한 요소라고 생각한다.

그렇지만 소금 조절에는 부디 주의해야 한다. 소금이 재료가 가진 원래의 맛을 죽였을 경우는 도저히 먹을 수 없는 요리가 되어버리고, 미학이 행동에 앞서 튀어나온 경우 미학과는 거리가 먼 추악한 행위가 되고 만다.

미학이라는 것은 행동의 결과이고, 따라서 행동 후에 조심스럽게 따라붙는 것이어야 한다. 행동에는 모두 굳건한 대의와 급박한 필연성이 있어야 한다. 그런 의미에서 오오이시 구라노스케(大石內藏助)와 우에스기 요잔(上杉 鷹山)이 취한 행동은 무리 없는 대의와 필연성으로 일관되어 있고, 최후의 최후까지 빈틈없이 해낸 결과가 비로소 미학이라고 평가할 만한 가치가 있었다.

그 점에서 반나절 만에 결말 난 소동을 일으켜 깨끗이 할복자살을 시도한 그 소설가의 경우는 반대였다. 흡사 해답을 먼저 내놓고 식을 나중에 만든 듯한 부자연스러움만이 눈에 띄었다. 그 탓에 그가 목숨까지 걸고 추구한 미학의 체현은 완전히 붕 떠버렸고 그로테스크한 사건 그 자체가 준 충격도 순식간에 시간의 흐름에 퇴색되었다. 그가 크게 기대한, 최대의 주안점이었던 전설 속의 인물이 되는 것도 실패했다.

작은 성공에 취해 연구를 게을리했다든가, 허명에 허우적댔다든가, 예술가의 자세의 원점인 고독에서 너무나도 멀어져버렸다든가, 실력 이상으로 명성을 지나치게 추구했다든가……
그가 순식간에 스러져간 이유는 여러 가지가 있겠지만 진짜
이유는 다른 데 있었다. 재능이 없었다는 점이다. 원래 그는 전
생애를 문학에 바칠 수 있을 만큼 풍요로운 재능을 갖고 있지
못했다.

얼마나 간절히 동경하는가가 재능의 풍부함과 비례한다는
착각이야말로 그를 지나치게 작위적인 비극의 결과로 내몰았
다. 진짜 재능의 소유자라면 참된 미가 현실의 진흙 속에 숨어
있다는 것을 처음부터 꿰뚫어보았을 터이다. 그는 원래 문학
마니아로서의 입장에 머물렀어야 할 인간이었다. 거기에서 삐
져나오면 안 되었던 것이다.

그렇지만 이런 말을 하는 것은 아마 나 혼자일 게다. 그것은
그와 닮은 운명을 더듬는 작가가 너무나도 많아 대부분을 그
타입으로 분류할 수 있기 때문이다. 그 탓에 세상은 그들이야
말로 예술가적 자질의 소유자라는 잘못된 답을 내버렸다. 유
감스럽게도 그 답이 정정될 기미는 보이지 않는다. 만일 그들
이 진짜 재능의 소유자였다면 그리 일찍 자살로 인생이 막을
내리거나, 단호히 붓을 꺾거나 하는 짓은 절대로 하지 않았을
것이다. 글을 쓰는 행위가 견딜 수 없이 재미있다고까지는 아
니어도, 쓰지 않고는 가만 있을 수 없을 정도로 이미지의 폭풍

에 끊임없이 휩싸였겠지.

글을 쓰는 일이 즐거운지는 별개로 하더라도 그다지 괴로운 행위는 아니었을 것이다. 수법 면에서 어떻게 표현해야 하는지 고뇌하는 일은 있어도 무엇을 쓸지로 정체상태에 빠지는 일은 결코 없었을 것이다. 그것이야말로 재능이라 하는 것이다.

적어도 그 정도의 재능이 없는 한 예술세계에 멍청하게 발을 들이밀어서는 안 된다. 헛되이 괴로워할 뿐만 아니라 예술을 더럽히고 예술을 혼란시킬 뿐이다.

게다가 그들과 닮은 타입의, 즉 어중간하게 마음이 굴절되고, 어중간하게 정신이 파탄난 무리가 자꾸자꾸 이 세계로 들어오고 만다. 그들은 부족한 자신의 재능을 대신해 반예술적인, 그 밖에 다른 아무거나 괜찮은 것으로라도 보충하려 한다. 예를 들면 사회적 출세 같은 형태로 말이다. 수많은 상과 훈장으로도 가능하고, 국가권력에의 접근과 귀한 보물 취급을 받는 매스미디어 등으로도 가능할 것이다. 착한 사람인양 호감도를 올려주기 위해 듣기 좋은 말로 가장하는 수단으로도 가능할 것이다. 그렇게 비뚤어진 대중에게 아첨하는 방법으로만 그들은 소설가로서의 존재를 어필할 수 있게 된다.

문학의 핵,
슬픔·기쁨·분노

시간은 흐르고 흘렀다. 소설가니까 소설에만 집중한다는 당연한 삶의 방식이 그럭저럭 궤도에 올랐다. 같은 연배의 평균적인 월급쟁이와 비교하자면 훨씬 낮은 연 수입이었다. 다행인 것은 이렇게 소설에 전력투구해도 부부 두 사람이 그럭저럭 먹고 살 수 있는 태세는 일단 갖춰졌다는 점이다.

가난해도 창작에 종사하는 자에게는 거의 이상향에 가까운 이런 생활이 앞으로도 쭉 이어질지 어떨지는 알 수 없다. 그런 보증은 아무 데도 없다. 설령 앞으로도 그 시점에서 납득이 가는 작품을 계속 발표할 수 있었다고 해도, 그것을 좋다고 하는 독자 수가 줄어서 채산이 맞지 않는 일을 일으키지 않는다고는 단언할 수 없다.

사람들이 활자를 멀리하게 된 원인을 크게 나누면 두 가지 정도 있을 것이다. 하나는 영상문화에 익숙해져 버려 하나하나 문자를 좇는 것이 귀찮아진 것. 다른 하나는 현실에서 도피하고 싶어서, 현실에 흥미가 너무 없어서 글로 쓰인 것이라면 뭐든지 쉽지 않고 통째로 삼키는 우둔한 독자에게 작가가 지나치게 장단을 맞추었다는 것. 혹은 그러한 독자와 체질이 많이 닮은 작가가 지나치게 늘었기에, 그렇지 않아도 질 낮은 문학이 더욱 낮아지고 마침내는 그래도 아직 뭔가 있지 않을까 하고 기대했던 착실한 독자까지 떠나버렸다는 것.

아무래도 음악세계에서도 비슷한 현상이 일어나는 것 같다. 세계적으로 유행하는데다 현대의 주문이라고 해야 할 '치유'나 '구제'에 주파수를 지나치게 맞추었기 때문에 현대 작곡가들 대부분은 이해하기 쉬운 것을 과잉으로 넣는 경향이 생겼다. 그 결과 위대한 고전과의 격차가 차츰 벌어지게 되었다.

그것은 확실히 상업주의에 입각한 노선일지는 모르지만 본래 있어야 할 예술정신에는 현저히 반하는 것이다. 말할 것도 없지만, 예술은 만인을 위해서 존재하는 것이 아니다. 그것을 이해하지 않는 자에게는 휴지 부스러기와 마찬가지라는 상식을 알고 나서도 종사하는 강인한 자세야말로 예술의 정신이다. 게다가 무리지어 모이는 것과 담합과 연공서열과 사회적 출세와 대가의 지위 같은 가치관과는 일절 연이 없어야 한다.

안정된 시절이 오래 이어지는 데에 이의를 제기할 생각은 없다. 전쟁시절이 아니면 어떤 시절이라도 감수해서 수용하겠다. 다만 과도한 안정은 정신을 썩게 하고 그 부패는 혼까지 영향을 미친다. 어디까지나 도망가는 것이 가능한, 행복하고 희극적인 시대에 나고 자란 사람들은 감정의 큰 진폭에 흔들리면서 번민하고, 번민을 거듭하면서 인간적인 폭을 넓히고, 인간다운 인간으로 산다는 것의 의미를 자신에게 힘껏 묻고, 부정을 바로잡으려는 진정한 신 자로 향하는 중요한 기회를 놓쳐버렸다.

무감정, 무감동인 채 성장해버려 자기의 한계를 확인할 기회를 한 번도 얻지 못한 채, 현실이 한 번 노려봤을 뿐인데 젊은 주제에 도망치는 재주만을 잽싸게 익혀버렸다. 어디까지나 엷고, 어디까지나 상냥하고, 어디까지나 편한 일만 찾는다. 멱살을 잡힌 채 "너는 그런데도 살아 있단 말이냐!"라고 절대로 다그치거나 하지 않는, 독도 약도 안 되는 작품만 접할 수 있게 되었다. 혹은 한눈에도 사기꾼으로 보이는 지저분한 아저씨를 교조로 숭배하여 인생 전부를 맡기고, 혹은 위험한 약물이 가져다주는 한 때의 쾌락에 목숨을 맡기고 말아 스스로 파멸을 초래하기도 한다.

문학의 핵을 이루는 가장 큰 요인은 분노와 슬픔과 기쁨, 이 세 가지이다. 그것을 빼고 성립하는 문학은 없다. 그 중의 하나가 빠져도 안 된다. 슬픔만으로도 분노만으로도 기쁨만으로도 안 된다. 상호 관련되어야지만 진정한 산 자를 그렸다고 할 수 있다.

감정의 정도는 깊을수록 좋다. 슬픔과 분노와 기쁨이 혼연

일체가 되어 발하는 광채야말로 단순한 감정의 앙양을 사상과 철학으로 이끌고, 마침내는 예술의 영역으로까지 끌어올려 주는 발판이 될 수 있다. 그리고 그 견고한 발판에 올라섬으로써 비로소 '이 세상을 살아서 좋았다' 혹은 '이 세상은 살 만한 가치가 없었다' 아니면 '이 세상에서밖에 깨달을 수 없는 것이 분명히 있다'라고 하면서 참된 산 자로서의 진짜 감정을 발할 수 있을 것이다.

역겨운 현실의 냄새가 조금이라도 감지되면, 자신에게만 통용되는 그럴 듯한 말을 핑계로 나르시시즘에 뒷받침된 안이한 공상의 세계로 쓱 뛰어든다. 그다지 진지하게 살지 않아도 생계가 가능한 환경에 놓인 자에게 그러한 악습은 인생이 끝나도록 낫지 않는다. 놀아도 먹고 살 수 있는 가정환경, 생활력이 뛰어난 남자 못지않은 여자의 기둥서방 입장, 남아도는 고용과 포식을 초래한 버블경기, 붕괴할 것 같지 않은 학력사회…… 그러한 수많은 부패는 일개 독립된 존재로서 몸을 부딪쳐 이 세상을 사는 심오한 가르침의 맛을 모조리 빼앗고 말았다.

도망쳐도 먹고 살 수 있는 시대에 자란 세대가 막연히 추구하는 것은 결코 싸우는 언어가 아니고, 저항의 자세도 아니고, 자립의 정신도 아니고, 진흙 속에서 피는 연꽃 같은 생생한 감동도 아니었다. 그들이 원하고 더없이 사랑한 것은 도망치는 입장을 어디까지나 옹호해주는 위안이 되는 말이고, 그 자리를 모면하는 약물 같은 효과밖에 없는 치유이고, 어머니의 익애(溺愛)와도 닮은 아무런 도움도 안 되는 상냥함이었다. 언제나 빠져나갈 수 있는 준비를 해두고 머리를 들이민 봉사활동으로 얻거나, 텔레비전 프로그램의 도미노게임에 참가해서 맛보거나 할 듯한 그 정도의, 아주 얄팍한, 찰나의, 함께 쓰러지는 것으로 직결되는 감동이었다.

한번 도망치는 버릇으로 녹슬어버린 마음은 결코 진정한 분노나 슬픔이나 기쁨과 만나지 못한다. 진폭이 작은 감정에 휘둘리는 것만으로 깊은 한숨을 쉬고 마는 자는 인간이 인간인 것의 진정한 재미와, 잔혹한 세상을 살아내는 상쾌함이나, 의미가 있다고도 없다고도 할 수 없는 세상에서 독자적인 의미를 만들어내는 희열과, 언동이 톱니바퀴처럼 견고히 맞물린 일순의 감동이 무엇인지도 모른다. 그저 조촐한, 성실함을 결여한, 사이비처럼 산 자로서의 일생을 보내는 처지가 되고 말 것이다.

그들이 기다리고 있는 것은 섬세한 감수성일지는 모르지만 단연코 감성이라고 부를 수 있는 것은 아니다. 사춘기에 싹튼 유치한 감수성에만 기대어 그 유일한 무기가 황산에 잠긴 못처럼 금세 녹아버리는 것도 알아차리지 못하고, 나잇살이나 먹은 어른이 언제까지나 계속 글을 쓰는 것은 정말이지 꼴사납다. '소년의 마음을 잃어버리지 않는 어른'이라는 형용을 찬사라고 믿는 자가 많은 것 같은데 그것은 당치도 않은 착각이다. 실은 최대의 모욕적인 말이다.

감성이라는 것은 자립의 길을 지향해 누구에게서도 엉덩이를 까이지 않는, 어머니를 대신할 강한 여자에게 기대지 않는, 어떤 권위에도 박해에도 굴하지 않는 어른의 길을 지향했을 때에 비로소 길러지는 것이다. 그것은 또한 예술에 한정되지 않는다. 어떤 세계에서도 마지막에 그 인간의 진위를 가르는 유일무이한 절대적 척도이다.

예전에 독자에게 받은 편지에 이런 말이 쓰여 있었다. 낚시를 좋아하는 것으로 유명한 모 소설가는 집을 방문해도 환영해줄 것 같은 분위기와 따뜻함이 느껴지는데, 마루야마 겐지에게서는 그것이 전혀 느껴지지 않는다…… 찾아가면 현관 앞에서 쫓겨날 것 같은 기분이 들어서 도저히 그럴 맘이 나지 않는다…… 그런 원망이 담긴 내용이었다.

바로 그대로였다. 편지를 썼다면 또 모르되, 갑자기 찾아와서 무슨 일이냐 물으니 "마루야마 겐지와 같은 공기를 마시고 싶어서" 따위의 기분 나쁜 말을 놀리는 패거리를 눈앞에서 봤을 때, 그 무리는 도대체 내 소설의 어디를 어떻게 이해하고 있는지 의심하지 않을 수 없다. 연령적으로는 이미 어엿한 한 사람 몫을 할 어른에 도달했음에도 어디까지나 몹시 어리광을 부리는, 언제까지나 아버지를 대신할 사람을 찾고 있는 듯한 무리 따위와 말도 하고 싶지 않고 얼굴도 보고 싶지 않다. 그들은 왠지 첫 대면인데도 묘하게 친한 듯 굴며, 친구 사이 같은 말투를 하고, 태연히 거짓말을 하고, 성큼성큼 타인의 집에 들어온다.

만일 내가 책의 매상에만 신경 쓰는 약삭빠른 소설가라면 세상에는 그들 같은 타입의 인간이 의외로 많다는 점을 최대한으로 이용할 것이다. 그들의 목을 조금이라도 쓰다듬어주면 괜찮은 장사가 될 테고, 어떻게 하면 이익이 늘어나는지 미리 계산할 수 있음을 알아차릴 것이다.

예를 들면 엉터리 종교의 교조 같은 태도를 취하며, 부모의 마음이 되어 상대 이야기에 귀를 기울이는 척하고, 같은 편인 척하고, 더 게을리 살면 된다든가, 사랑만 있으면 어떻게든 된다든가, 이젠 아무 것도 걱정하지 않아도 된다든가 등의 말을 할 것이다. "당신은 약하고 쓸모없는 인간일지 모르지만, 나는 더 약하고 쓸모없는 사람이다" 하는 식의, 거의 해악만 되는 위안의 말을 던지며 인기를 높여 책을 사게 하고, 안 보이는 데에서는 혀를 내밀고 있을 것이다.

　문학을 좋아하던 아버지를 이미 소년시절부터 더 이상 상대하지 않았던 나로서는, 위와 같은 독자는 현관에서 내쫓을 것이 뻔하다. 자율과 자립을 지향하며 분투하고, 싸우면서도 방황하고 있는, 자정능력을 속에 간직한 자들은 가끔 손에 책을 드는 일이 있었다고 해도 그 이상의 도움을 요구하는 한심한 짓은 절대로 하지 않을 것이다. 물에 빠지지도 않았는데 그런 척을 해서 타인의 애정을 확인하는 짓을 되풀이하는 것은 산 자가 아니다. 죽은 자 이하이다. 마지막의 마지막까지 내 힘으로 어떻게든 하려고 하는 자야말로 참된 산 자이다.

　만일 그 척도를 대입시킨다면 내 아버지는 도저히 산 자라고 할 수 없었다. 어디까지나 죽은 자에 가까운 산 자로서, 그는 끊어진 전구 하나 갈아 끼지도 못했다. 부엌에서 튀김냄비에 불꽃이 들어가 놀라 절규하는 처를 힐끗 보고는 무시하고, 텔레비전 드라마 〈미토코몬(水戸黄門)〉을 주시하던 그 남자는 다소 너무 긴 일생을 지루하게 마쳐갔다.

　그런 아버지에 대한 내 평가에 대해서 "보통 인간의 생애라는 것은 대체로 그런 법이야"라고 누군가가 항의의 뜻을 담아 말했다. "그러한 보통의 인생을 그려가는 것이야말로 문학의 사명 아닐까"라고 또 다른 누군가가 말했다.

그 누군가라는 것은 어쩌면 또 다른 나, 소설을 쓰지 않고 있을 때의 나였을지도 모른다. 그러나 소설을 쓸 때의 나는 아버지의 유해를 앞에 두고 그 자리에서 이렇게 반론했다.

"이런 인생으로는 설령 몇백 번 다시 태어나도 살았다고는 할 수 없겠지."

그런 수준의 문학이 정말로 아버지 마음의 양식이 될 수 있었을까. 정말로 아버지의 혼을 지탱해줄 수 있었을까. 아버지의 인생에 틀림없이 색채를 더해 주었을까. 성실한지 불성실한지 잘 모르겠고, 귀한 도련님으로 자란, 너무나도 패기가 없는 이 남자의 생애에 문학은 도대체 무엇을 부여한 것일까. 음악도 이해하지 않고, 영화도 그다지 흥미 없고, 무엇보다 사회의 동향에도, 친척에게도 타인에게도 일절 관심을 보이지 않고, 무엇이 재미있어서 살고 있는지 아들이 재삼 추궁해도 제대로 대답 못하는 미적지근한 이 남자에게, 과연 문학은 어떠한 의미와 가치가 있었을까.

여자의 결점을 모두 가진 듯한, 자신보다 훨씬 나이 어린 제자였던 처의 엉덩이에 깔려만 있던 아버지. 그의 머리를 한가득 채우고 있던 것은 그림으로 그린 듯한 싸구려 연애뿐이었을까. 아버지는 그것으로 충분히 만족했을까.

내가 소설가가 되었을 때 아버지는 동료 교사에게 이런 말을 했다고 한다. "그 녀석은 문학의 기초가 전혀 없어서"라고. 아버지가 집요하게 연연했던 문학의 기초라는 것은 무엇이었을까. 괜스레 그런 것이 없었기 때문이야말로 내가 소설가가 될 수 있었다고는 생각하지 않았던가. 혹은 차남의 예상치 않은 변신과, 반문학적인 거친 아들 때문에 자신이 더할 나위 없이 사랑했던 문학이 진흙투성이 구두에 밟혀 이지러진 듯한 느낌이 들어, 그것이 참을 수 없어 그런 말을 하고 말았던 것일까.

아버지가 내 소설에 뭔가 감상을 흘린 적은 단 한 번도 없었다. 기회는 얼마든지 있었지만 말하지 않았다. 형은 말했다. "아버지는 아버지 취향의 옛날 문학밖에 몰라."

아버지와 똑같이 고등학교 국어교사가 된 형은 이어서 이렇게 말했다. "국어교사라도 대부분은 문학 따위 몰라. 명작이라는 보증을 받은 소설을 아무 의문도 갖지 않고 고마워하며 읽고 기뻐하는 교사도 많아. 그들은 대저 사랑이든 연애든 쉴 새 없이 입을 놀리고 있는 자신이야말로 문학적 인간이라고 믿고 있단다."

죽음의 방식이
삶의 방식과 닮다

딱 한 번인데, 아버지와 나 사이에 문학적이라고 하기에는 너무나도 시시한 대화가 오간 적이 있었다. 셋집을 못 찾아서 본가에 임시거주하고 있었을 때의 일이다. 드물게도 아버지 쪽에서 먼저 이야기를 꺼냈다. 소설을 쓰기 위한 좋은 테마가 있다고 했다. 그 이야기를 내가 써주었으면 했는지, 아니면 아버지 머리에 있는 문학의 세계로 나를 끌어넣으면 내가 진짜 소설가가 될 수 있을지도 모른다고 생각했는지 아무튼 그 언저리의 내용은 잘 모르겠다.

아버지가 정색을 하고 말해준 것은 옛날 헤어진 여자와 들길에서 딱 만나는 장면과 같은 너무나도 통속적인 이야기였다. '어때, 꽤 괜찮지?'라고 말하는 듯한 표정이었다. 나는 너무 질려서 입을 쩍 벌리고 아버지의 얼굴을 물끄러미 응시했다. 굉장히 실망했던 것을 기억하고 있다. 아무리 씩씩한 기상을 잃은 문약한 사람이리 해도 전문분야에 관해서는 그 나름으로 박력 있는 견해를 가지고 있지 않을까 상상했던 내가 바보였다. 아버지가 말하는 문학의 기초라는 것은 딱 그 정도의 것이었을까.

이후 나는 아버지와 같은 남자가 내 소설을 읽어주는 독자는 아니길 바라게 되었다. 그리고 만일 문학에 물든 대부분의 독자가 아버지와 대동소이한 인종이라면, 소설가로 생활이 될 것인가 하는 심각한 문제는 무시하고라도, 나의 문학을 진심으로 좇아 추구해야 한다고 새삼스럽게 결심했다. 읽어주는 자들의 시선을 신경 쓰면서 소설을 쓰면 안 된다. 더욱더 전진하기 위해서라면 그들을 용서 없이 뿌리쳐버리는 것도 주저해서는 안 된다.

그런데 나의 그러한 사고방식에 찬성해주는 편집자는 너무나 드물었다. 그들은 예술이라고 해도 결국은 장사일 수밖에 없으니 더욱 독자를 의식해야 한다고 충고했다. 독자의 취향에 맞추라는 말이었다. 즉 아무런 노력도 하지 않고, 재능의 재자도 없는 주제에 자기현시욕과 동경만은 다른 사람의 배 이상 강한 그들의 유치한 감수성을, 스토리의 변화와 지나치게 평이한 말로 잘 간지럽히라는 의미였다.

확실히 그렇게 하면 책의 매상에는 꽤나 좋은 영향을 줄 것이다. 그 정도는 지적받지 않아도 알고 있었고, 하려고 하면 아주 간단한 일이기는 했다. 그러나 나는 할 수 없었다. 설령 먹고 살 수 없다고 해도 그런 창피를 당하는 짓은 절대로 하고 싶지 않았다. 그러한 문학을 거부하는 것에서 시작한 내 창작활동을 그런 말도 안 되는 타협으로 무의미하게 만들고 싶지 않았다.

쉰 가까이 되어 내가 가장 두려워한 것은 뇌의 노화에 의한 이미지 고갈 같은 문제가 아니었다. 아무리 나이를 먹어도 잇달아 새 소설을 계속 발표할 자신감은 조금도 흔들리지 않았다. 그것을 위한 자기관리에 힘써왔다. 내가 걱정한 것은 얼마든지 쓸 수 있다는 것에 익숙해져 버리는 것이었다. 그러한 다소 사치스런 매너리즘에 빠지는 것을 피하고 싶었다.

"앞으로도 진정으로 소설을 쓸 것인가?"라는 자문을 여러 번 해보았다. 그런데 유감스럽게도 "물론 진정이고 말고" 같은 시원한 자답은 없었다. "어쨌든 진정으로 할 수밖에 없겠지"라는 것이 내 최선의 정직한 답이었다. 아마 어떤 계기만—전혀 상상도 안 되지만—있으면 재깍 이 세계에서 손을 떼고 말겠다는 기분이 여전히 어딘가에 남아 있었을 터.

그런 애매한 마음의 망설임을 깨끗이 버리기 위해서 눈에 보이는 형태로 무언가를 시도해보고 싶었다. 제대로라면 문신이라도 등 전체에 새기고 싶은 참이었지만 그렇게까지 자학적이지 않고, 또 그런 것에 기댈 정도의 또라이도 아니었다. 첫째, 그런 남아도는 돈이 없고, 그것만을 위해 도회에 몇 번이나 돌아다닐 시간도 없었다.

그래서 머리를 밀기로 했다. 매일 밀 때마다 무엇을 위해 이런 일을 하는지 다시금 초심을 생각하고 "오늘도 소설과 정면으로 마주하는 거야"라는 결의를 새로이 다질 수 있었다. 그렇다고는 해도 여름은 더 덥고 겨울은 더 춥게 느껴졌으며, 벌에 쏘일 위험성이 늘어나고, 산과 숲에 헤치고 들어갈 때에는 반드시 모자가 필요해 머리를 밀어도 별로 좋을 일은 없었다.

그러나 그런 불이익을 상회하는 메리트가 있었다. 뜻하지 않은 효과였다. 뇌가 식혀져서인지 모르지만 집중력이 한층 증가한 것이다. 기분 탓일 정도가 아니라 분명히 자각할 수 있을 만큼으로, 당연히 집필에도 좋은 영향을 주었다.

아버지가 위독하다는 전갈을 받고 나가노 시내에 있는 병원에 갔을 때, 그 자리에 모였던 많은 친척은 나의 스킨헤드를 보고 이렇게 속으로 말했다고 한다. '준비성이 좋군. 벌써 스님을 불렀네.'

집중치료실 침대에 누워 가쁜 숨결과 핏기 없는 얼굴, 허한 시선의 아버지 모습을 봤을 때 의사의 설명을 충분히 납득할 수 있었다. 아아, 오늘밤 아버지는 돌아가실 거라 생각했다. 그런 여자가 있었는지 알 리도 없지만, 이럴 때에 옛날 여자라도 달려와 주었다면 아버지 같은 문학적인 남자에게는 아마 이상적인 막 내림이 되었겠지.

형의 친한 친구인 의사는 날이 샐 때까지 살아계시지는 못할 거라 단언하고 먼저 귀가했다. 친척 대부분이 모여 예전부터 정해둔 장의사에게 연락을 취했다. 그러나 아버지는 살아서 다음날 태양빛을 쬘 수 있었다. 출근한 의사는 자꾸만 고개를 갸웃거렸다. 죽지 않았을 뿐만 아니라 용태가 호전되는 방향으로 향하고 있다는 것을 스스로도 매우 의아스러워했다.

뢴트겐사진으로 본 아버지의 뇌는 연화증으로 흐물흐물해져 있었다. 비전문가의 눈에도 똑똑히 보였다. 설령 목숨을 연명한다 해도 폐인과 마찬가지 상태일 거라고 의사는 말했다. 식물인간처럼 되어 의사소통은 불가능하다는 말이었다.

하지만 날짜가 지나는 동안에 곁에 붙어 있는 친척이 부르면 아버지는 반응을 했다. 종잡을 수 없는 대답을 하는 경우도 있었지만 제대로 된 수용으로 생각되는 경우도 있었다. 근육의 쇠퇴도 느껴지지 않았다. 유동식이긴 하지만 먹을 수도 있게 되었다. 위독 상태에서 꽤 벗어난 것은 분명했지만 더 회복할지는 사실 의문이었다. 그런 뭐라 할 수 없는 병자의 의식사건으로 인해 친척의 의견이 둘로 나뉘었다. 이해하고 말을 한다는 편과 혼란을 겪는 뇌가 제멋대로 지껄이는 거라고 주측하는 편이 있었다.

내가 곁에 있었을 때 그것을 확인할 수 있는 방법은 없을까 생각했다. 생각할 시간은 얼마든지 있었다. 아버지는 여전히 무표정을 유지하고 있고, 곁에 누가 있는지 전혀 모르는 듯한 모습이었다. 가끔 맥락 없는 짧은 말을 헛소리처럼 지르기도 했다.

이해하고 있는지 판단은 서지 않았지만 그래도 나는 아버지에게 말을 걸어보았다. 세상 돌아가는 이야기라도 해서 의사소통을 꾀하고 싶었기 때문도 아니고, 또 마침내 말기를 맞이하려는 아버지에게 불효를 용서받고 싶었기 때문도 아니었다. 꼭 물어보고 싶은 것이 있었기 때문이다.

이런 최악의 상태에 빠져버려도, 고문실 같은 집중치료실에 갇혀서 하얀 천장만을 바라보는 몸이 되어도 아직 살고 싶은지, 그것을 질문하고 싶었다.

만일 내가 아버지와 비슷한 입장에 있고, 의식이 또렷하고 아직 말을 할 수 있는 상태에 있었다면 망설임 없이 죽음을 바라고 이를 아들에게 부탁했을 것이다. 투약이든 링겔이든 주사든 뭐든지 써서라도 목숨 그 자체만을 가까스로 유지하는, 그런 무참한 형태의 삶에 가치가 있다고는 도무지 생각되지 않았다. 목적이나 목표를 향해서 전혀 나아갈 수 없는 회복불능의 몸이 되고 말았을 때에 나는 주저하지 않고 죽음을 선택할 것이다.

자살에 필요한 체력이 남아 있지 않으면 곁에 있는 사람에게 간청할 것이다. "거기에 있는 타월을 써서 숨통을 끊어줘"라고 부탁하겠지. 부탁을 거절당했을 경우에는 적어도 타월 끝을 목에, 다른 한쪽 끝을 침대에 묶는 일만 해주고 방을 나가주지 않겠는가 하는 타협안을 제시할 것이다.

그러나 말을 못하고 의식도 없는 상태라면 어찌할 수 없다. 아버지는 침묵을 지키고 있었다. 나는 다시 한 번 늙은 병자의, 사고력이 남아 있다고는 도저히 생각되지 않는 얼굴을 찬찬히 들여다보았다. 일어나 바로 옆까지 다가갔다. 이번에는 더 노골적인 말투로 죽고 싶은지 살고 싶은지 이자택일을 다그치는 질문을 퍼부었다. 답이 돌아오는 일은 만에 하나라도 있을 수 없을 거라 확신했지만 '그래도'라고 생각하며 물어보았다.

그러자 그때 아버지는 목소리를 냈다. 신음소리 같은 게 아니고 그것은 틀림없는 말이었다. 내가 섬뜩했던 것은 이미 아버지를 죽은 자라고 간주했었기 때문이리라. 입원했을 때부터, 아니 더 이전부터, 훨씬훨씬 이전부터, 어쩌면 중학생이 막 되었을 때에 스모를 도전해온 아버지를 깨끗이 던져서 날린 그 순간부터 나는 아버지를 산 자로서 취급하지 않게 되었는지도 모른다. 그로부터 아버지가 뚫고 나간 나날은 나처럼 혈기왕성하고 격렬한 성격의 소유자가 보았을 때, 진정한 산 자가 아닌 것을 증명하는 연속이지 않았을까. 어머니랑 형이랑 남동생의 눈에는 결코 그리는 비치지 않았겠지만……

잠시 후 아버지는 내가 질문을 거듭한 것도 아닌데 다시 소리를 냈다. 이번에는 똑똑히 알아들었다. "죽고 싶지 않아." 그렇게 아버지는 말했다. 가차 없는 질문에 대해서 언제나 모호한 표현밖에 할 줄 몰랐던 남자치고는 실로 명쾌한 대답이었다. 대답해준 것으로 전부 알았다. 아버지는 시치미를 떼고 있었던 것이다. 의식이 몽롱한 척하고 있었던 것이다. 곁에 붙어 있는 상대에 따라 연기를 하고 있었던 것이다.

왜 그런 짓을 해야 하는지 아무리 생각해도 이해가 안 되었지만 간병 경험이 있는 나이든 지인의 이야기로는 드물지 않은, 자주 있는 일이라고 한다. 그렇게 하는 쪽이 기분이 편하다지만 나에게는 납득이 안 가는 설명이었다.

어쩌면 그때 아버지는 아들인 나에게서 살기 같은 것을 분명히 감지하고 있었던 것이 아닐까. 아니면 나의 이상하기까지 한 행동력을 잘 알고 있어서 그 무겁고 괴로운 질문이 결코 말의 기교 따위가 아니라고 느꼈을까. 그래서 시치미를 떼고 있을 때가 아니라고 초조해하며 무심코 "죽고 싶지 않아"라고 엉겁결에 입 밖으로 내고 만 것은 아닐까.

내 편에서도 아버지가 어떤 성격의 소유자인지 대강 짐작이

갔지만 그때에 더욱 분명히 증명되었다. 역시 그런 인간이었나 하고 가슴속에서 몇 번이나 중얼거렸다. 삶의 방식이 죽는 방식을 정한다는 그 통설은 정말이었다. 아버지 형제의 죽음은 어느 것이나 실로 산뜻했다. 쓰러진 뒤 머지않아 숨이 끊어지는 죽음의 방식은 격동의 시대를 다양한 고난과 싸워온 적극적인 삶에 어울리는 마무리 방식이었다.

퇴원하면 바로 죽을 것이다, 앞으로 일주일은 가지 않을 것이다…… 그러한 의사의 말을 모조리 배신하고 아버지는 그후 자택에서 누워만 있는 상태로 몇 년간 더 살았다. 당사자보다도 주위 사람이 힘들어보였다. 따라서 임종 연락을 받았을 때에는 솔직히 마음이 놓이는 기분이었다. 임종을 못 지켜 유감스럽다는 기분도 없었다.

상복을 자동차에 싣고 밤길을 달려 본가에 도착했을 때 아버지는 이미 향 냄새에 둘러싸여 있었다. 환자용 침대에 누워 있는 모습보다도 그 편이 오히려 자연스러웠다.

슬픔은 없었다. 그것은 나만이 아니었다.

장례식 동안 줄곧 내 머리를 휘저었던 것은 아버지 같은 최후만은 어떻게 해서든 피해야 한다는 것뿐이었다. 관 뚜껑을 덮을 때 나는 말했다. 그토록 책을 좋아했으니까 한 권쯤 넣어주면 어떠냐고. 형이 아버지 장서 중에서 한 권을 골라 관에 넣었다. 그때 분명히 그 문학의 작자 이름을 형이 가르쳐주었을 텐데 지금은 죄다 잊어버렸다.

장례식이 끝나자마자 나는 재빨리 내 생활로 돌아갔다. 나에게는 장편소설의 완성이라는 일이 더 중요했다. 불면 꺼지는 촛불 같은 산뜻한 최후를 맞이하기 위해서라도, 하루도 헛되이 보내지 않고 열심히 소설을 계속 써야만 했다.

다음 날에는 이미 아버지는 내 머리에 없었다. 몇십 년이나 전에 죽은 지인과 같은 옅은 인상이 되어 있었다. 아마 아버지 쪽도 몇십 년 전부터 가족에 대한 것 따위 염두에 두지 않았던 것이 아닐까.

다음 소설을
쓰게 하는 힘

그로부터 약 1년 반 후인 최근에 와서 문득 이런 생각이 마음속을 스치기도 한다. 과연 나는 가진 능력을 마음껏 다 쓸 수 있는 인생을 선택한 것일까. 사실은 가장 편한 길을 걸어온 것이 아닐까.

혹 그런 의문에 대한 답을 찾아낼지도 몰라서 다음 소설에 돌입하기 전에, 자전적이면서 제대로 된 자서전과는 다른, 더구나 실수로라도 고백을 지향하거나 하지 않는 이 에세이를 쓰기로 했던 것이다.

건성건성 일을 한다고는 결코 생각하지 않는다. 그러나 성심껏 하고 있다고는 해도, 틀림없이 전력투구해 쓰고 있나 하는 자문에 대해 자신만만하게 "그렇다"라고는 대답할 수 없는 내가 여기에 있다. 작품마다 완성 아슬아슬한 선까지 육박해 있는데도 불구하고 왠지 매번 기묘한 여유를 느끼고 있다. "뭐이 까짓것"이라는 내 중얼거림이 똑똑히 들린다.

그것과 동시에, 소설 쓰는 재능은 충분히 쥐어짜고 있어도 그 이외에 속에 간직하고 있을 외향적인 능력은 이미 사장된 게 아닐까 하는 불안이 종종 뇌리를 스친다. 그러나 그런 지나치게 뜨거운 능력이 발휘될 기회를 못 얻어서 오히려 행복했다고 말해야 하는지도 모르겠다.

나는 내 스스로 '이것이 바로 산 자의 전형'이라고 생각할 만한 진정한 산 자의 길을 걸어왔는가. 대국적으로 보면 아버지가 통과한 길을 병행해서 걷고 말았을 뿐인 것은 아닐까. 나는 내가 자유 중의 자유라고 생각한 참된 자유의 길을 더듬어 온 것일까. 지금까지 반세기 이상에 이르는 인생 중에서, 환희에 차 우렁차게 외치고 싶어지는, 혼이 해방되었다고 똑똑히 자각할 수 있는 순간이 한 번이라도 있었을까. 그것과 유사한 순간이라면 몇 번인가 있었을지도 모르지만 지금에서는 이미 죄다 잊어버렸다. 어차피 잊어버릴 정도의, 평범하게 살면 누구라도 느끼는 흔해 빠진 해방감을 맛보았을 뿐인 것일까.

사실 말이지, 출판사와 소설가 사이에서 행해지는 원고와 원고료의 주고받음만으로, 단지 그 내용만으로 그 인간이 진짜 어떤 인간인지까지 파악하기는 어렵다. 언어 따위로 장식할 여유도 없는, 펴지느냐 휘어지느냐, 1이냐 8이냐, 생이냐 죽음이냐 하는 혹독한 상황하에 놓인 경우가 되어서야 비로소 그 인간의 정체가 보이게 된다.

그러나 독자들은 미국 탐정소설 주인공을 더할 나위 없이 사랑하고, 그 연장선상에 있는 히어로의 그림자를 문학에서 찾아 구하는 것을 유일한 삶의 보람으로 여긴다. 그렇지 않은, 그 이미지를 배신하는, 현실적인, 생생한 등장인물과 만난 순간에 히스테릭한 거부반응을 보인다. 그런 종류의 독자들은 남자로서, 인간으로서의 진가를 질문 받고 시험당하는 혹독한 시대에 태어나지 않았던 것을 뜻밖의 행운이라 해야 할지도 모른다.

내가 지금까지 써온 소설을 한 마디로 표현하기는 어렵지만, 굳이 그것에 도전해보자면 '내 움직임의 한계를 상상에 의해 시뮬레이션 하는 것'에 있었던 것이 아닐까. 긴박한 상황에 내몰려 떨어졌을 때에 나는 과연 어디까지 움직이는 것이 가능할까 하는, 즉 인간의 본질이나 본성을 상당히 정확하게 알고 싶어, 현실을 바탕으로 해서 상상력을 마음껏 발동시켜, 다양한 상정을 하면서 소설을 써온 것은 아닐까. 만일 그렇다면 그 자세는 문학적인 히어로를 동경하여, 그러한 허상을 도피의 도구로 이용하고 싶어 하는 사람들과 당연히 정반대인 것이다.

그러나 앞으로 나를 기다리고 있는 운명이 과거에 뚫고 나온 50여 년과 마찬가지로 평온할지 어떨지에 대해서는 뭐라 말할 수 없다. 가장 예상확률이 높은 것으로는 여러 가지가 있겠지만, 아마 전 생애에 걸쳐 소설을 써나갈 수 있는 시간이 앞으로도 이어지지 않을까 하는 것이다. 그것은 많은 사람들과 마찬가지로 진짜 자신이 중요한 때에 어떤 움직임을 하는지 모른 채로 끝나가는, 특별히 좋은 점도 나쁜 점도 없는 보통인, 뭔가 미적지근한 인생이 될 것이다. 그것은 그것으로 부득이한 일이고, 도와줄 자비로운 신도 부처도 없는, 도리에 어긋나기 이를 데 없는 여러 비극에 처한 사람들과 비교하면 오히려 행운의 일생을 보낸 것이 될 것이다.

하지만 가까운 미래에 소설 따위 쓰고 있을 때가 아닌 대혼란에 휩쓸릴 가능성이 절대로 없다고는 할 수 없다. 그리고 그때 오랫동안 잠자왔던 다른 재능이 벌떡 머리를 쳐들어 당치도 않은 인생의 전개를 가져올지도 모른다.

만일 그리 되었을 때에 소설을 쓴다는 행위의 다른 약효이기도 했던 에이허브 선장에게 공감하는 광기의 폭약이, 운명의 불꽃에 의해 점화되어 버리는 것일까. 아니면 에이허브 선장을 간언하려 한 일등항해사의 이성과 마찬가지로, 결국은 광기의 매력을 거스르지 못하고 폭력과 파괴의 대해에 던져져서 인간의 화신이기도 한 괴물과 함께 지옥으로 끌려들어가 버리는 것일까.

운 좋게 소설이라는 지푸라기를 잡을 수 있었기에 나는 비교적 평온한 나날을 보낼 수 있었을지도 모른다. 그리고 시대가 내 참을성의 한도를 거스르는 데까지는 부패하지 않았기 때문에, 그리고 냉소의 시선으로 조용히 보고만 있어도 해결될 듯한 국가의 형태를 유지할 수 있었던 탓에, 어쨌든 여기까지 소설을 쓰는 재능만을 발휘해서 살아오는 것이 가능했을지도 모른다. 내 안의 핵분열은 원자폭탄이 되지 않고, 아슬아슬한 지점에서 원자력발전소라는 형태를 유지할 수 있었는지도 모르겠다.

그러나 쉰여섯이 된 지금도 여전히 내 마음의 플루토늄은

임계선에 달할 위험성을 잃어버리지 않았다. 조건만 갖춰지면, 혹은 톱니바퀴 하나가 어긋나면 언제라도 최후의 최후까지 해내고 말 공격적인 열정이 폭발적으로 팽창할 것이다. 그리고 그런 상황을 은근히 기대하는 혼의 어마어마한 흔들림이, 바라든 바라지 않든 간에 나를 다음 소설로 내몰아대는 것이다. 계속해서 쓰고 또 쓰고, 토해내버리지 않으면 어떻게 될지 모르니까 계속 쓴다.

그렇다고는 해도 어디까지나 시뮬레이션은 현실에 비친 움직임의 범위 내에서 가능하다. 방약무인(傍若無人)의 상상력에 맡긴 '동경 가득 꿈 가득'의 독자를 기쁘게 하는 그런 작품은 아닐 것이다.

마치는 글

몇 년 전엔가 사뭇 거친 척하던 내 정신을 위해 일종의 제어봉이라고도 할 수 있는 취미 하나를 발견했다. 정원 만들기가 그것이다. 하얀 장미에, 하얀 모란에, 하얀 작약에, 하얀 싸리에, 하얀 벚꽃에, 하얀 옥잠화에, 하얀 백합에, 하얀 석남 같은 꽃에 집필과 마찬가지로 몰두하는 나날은 내 정신의 저 깊숙한 곳에 감춰졌던 핵물질적 정열을 그런대로 이성의 선에 따라 컨트롤해 주었다.

소설에 있어서도 나 자신에게 있어서도 이 궁극이라고도 할 수 있는 취미는 어쩐지 뜻밖에 좋은 효과를 가져오고 있는 것 같다.

늦봄 초저녁에 따뜻한 바람과 부드러운 달빛을 쐬고, 무엇이든지 내 손으로 만든 영원히 미완성인 뜰에 잠시 멈추어 선

다. 그때 작업의 9할까지가 중노동인 가드닝으로 단련된 육체
가 정신의 그늘에 숨어, 광기도 이성도 쑥 들어가, 혼은 우주적
이라고도 할 수 있을 만큼 도취감에 휩싸인다. 시간을 잊어버
리는 깊은 평안 후에, 이 세상은 살 만한 가치가 있다고 하는
벅찬 답이 마음의 구멍을 향해 쓱쓱 다가온다. 그리고 이 도취
감이야말로 예술가가 지향해야 할 유일한 목표가 아닐까 하는
생각이 단숨에 강해진다.

단지 살아있는 것만으로 도저히 진정한 산 자라고는 할 수
없다. 산 자 중의 산 자가 되어야 할 길을 걸어야만 비로소 이
세상에 목숨을 갖고 태어난 의미와 가치가 있다. 그러한 과격
한 생각이 오랜 기간 나를 칭칭 얽어매 왔다. 그러나 초목을
기르게 되고 나서 서서히 그 생각에 변화의 조짐이 나타나기
시작했다.

단지 살아만 있는 듯이밖에 보이지 않는 사람들이야말로,
단지 살아있는 것만으로 충분하다고 하는 사람들이야말로 진
정한 산 자가 아닐까 하고, 그렇게 생각하게 되었다. 아찔할 만
큼 큰 목표를 정해 그것을 위해 온갖 것을 희생하고, 일사불란
하게 돌진해가는 인간이야말로 가장 죽은 자에 가까운 산 자
가 아닐까 하고, 그렇게 생각하게 되었다.

생각해보거나 하는 일은 있어도, 안정된 생각으로 정착하는

일은 없다. 여전히 여기에는 나일 수밖에 없는 내가, 있는 힘껏 내 몸을 무언가에 부딪치고 싶어 하는 내가, 현실을 단단히 응시하면서 상상력을 마음껏 작동시킨 문학을 지향하는 내가 존재하고 있다.

노화의 입구가 보이게 되고 인생의 끝에 실재하는 죽음이 생생함을 더해오자 가치관에 다소의 변화가 생기는 것은 당연할 것이다. 그렇다고 해서 마음에 뻥 뚫린 구멍이 어느 사이엔가 막혀버렸다는 것은 아니다. 여전히 거기에는 허무의 찬바람이 불어들고, 동시에 거기에 대항하기 위한 정열의 폭풍우가 거칠게 불어대고 있다. 그리고 거기에 발생하는 회오리바람으로부터 차례차례로 새로운 소설이 튀어나오고 있다.

여전히 나는 계속 나로서 존재한다. 나로서 존재하면서 요즘 들어 급속히 마음의 문의 폭이 넓어지고 있다. 설령 거부와 혐오의 대상이 되는 테마라도 지금까지처럼 문전박대하지 않고, 우선은 눈을 돌려서 보려는 자세로 바뀌고 있다. 이런 상태로 가면 수년 후에는 그 사람 나름대로 살면 그것으로 당당한 산 자라고 하는, 지금까지의 나에게는 없었던 관점으로 새로운 문학의 광맥을 캐어나가고 있지 않을까. 그런 기분은 드는데 과연 어떻게 될지는 그때가 되어봐야 알겠다.

만일 지금까지 봐오지 않았던 인간을 주시하고, 지금까지 보이지 않았던 인간이 보이게 되면 그것만으로도 살아온 보람이 있는 것이겠지. 그리고 장자를 능가하는 노인이 되어 폐에 들이마신 마지막 공기를 뱉어내는 순간까지, 인간으로서의 최상의 증거인 '언어'를 광기와 이성이라는 뜨개바늘을 구사하여 뜨겁게 차갑게 계속 짤 것이다.

그렇게 되고 싶다. 꼭 그렇게 되고 싶다고 염원하는 내가, 자신이 만든 화이트 정원의 한구석에 잠시 멈추어 서서 "누구야 너는?"이라고, 다른 누구도 아닐 터인 나를 향해서 묻고 있다. 그 대답이 지금부터 써 나갈 다양한 종류의 소설 속에 숨겨져 있을지도 모른다.

옮긴이 강소영

한국외국어대학교 일본어과와 동대학원 일어일문학과를 졸업한 뒤 오사카 대학원 문학
연구과에서 문화표현론 전공으로 박사학위를 받았다. 현재 한국외국어대학교 일본어대
학 일본언어문화학부 강사로 재직 중이다. 일본 근대문학과 한일 비교문학을 연구한 다
수의 논문을 발표하였다.

산 자에게

초판 1쇄 발행   2017년 12월 8일

지은이   마루야마 겐지
옮긴이   강소영
책임편집   강희재
디자인   정진혁

펴낸곳   바다출판사
발행인   김인호
주소   서울시 마포구 어울마당로5길 17 5층(서교동)
전화   322-3885(편집), 322-3575(마케팅)
팩스   322-3858
E-mail   badabooks@daum.net
홈페이지   www.badabooks.co.kr
출판등록일   1996년 5월 8일
등록번호   제10-1288호

ISBN   978-89-5561-998-0 03800